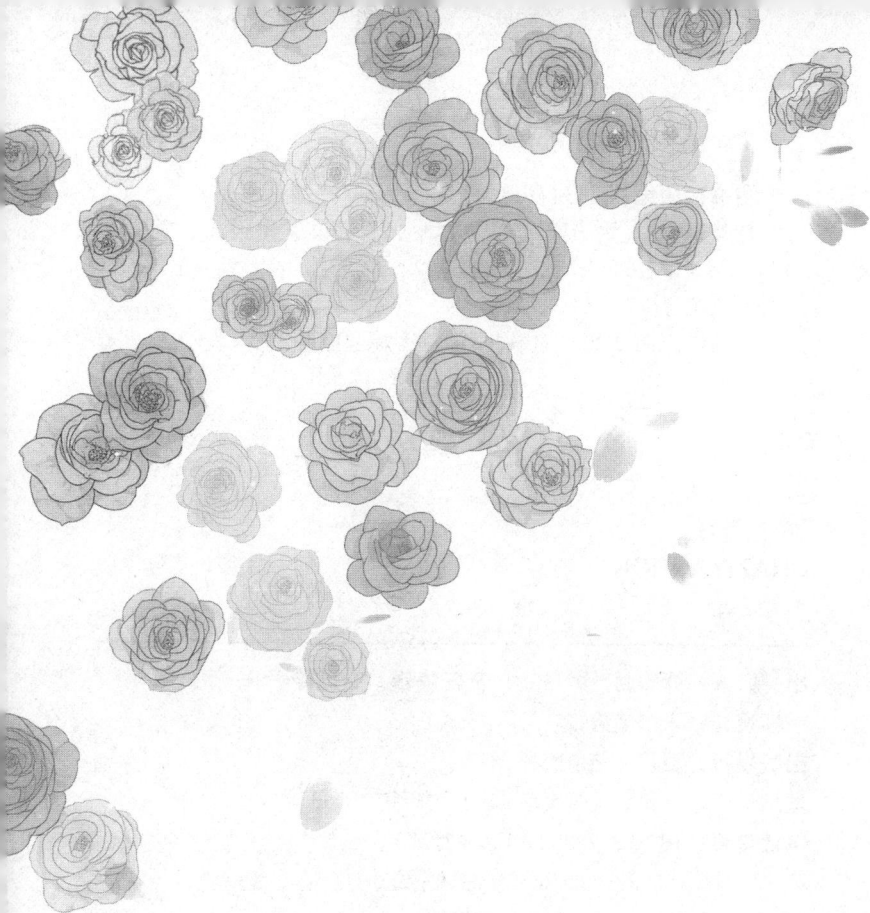

丙方 著

姹紫嫣红

天津出版传媒集团

百花文艺出版社

图书在版编目（CIP）数据

姹紫嫣红 / 丙方著. -- 天津 ： 百花文艺出版社，
2025. 5. -- ISBN 978-7-5306-9022-2

Ⅰ．I247.7

中国国家版本馆 CIP 数据核字第 2024LW3961 号

姹紫嫣红
CHAZIYANHONG

丙方　著

出　版　人：薛印胜　　　　　责任编辑：赵世鑫

装帧设计：未来趋势

出版发行：百花文艺出版社

地址：天津市和平区西康路 35 号　邮编：300051

电话传真：+86-22-23332651（发行部）

　　　　　+86-22-23332656（总编室）

　　　　　+86-22-23332478（邮购部）

网址：http://www.baihuawenyi.com

印刷：三河市元兴印务有限公司

开本：880 毫米 ×1230 毫米　1/32

字数：263 千字

印张：8.875

版次：2025 年 5 月第 1 版

印次：2025 年 5 月第 1 次印刷

定价：89.80 元

一半浮在空中
一半落在心里
我看见赤橙黄绿青蓝紫
一（道）通往天国的桥
更接晰 即逝 的 婉紫嫣红
究竟藏了多少余音袅袅的故事
和北月绕花的悲欢

目录

117 · 龙虎斗

101 · 陌生效应

081 · 无影灯下

055 · 你笑起来真好看

039 · 三天两夜

001 · 姹紫嫣红

263 · 归去来兮

247 · 镯子

231 · 旗袍

213 · 红痣

191 · 我叫郭美丽

175 · 掉进罐子里的人

151 · 子宫

姹紫嫣红

一

这几日的谭树儿是忧伤的，这从他的琴声就可以听出来。

他高兴的时候，胡琴里跳出来的声音是轻快的，是清脆的。不高兴的时候，那琴声就会变得十分绵长、哀怨，就连唱出来的戏文也跟着踽踽凉凉起来。

谭树儿的忧伤是因为白泉村就要拆迁。刚开始，他不能理解拆迁的意思，直到村主任告诉他，拆迁就是这世上再也没有白泉村了。也就是说，他的房子、村主任的房子、家家户户的房子，都要被拆除，被巨大的推土机拆成平地。村里的文化礼堂，村委会前的凉亭，村口的大樟树，以及他熟悉的每一条路，都要被拆毁，再也不会有了。

他的家——养父留给他的三间瓦房，连同长了一棵柚子树的院子，也即将消失了。

谭树儿不知道这世上没有了白泉村，还能有什么。

从小到大，他一直居住在这个村庄，熟悉白泉村的角角落落，熟悉白泉村的每条路、每面墙、每根电线杆、每棵树、每块石头、每级台阶……他还熟悉白泉村的每一个人，熟悉白泉村的每一件事。村子里哪家生孩子，哪家娶媳妇，甚至哪家吵架，哪家偷人，他都一清二楚。

白泉村的每个地方，他想都不用想，身体就会跟着脚准确地走到哪里。那根盲杖在村路上叮叮当当地敲，更多的是一种标志——

听到声响的人，远远地就知道是他谭树儿来了。谭树儿做过很多次试验，证明他不用盲杖也能在村里准确无误地行走。他故意收起盲杖，一边走一边想着，这里是新生弄的入口了，那里是谭小晨家了，前面再走五步就有台阶了……他总是对的，误差不会超过一步。

三十多年了，谭树儿习惯了白泉村，就像白泉村也习惯了谭树儿。

比如，村里要开会了，大家都会等谭树儿一路喊过来。

"开会了！开会了！"谭树儿的嗓子好，和村里的广播一样响亮。

再比如，饭点到了，村里的人就常常支使谭树儿去叫一下满村跑的孩子。谁家的孩子没人看管，也是习惯了交给他。"树儿，我去地里了，孩子你帮忙照看一下。"谭树儿接到任务，就围着孩子转。那孩子的声音到哪儿，他就跟到哪儿。孩子走到池塘边时，他就会大喝一声"快回来"，这判断是一喊一个准的。

怎么说呢，在白泉村，别的人家都是一户一家的，只有谭树儿是整个村的，是全村的。就连吃饭，也常常是上村一餐、下村一顿的。饭点到的时候，村里的人都会喊一声经过自家门口的谭树儿。

谭树儿的三间瓦房位于村庄的中间，夹在一层层瓦房的里面，就像一个备受呵护的孩子。

养父去世的时候，留给他的除了存折，就是这个房子了。他让谭树儿在这个房子里娶个老婆，再生个孩子，然后一代一代住下去。养父还说，每年一定要让三叔请人过来翻翻瓦，有漏水漏电什么的要及时修好。三叔是村主任，是养父之外对谭树儿最好的人。

房子里的东西，都是老物件了。养父在的时候，会常常和他唠叨它们的来历。比如，那张架子床，是养父的父亲置办的，单单车工就用了好几担谷子。那一对雕着花的老木椅，据说是明朝还是清朝的，养父说是斗地主那会儿分来的，是老东西，很值钱的。那张摆在院子前的竹躺椅是养父置办的，是从碧湖集市上买的。赶戏时，养父带他去挤过碧湖集市，热闹得很，墙壁上挂的竹筛、蔑笼、团箕什么的，大多都是那个时候赶集带回来的。

堂屋中间的八仙桌应该是很久了，养父没说过它的出处。谭树儿常常摸它，吃饭前摸一遍，吃饭后摸一遍，就担心哪颗饭粒落上面没能拭干净。桌子的四条边，两条是很少坐的，所以比较粗糙一点。另外两条边坐得多了就特别光滑，木头的质感都摸不出来了。这两条边，靠近照壁的位置，是养父坐的，下首的位置是谭树儿坐的。父子俩吃饭时不怎么说话，各自嘴里的咂巴声就显得格外响。饿的时候，谭树儿会比较着急，常常是菜汤饭粒落得满桌都是，甚至打翻了菜碗。养父从未因此骂过他，但也从来不帮他揀菜。养父要求他学会自己照顾自己。

养父去了之后，他仍然坐在下首的位置，仍然认真地吃饭，仍然听着自己的咂巴声。他呢，也仍然能够"看见"养父，"看见"他坐在桌子的另一条边上专心致志地吃饭。

谭树儿喜欢这个房子。无论遇到什么事，摔倒了，被人嘲笑了，委屈了，伤心了……只要一迈进这个院门，他心里就会踏实。他在院子里拉琴，在院子里唱戏，在院里听广播……当然，更多的时候，他只是安静地躺在竹椅上，像猫一样竖着耳朵，听风吹过土墙的呼呼声，听燕子飞回梁下的喳喳声，听蟋蟀交谈的啾啾声……

谭树儿听得出来，院子里的一年四季是不同的。

他最不喜欢冬天的风，脆硬脆硬的，碰到哪儿都会响起刺耳的裂音。春天的风就不一样了，是柔的，是糯的，他常常听着听着就睡着了。冬天里雪米的声音，他又是喜欢的。突然间，地上、房瓦上到处都响起"唰唰唰"的声音，赶集似的，好像全世界都跑到他家里来了。

他最喜欢的还是雨。雨就像戏台上的剧情，一会儿是暴风雨、雷雨，一会儿是小雨、绵绵细雨……他还会跑到院子里，让不同的雨落在他的脸上，落在他身上。然后，自己也变得丰富多彩了。

但现在，好像很久都没有下雨了，就像好久没有听到养父的声音一样。他喜欢等待，等待同样的声音响起来。那样的久违，让他心安。

一群麻雀从柚子树上突然飞起，留下一阵柚子的香味。明年，这棵柚子树是等不到花开的时候了，满院的柚子花香也不会再有了。

谭树儿忍不住又悲伤起来。

他闷头拉起"花头台"，好似要把整个人都揉进那把胡琴里头去。正高潮处，他猛地停了下来，像是使尽全身的力气一般，扯起喉咙唱道："遍青山啼红了杜鹃，荼蘼外烟丝醉软……"

悲怆尖锐的声音传得很远很远。

二

谭树儿唱得最多的是《牡丹亭》，那是养父最喜欢的剧目。

小的时候，哪个村子唱戏，养父就带他去哪个村子。一到戏台前，不爱说话的养父就会变得滔滔不绝。他不厌其烦地说戏，和谭树儿详细地解说台词、布景、人物……在养父绘声绘色的叙述中，什么也看不见的谭树儿一会儿忧伤，一会儿喜悦。

戏文里唱道："姹紫嫣红，任我飘洒，春来何处不飞花……"

他问养父什么是姹紫嫣红。养父说就是颜色非常鲜艳。谭树儿问什么是鲜艳。养父说就是好看。谭树儿又问什么是好看。养父为难了，想了一会儿，只好反问道："大冬天靠近火是什么感觉？"

"热，暖！"

"大冬天到处都有火堆是什么感觉？"

"有很多热，很多暖！"

"对了，这就是姹紫嫣红！"

…………

看戏让谭树儿的世界变得姹紫嫣红起来。虽然他不能理解那些色彩，但他相信每一种颜色都是动人的，都是具体的。比如，蓝色是凉的，白色是冷的，红色是热的，粉色是暖的，黑色是坚硬的，黄色是柔软的……养父说，戏台上花旦的衣服最好看了，她们穿的都是红色、粉色、黄色这些暖暖的颜色，像春天的花一样。

三十多年前，樟树底下的谭树儿就裹在米黄色的襁褓里面，身上穿着红红的夹袄。"料子很好！"养父再三强调，还抓过谭树儿的手去摸衣服，摸那襁褓。谭树儿摸到的果然是暖暖的、软软的，和他平日摸到的布料都不一样。

养父说的颜色里面，白色是他最不喜欢的。杜丽娘在阴曹地府穿的就是白色衣服，养父说她头上还裹了长长的白纱。白色是哀伤的，养父这样形容。

养父出殡那天，谭树儿也穿了一身白衣白帽。所以，那个时候的他特别哀伤。

谭树儿不知道自己的亲生父母是谁。有人说他是城里当官人的儿子，有人说他父母是油泵厂的职工，有人说他是校长的私生子……总之，他绝不可能是一个普通的小孩，他父母更不会是一个普通的农民。

养父说，这从他襁褓的小衣服、小被子和纸条的字上可以看出来。

襁褓里面塞了只纸鹤，折叠得非常精致，纸鹤里面写了孩子的出生时间。谭树儿常常会拆开那只纸鹤，把它摊开，摊平，摸一摸纸上的那些字，然后叠回去。他当然摸不到字的形状，但他知道那些字必定是奇妙的，和颜色一样奇妙。养父说那纸鹤上的字十分秀气，像书上印的一样。

"你的亲生父母，肯定是有文化的人。"养父每次都是这样总结。

谭树儿倒不纠结亲生父母是怎样的人。对他来说，那些褓褓只是一种安慰吧。这种感觉，就像养父的大手一样——温暖，让他心安。他从未想过谁是他的亲生父母，更未想过憎恨他们或是想念他们。他甚至是感激他们的，感激他们让他成为养父的家人，让他能够在白泉村这样一个村庄成长。

他喜欢养父。喜欢养父倒上三五两小酒，躺在院子的竹椅上咿咿呀呀地唱戏。他的嗓子其实不好，但唱得投入，谭树儿紧闭的眼睛也常常被养父唱得泪眼婆娑。时间久了，好些戏文谭树儿也能唱。刚开始的时候，他只悄悄地唱，就像一个自己和许多不一样的自己对话。后来，养父发现了他的唱戏天赋，就带他去了戏班子。他还学会了拉二胡，师傅说他特别聪明，胡琴上的音一摸一个准。

养父去世之后，戏班子成了他主要的活路。只是在这个电视电影的时代，唱戏的活毕竟是少的。大多数时候，谭树儿只能在院子里自拉自唱。谭树儿倒不介意活少，逢年过节时去跟几台戏，也就差不多了。对他来说，政府的低保就足够自己吃穿用度了。他不知道活着除了吃饱穿暖之外，还需要什么。

他很满足现在的生活，每天坐在竹椅上拉琴唱戏，就像养父仍然在世一样。

在以前，是养父躺在竹椅上唱戏，他坐在小板凳上听戏。现在养父不在了，便轮到他躺在竹椅上唱戏了。唱戏时，谭树儿常常觉得，养父必定也是坐在那个小板凳上听着的，只不过是爷俩的位置反了。就像以前，都是养父做好饭了，喊他一声，然后爷俩一起吃饭。现在呢，是谭树儿做饭，做好了也会喊一下"叔，吃饭——"，就像养父从前喊他一样。

其实，对一个盲人来说，一个人去世还是没有去世，差别也不是很大。他的眼睛里照样能看到养父，一会儿坐在小板凳上，一会儿坐在饭桌前，有时还拉上自行车顾自出门去了。

他小时候常常会想象养父的样子，摸着养父的眼睛、鼻子、耳朵、头发……养父总是"啪"地一下打落他的手，生气地说："有什么好摸的，还不是和你一样有鼻子有嘴巴！"养父必定是和他一样的，他常常这么想。只是无论怎样想象，他都没办法想出一个清晰的养父来，就像没办法想出一个清晰的自己一样。倒是养父去世后，他脑子里会出现一个清晰的轮廓，亮亮的，暖暖的。

那么，养父的样子也是姹紫嫣红的吧。

三

村庄渐渐热闹起来，在外打工的、出嫁外地的，都陆陆续续赶了回来。谭树儿发现，村里的每个人都是兴奋的，他们热烈地讨论着各种补偿政策，讨论着怎么做才能获得更多的好处，讨论着以后把家搬到哪里去。

整个白泉村，好像只有谭树儿一个人是不高兴的。

测量队进村了，白泉村拆迁的消息变得越来越真实。村主任带着测量队过来时，谭树儿早早进院关了大门。村主任说："树儿，我是三叔啊，快把门打开！"

谭树儿用身体顶着大门，拼命地叫着："不许进来！不许进来！"

村主任隔着门，还想说点什么，谭树儿怎么也不听，只管歇斯底里地叫："我哪里都不去！我就要这房子！我就要白泉村！"在谭树儿的死守之下，村主任没能进去，测量队也没进去。

但后来的某一天，趁谭树儿出去闲逛时，村主任竟带人进屋把房子测好了。

村主任拿着厚厚一沓测量报告递给他："你一个人就三百七十多平方了，发财了哦。"

谭树儿把报告扔在了地上，他生气村主任悄悄带测量队进他的家。

村主任也生气了，说："每年请人翻瓦你不累啊，你不累我都累了。再说了，等我像你叔一样两腿一撒，谁帮你找人翻瓦去。"

谭树儿说不过村主任，只好重复地说，反正他家是不拆的，谁来也没有用。

那天之后，谭树儿去城里买了一把大锁，每次一出门就把大门结结实实地锁上。

这许多年来，他一直没有锁门的习惯。一来是家里没什么东西，小偷也不会到他家。二来是保管钥匙太麻烦，万一掉在了地上，他未必能摸得回来。但现在不一样了，村主任居然趁他不在时带人把房子都测量了，万一哪天村主任带人把房子给拆了可了不得。

村里的人帮谭树儿算过，产权调换的话能拿三四套公寓房，如果选择货币补偿能有五六百万。大家都开玩笑说，这下树儿成钻石王老五了，再不用发愁娶不到老婆了。

对于钱，谭树儿一直没什么概念。他不知道五六百万能做什么，更不知道三四套房子有什么用处。养父留给他的钱、政府每个月给他的钱、自己偶尔去戏班子赚到的钱，好像总也花不完。每次去银行时，营业员都会好心提醒他，这卡里还剩多少多少。但他总也记不住那些数字，只觉得反正是取不完的。

测量队的人刚撤出白泉村，就下起雨来了。雨天的村庄，泥土、草木、房子都会散发出一种清香，他和他的周围仿佛都被雨水冲刷干净了。

他相信所有的尘霾都会慢慢散去的。

那天的雨刚停不久，王婶就过来了。她是叫谭树儿去她家吃饭。

平日里，谭树儿也常常在别人家吃饭，但那都是顺便的。也就是说，谭树儿刚好经过别人家门口，或者是有人刚好在凉亭里、樟树下碰到了，就顺便让他去吃一点。像王婶这样，专门到家里来请的，却是少有的。尤其是养父去世后，除了村主任三叔，到家里来的人就更是少之又少了。

但王婶却是郑重其事地过来相请的。

王婶的声音尖细响亮，她人还未走至门口，嚷嚷声就迫不及待地破门而入了。谭树儿原本以为只是像寻常一样吃个便饭，到王婶家时才发现多了个人，是个女人，说话瓮声瓮气的。王婶叫她海花，说是她的侄女。

王婶是个热心的人，之前也给谭树儿介绍过女人，但都是有些残疾的。那些女人虽然也有这样那样的问题，却都没能瞧得上谭树儿。"一点都看不见，就是什么事都做不了啊！"他记得一个腿脚不好的女人这样说过。她的声音倒是好听的，像鸟鸣一样，清脆得很。但她说，宁愿找个没腿的，也不能找个没眼睛的。

养父在的时候，也为他张罗过婚事。虽然都没说成，养父却也是不愿意谭树儿将就的。养父常常说："咱眼盲心不能盲，找人还是得找准一点。"

这个叫海花的女人却是个健全的，能说会道，不缺胳膊也不少腿。王婶一再强调："海花能看上你，是你的福报！"只是谭树儿的心里，总有那么一点不踏实，就像戏文里柳梦梅在梦里遇见个美人，轻易是不敢当真的。

饭后，王婶让谭树儿带海花去他家看看。谭树儿只好敲着盲杖把这对姑侄往家里领。

谭树儿的家是典型的三间两进，总共有两层，屋前还带了一个挺大的院子。养父去世之后，偌大的房子就只剩他一个人了。太闲的时候，他会从房间走到堂屋，又从堂屋走到厨房，然后从厨房走到养父的房间……每经过一处地方，他就把那里的家具都摸一遍，一边摸一边和养父说着话。

那个叫海花的女人进屋后，把每个房间都看了一遍。每进一个房间，她就会跟王婶估摸一下有多少平方米。她还上了楼，谭树儿听到她踩着楼板，从这边走到那边，又从那边走到这边。说实话，他不太喜欢她们到他家上上下下巡视的样子。按说有个健全的女人看上他，他应该高兴，但不知道怎么回事，他怎么都高兴不起来。

女人巡视完房子，招呼也不打一声就走了。谭树儿心想着，八成也是没看上他。他好像有点失望，又好像没有失望。

四

戏班子老板打了电话过来，让他准备准备，说端午前后会有一场戏。他开始每天练习开嗓、拉琴，但生活好像怎么也恢复不到从前的样子。

他越来越想念养父，想念那些和养父看戏的日子。

那时候村里的人常常问，你家树儿能看到戏？养父说能看到的。村里的人自然是不信的，只有谭树儿知道，他确实是看到了那些戏。他看到戏里的人相爱、相恋、结婚、生子……他会说："叔，这是柳梦梅出场了吧？""叔，人死后真能复生吗？""叔，我昨天也做梦了！"……

谭树儿常常做梦，梦里的他有一双明亮的眼睛，能看到很多东西，有男人、女人、老人、孩子、房子、汽车、高山、流水，还有许许多多姹紫嫣红的色彩……所有看不到的东西，在睡梦里他都能看到。唯一遗憾的是，醒来之后的他总是忘了梦里看见的世界是怎样的。

所以，他问养父："叔，为什么杜丽娘和柳梦梅能记得梦里的样子，我却不记得？"

养父常常说："不急，做多了可能就会记得了。"

其实他并不在意自己到底记不记得。他常常想，只要他确确实实看见过就行了。

谭树儿还想着，说不定他也像戏里的男女主角一样，是活在梦里梦外两个世界的。只是他不能像他们一样，从这个世界找到那个世界去。也就是说，谭树儿的两个世界是分离的，是不能相通的。这么想的时候，谭树儿的心里就会好受很多。

在另一个世界，他也是一个正常的人。他常常这么想。

他常常停留的，却是这个世界，这个他无法看见的现实世界。戏文，或者梦境，都好像渐行渐远了。

就像这几天，村庄越来越热闹，有不少村外的人进来。刚开始，谭树儿还会打听进村的人是谁、来村里做什么，慢慢地，就不去打听了。他每天仍然会去村里转一圈，却没有人会叫他看孩子了，也没有人关心广播里播些什么内容。他发现自己变成了空气一样的存在，无论盲杖怎么敲，周围的人好像都没空搭理他一下。

谭树儿发现，白泉村正在悄悄地改变。比如，好多人离婚了，又有好多人结婚了。谭树儿搞不明白，离婚和结婚两件相反的事，为什么会同时这么流行起来。争吵的人也多了起来，有时是扯开喉咙当面吵，有时是背地里恨恨地骂。村里以前也会有人吵架，但大多是邻居之间的争吵。这段时间却都是家庭内部的吵架，有父子相争，有兄妹打架，有姑嫂对骂，有侄孙混战……谭树儿常常想去劝解，告诉他们都是自家人，就不要吵了。但好像没有一个人会关注到他，他插不上一句话。站在那些吵架的人身边，他常常好像站到了丛林里，不知道应该往哪个方向走去。谭树儿感觉到，白泉村就像一块雪糕，还未开始拆迁就自己慢慢融化了。

发生变化的还有谭树儿自己，突然就有个女人要嫁给他了，而且是这样一个健康的女人。

对女人，谭树儿是模糊的。有时，他会十分渴望女人。特别是听到女人的声音时，常常会陷入一种莫名的激动。但有时，又会觉得紧张和害怕，远远地听见某个女人的声音，他会本能地想要躲开。

村里的女人那么多，他就在心里悄悄地把她们分成两类。一类是自己喜欢的，一类是不喜欢的。比如王婶，就不是他喜欢的类型，他不喜欢她整天咋咋呼呼的声音。比如，村主任三叔的女儿，经常树儿哥树儿哥地唤他，声音柔柔的、甜甜的，他就非常喜欢。村主任女儿出嫁的时候，他还莫名其妙地难过了很久，在院子里唱了足足一晚上的《牡丹亭》。

海花当然是一个女人，却不是村里的女人。在谭树儿的心里，除了王婶的介绍，海花的样子是模糊的。他甚至来不及想清楚，她到底是不是自己喜欢的那一类，就突然要和她成家了。

那天，海花和王婶送来了一套新衣服，说是让谭树儿穿上。谭树儿不知道是什么意思，就扭捏着不肯穿。多年来，邻居有不穿的衣服，会常常送过来。他自然是不嫌弃的。对他来说，衣服就是个遮风御寒的东西，新的旧的没什么区别。但送新的衣服，却是没有过的事。年少的时候，养父会在过年时给他置办一套新衣服。年初一穿上新衣新裤，伴着此起彼伏的鞭炮声，他有过穿新衣的喜悦。但后来，就慢慢地没有感觉了，不知道是因为年长了，还是因为家里的年味越来越淡了。再后来，特别是养父去了之后，就常常是一件衣服穿到有味儿了才肯脱下来了。

但她们送来的却是崭新的衣服，说是刚上城里买的，得好几百块钱。他接过衣服凑近了闻了闻，果真是新衣服的味道。

这让他有些不安，觉得无论如何是不能收的。但王婶非常坚持，硬拽着他去房间换了。他向来不知道该怎样拒绝别人，无论是好的事还是不好的事，于是只好随了王婶的心意，进屋换好衣服。刚出房间，王婶就连连叫道"好看，真好看"，就连海花也咯咯地笑了起来。那笑声，有点像院墙上的鸟叫声，谭树儿不禁有些摇晃起来。

王婶说，海花相上你了，日子也定下了，就这个月十七。

"什么日子定了？"谭树儿有点不知所措。

"领证结婚啊，你和海花的事总得抓紧时间办啊！"王婶高兴地说，好像天大的好事落在了谭树儿身上。

谭树儿想说什么，却又不知道该怎么说。

"无忧无虑十六春，却为何，坐卧不宁心波涌……"，他脑子里老是跳出这句戏词。

五

对政府的人，谭树儿并不陌生。

村里的广播响起来时，他都听得特别认真，什么"三农"政策、扶贫政策、"最多跑一次"……他常常是过耳不忘，一听就能记住个大概。他担心村里的人忙，没时间听广播，就一条巷一条巷去宣传。村里的人想咨询个政策的事，还常常问谭树儿。因为这事，政府请了一个记者采访过他，还专门发了聘书，配了便携式喇叭，请他当了政府的宣讲员。第二天，村里好多人就说在电视里看到他了，言语中满是夸赞之词。就是在那个时候，他突然找到了自己的价值。从此之后，听广播和背广播，就成了他每天必做的事了。

但这次政府的人找他并不是因为广播里的事，而是要拆他家的房子。

那天村主任带人进来时，谭树儿正在躺椅上听几只麻雀吵架，满院子叽叽喳喳的，和谭树儿的心情一样乱。

村主任介绍说："这是白泉村征收工作组的小余同志。"

谭树儿听了，心里更加不舒服了，就转过身去不说话。

那位小余同志似乎并不介意，十分礼貌地称他树儿叔叔。他先把政府征收白泉村的目的说了一遍，大意是说为了把莲花城建设得更加美好。

但莲花城和他谭树儿有什么关系呢？事实上，谭树儿从小到大去莲花城的次数掰着手指头都能数得过来。即便是去了，也是买了东西就回来。除了白泉村，他不喜欢任何别的地方。他害怕那种陌生的感觉。这种感觉，就像掉进一个很大的洞里，摸不着任何边际。

但工作组的同志不想了解这些，谭树儿也没心情跟他们解释这些。他只能反复地说："房子我是不拆的，我要像我叔一样老死在这里的。"

村主任看他固执的样子，着急地说："你个傻瓜，再不听政府的话，房子都要被人抢走了。"

小余同志又问他当年是否办过什么领养手续，或者有没有搞过什么认养仪式，可留下什么照片之类的……他问了很多。每一个问题都是陌生的，都是谭树儿从未想过的事。

他忽然不安起来，想起前几日的事来。

那天，他正在村委会门口的凉亭里蹭网，在杜丽娘悲悲凄凄的腔调里自怜自艾。有个小孩过来拽他的盲杖："树儿叔，你家来客人了。"他不信，他家哪里会来什么客人，就不愿意过去。况且，院门锁着的，他一点都不担心。

但让他想不到的是，家里真的来了客人。"是树儿哥吧，可把你等着了。"他还没到家门口，就听到有人迎过来，一边说着还一边过来拽。他说他叫六儿，是他在庆县的表弟，是养父姐姐的儿子。

"嗯……好……"除了村里的人，谭树儿几乎没跟外人打过交道，一时不知道说什么。

他从兜里摸出一把钥匙，准确地插进大门的锁孔。

"那年你到我家时，我见过你呢！"表弟进屋后没有寻个位置坐下，却是从一个房间走到另一个房间，又从楼下走到楼上。

"哥，房子这么大你住得过来吗？"表弟一边走一边问道。

"是住不过来，一间就够了！"他摸索着去倒开水。

过了一会儿，表弟像是在翻着什么书，然后说了一句："有三百七十八平方米啊，够大的！哥，这个测量报告我拿去了啊，你反正也看不见！哦，还有这拆迁的事，你不方便，弟弟我来处理就是了。我妈说过了，让我一定要安顿好你，你放心好了……"

表弟说了一堆后，竟然直接走了。谭树儿端着一杯水，愣是半天没有反应过来。

过了许久他才想到养父在邻县有个姐姐。因为路途遥远，平日少有往来。谭树儿小的时候，养父曾带他去过那个县城，还让谭树儿唤他姐姐大姑。谭树儿怯怯地叫了一声，大姑没怎么理会，还和养父嘀咕怎么领了个这样的孩子。养父卧床那几年，有两次让谭树儿打电话给大姑。但大姑都说家里忙，一直没有来。直到出殡那天，大姑终于来了，一边哭还一边骂养父不孝，连个后人也没给父母留下。披麻戴孝的谭树儿跪在灵前，一句话也没有说。

从那之后，就再也没有大姑的消息了。

表弟离开后，谭树儿总觉得有问题，却又想不出是哪里不对劲。但村主任这么一说，他好像突然明白过来了。

"你们是问六儿表弟的事吗？"他问宋组长。

"你终于反应过来了啊！"村主任气咻咻地说。

六

十七号快到了。

谭树儿这才发现，原来自己一直在等这个日子。

这几天，脑子里常常会跳出海花的笑声。他觉得有些不真实，总感觉那天送衣服的事是一个梦。这些年，不知道被介绍了多少女人，却始终没有人愿意跟自己。但王婶说海花是愿意的，而且是那样一个健全的女人。更重要的是，是一个会对着自己咯咯笑的女人。

谭树儿对结婚的所有想象都是来自戏文，或者是来自养父。

养父带他看得最多的是遂昌婺剧团演的《牡丹亭》，一有空就会带上谭树儿往遂昌跑。刚开始谭树儿不知道养父为什么喜欢这出戏，后来才知道，养父是在等一个人，等那个人像杜丽娘一样还魂归来。

养父在捡到他之前，曾经和一个叫慧慧的女人谈过恋爱。

养父说，她演的杜丽娘比真的杜丽娘还好看。养父还说，她的唱功是谁也比不了的，随便一个拖音都是可以百转千回的。后来，那个女人因为一场车祸去世了，养父因此很是失魂落魄了一阵子。村里的老人说，那个时候，养父的魂也跟那个女人去了，每日只知道酗酒唱戏。直到捡到谭树儿，养父才回过神来。

村里人说，与其说是养父救了谭树儿，不如说是谭树儿救了养父。

回过神来的养父，没有再找女人。他一年比一年沉默，大姑就一年比一年着急。她还专门回白泉村住了很久，几次把谭树儿送去孤儿院，但都被养父又接了回来。那几天，姐弟俩天天吵架，大姑甚至跑到她父母的坟上去哭。村里的人都说，他们之后少有往来，大概都和那次吵架有关。大姑的努力自然是失败了，她回去之前提出唯一的要求是不许谭树儿叫养父爸爸，只能叫叔。

村里的人都说养父是个傻子，谈个恋爱能把一辈子都搭进去。但谭树儿不这么认为，他觉得养父的慧慧是比杜丽娘还要好的女人。

只有谭树儿知道，养父活着只是在等待自己死去。又或者，每晚睡着的养父是可以和那个叫慧慧的女人相遇的。尤其是生病之后，养父每天都拈着一张照片喃喃自语，好像他们已经见着了一般。所以，谭树儿相信，养父的死并不痛苦，而是快乐的，他是去找那个女人了。火化后，他把照片放进了养父的骨灰盒。他觉得养父到另一个世界时会需要，就像柳梦梅需要那张画像去找杜丽娘一样。

无论是柳梦梅和杜丽娘，还是养父和那个叫慧慧的女人，他们的生死不分离，都让谭树儿偷偷地向往。以至于哪个女人多说几句话，他都会莫名其妙地面红耳热起来。

那么，那个叫海花的女人，会是戏里的杜丽娘吗？

十七号这天，天气似乎不错。他早早起床，认真地穿上那身新衣服。他给养父上了香，告诉养父今天开始他有老婆了，他会和她在这个家里一起吃饭、睡觉、生孩子，在这个房子里一代一代居住下去。

一切准备妥当后，他端坐在院子里，听着院门外各种细碎的声音。

但这天似乎格外安静，偶尔有孩子跑过的声音，或者是远处摩托车经过的声音。除此之外，似乎只剩风声了。风总是挤进院门，发出吱吱的声音。谭树儿总是被这样的声音弄得心神不宁的。

一直等到村里的广播响起来，谭树儿也没有等到王婶她们的声音。谭树儿决定出去，他要去找王婶——说不定她们忘了今天是十七号呢，他突然想到。

到王婶家门口时，他听到里头有声音，似乎是争吵声。他想挪步走开，又觉得必须上前问一下，就试着叫了一声："王婶——"

屋里的声音立刻停住了，像尖叫着的烧水壶突然拔了插头一样——哨声没了，里头翻滚的水还使劲憋着。

王婶咳了一声，像是要打破刚刚一刹那的安静。海花尖锐地丢下一句"他还真来了"，便跑进房间关上了房门。

王婶缓缓地说："树儿，你……你怎么来了？"

谭树儿说："婶，今天十七号了！"

"十七号咋了？"

"十七号不是要去领证吗？"

"我说树儿啊，听说你表弟三天两头在政府那边闹呢，你怎么还有心思东想西想！"

"婶，我穿了新衣服了……"

"啥新衣服？回吧，回吧……"

谭树儿没有再说什么，一声不吭地回到了家里。他把新衣服脱下，然后送到王婶家门口。这次他没有进门，把衣服放在门口的石凳上便走了。

再次回到家时，他长长地舒了口气。

他发现，一切果真是梦——新衣服找不到了，海花的笑声也听不到了。

七

他果真不是养父的儿子。

这天，白泉村突然来了三个人，手上拎了大大小小许多礼品，直奔谭树儿的家。

院门虚掩着，谭树儿正拉着胡琴，一个女人突然抱住了他。她抚摸着谭树儿的脸，反复地哭喊着："我苦命的儿啊，妈终于找到你了！"

谭树儿不知所措地僵在那里，不知道该做出什么样的反应。

一个苍老的男人吞吞吐吐地说："霖儿，我们对不起你……我叫叶正荣，是你的生父……她是你的生母，叫林晓薇……这个，是你一奶同胞的亲弟弟，他叫……"

"我叫叶秋霖，和你的名字只有一字之差。"一个年轻的声音接过话，"噢，你还不知道自己的本名是吧？你叫叶秋霖。这可是很好的名字，爸说取自一首诗，叫什么？落叶如秋霖。对，就是这句。还有，这个霖字和妈的姓正好谐音，你可是爸妈爱情的见证哦，很有意义的。我的名字不过是接着你的名字取的，就没啥特别的含义了……"

谭树儿像被使了定身术一般，一动不动地定在了那里。一群麻雀在琴声中穿梭,倏忽又飞回到柚子树上。他膝盖上的胡琴弓弦,正停在最右边的位置,像一张拉满的弓突然被收住了,乐声却还在院子里起伏。谭树儿努力地倾听,发现这一切不是梦,而是正在发生的一件真事。

对于亲生父母,谭树儿的想象仅限于襁褓里的衣物。他从未想过要去深究生身父母是谁,他们在哪里。他甚至没去想过他们是不是还活着,是不是在这个世界存在过。小的时候,听到别人都喊妈妈,他也问过养父,自己为什么没有妈妈,自己的妈妈在哪儿。养父一直不肯回答他,总是拿个什么事就把话题转移了。再后来,他觉得只要养父找个女人,后者就是他的妈妈了。也就是说,他对妈妈的想象更多的是对养父女人的想象。

但现在,这个抱着他痛哭的女人.说是他的妈妈。

他终于推开那个女人。从小到大,除了养父,没有人抱过他,甚至连握手都是很少有的。在他心里,代表其他人的,不是具体的形体,而是声音,各种不同的声音。

谭树儿觉得自己被侵犯了。尤其是她身上的味道,太香,比柚子花还要香。柚子花的香味是好闻的,是让人陶醉的。但她身上的香味却是刺鼻的,让他极不舒服。

女人抽抽噎噎地说道:"霖儿,我是你的母亲,你是我十月怀胎生下来的。你养父有没有和你说过?襁褓里有一只纸鹤,就是我折的,上面的字是你爸写的。你都不知道,当初把你放在樟树下时,我的心里有多痛……"

那只纸鹤早就破了,沿着折痕一条一条地裂开。但此刻,正在裂开的是谭树儿。他不知道该说什么,紧闭的眼皮底下不自觉地流出眼泪。

那个男人——口口声声说是他父亲的男人,接着说:"霖儿,我们也是没有办法。那时候，你妈还在乡镇的文化站上班，一周才回来一次。我虽然在城里工作，做的却是记者的苦活儿，整天在外跑，实在没办法照顾你的日常起居……"

男人说了很多，一边说一边擤着鼻涕，好像这么多年受委屈不是谭树儿，而是他们。谭树儿终于有点听明白了，男人是一个报社的记者，女人是文化馆里的声乐老师。按他们的意思，当年是不得已才把他送人了。熬到现在，他们退休了，终于有时间可以在家每天照顾他的起居了。

一通认亲程序完成后，他们终于安静下来。那女人带了饺子，用谭树儿家的煤气灶煮出浓浓的韭菜味儿。她端了一碗递过来，谭树儿没去接。他正了正身子，继续拉起来了胡琴。

"雎鸠声声惊残梦，醒来枕上怯晨风……"他在心里默默地唱道。这么多年来，他第一次怀疑戏里的故事。他发现梦和现实是不能相遇的，还发现所有的戏曲都是骗人的。就连养父都不是真的，很多美好都是自己的想象而已。

那个年轻男子也坐在了他边上，一边吃着饺子一边说："妈，你还别说，他这音乐天赋倒真是遗传了你的！"那个母亲没有接话，大概是踹了他一脚，那儿子便不再吱声，专心吃饺子。

那位父亲又把饺子送到他手边，说："霖儿，吃了再拉琴吧。"

谭树儿不理。

"你母亲也会弹琴呢，钢琴、手风琴都会呢……以后回家了，你们母子可以合奏了。"那位父亲又说了一句，声音里塞满了饺子。

那个叫林晓薇的女人重重地咳嗽了一声，他就立刻停住了。

谭树儿的胡琴越拉越快，越拉越响，好像是为了盖过那些隐秘的声音——他们吃饺子的咂巴声、小心走路的声音、窃窃私语的声音以及彼此打手势的声音……

其实谭树儿心里全部都能看到，虽然他眼睛什么都看不到。

他看到他们吃完了饺子，又刷了锅，洗好碗筷，甚至把他换下的脏衣服也拿出来洗了……

他们收拾好东西后，终于说先回去了，还说下次再过来看他。

"我不需要你们照顾！"谭树儿终于开口说了一句话。

八

谭树儿的家好像越来越热闹了，那一家三口走了没几天，表弟竟带着大姑来了。她们把楼上清扫出来，像是要长住下去的意思。

来的那天，年近八十的大姑抱着谭树儿养父的牌位，叫着养父的名字，哭得仿佛要背过气去。

大姑一家住进来后，这房子仿佛变了。原先的风声、雨声、鸟声、虫声，都没有了。偌大的房子只剩下大姑的唠叨、大姑的哭诉、大姑的指责……

大姑并未说谭树儿一句不是，只对着牌位不停地哭诉。听得多了，谭树儿才理出个头绪来。大姑的意思是，养父当年抱回谭树儿的时候，是和她商量过的。那时还是计划生育的时代，大姑说养父还要结婚生子的，不能年轻轻地就成为一个盲人的爹。所以，养父才答应不让谭树儿喊他爸，而是喊他叔。也就是说，养父从一开始就没想做他的父亲，他只是暂时收留了谭树儿，他是准备生个自己的孩子的。

"人要知恩啊！"大姑每次哭诉的结论都是这句话。

表弟和大姑不一样，他不跟牌位说，而是直接跟谭树儿说。他的语气通常是语重心长的，声音是缓慢亲切的。他告诉谭树儿，他们家是他唯一的亲人，不但不会扔下他不管，而且会继续养父从前的职责养他终老的。

表弟早就为他张罗好了去处，说是白泉村拆了之后，就会安排他去养老院，还说那是莲花城最好的养老院。

"到那边，你再也不用自己烧菜做饭了！"表弟的声音十分体贴，好像这确实是最好的安排。

谭树儿当然知道养老院是什么样的地方。

养父生病之后，曾经提出要去养老院，他说谭树儿眼睛不方便，去养老院省事些。刚开始，谭树儿以为养父是担心他没办法照顾好他，所以要去养老院。但在养父去养老院前一天的夜里，他听到了养父的哭声。所以，他才知道，养父是不愿意去的。就在那个时候，他像是突然长大了，能担当了。他坚定地告诉养父，他不用去养老院，他能够照顾好他。

后来的谭树儿真的做到了，他学会了烧饭、烧菜、洗衣服，学会帮养父按摩、擦洗身子、换衣服。他还坐在养父的床前，一遍遍地给他唱戏……

养父告诉他，养老院是没人管了的老人才去的地方。养父说去了那里，就是死在外面再也回不了家了。但养父害怕的不是这个，他是怕到了那边，会找不到那个先去了的她。

谭树儿当然也是不愿意去养老院的。他和养父一样，担心再也梦不到养父。

他忽然不知道自己是谁了。从小，养父没让他叫爸爸。小时候，他也问过养父这类问题。养父告诉他："叫什么都是一个称呼问题，不要放心上。我就是你爸，你就是我儿子。"从那之后，他就再未纠结称呼的事。这许多年来，谭树儿心里认为"叔"这个称呼和父亲、爸爸这类称呼并没有什么区别。而且，莲花城这个地方，为了顺利养大孩子，民间一直就有让亲儿子管亲爹喊叔的习俗。养父一直待他很好，也未婚娶，更没有其他子嗣，所以他从未怀疑自己是养父儿子的这个身份。

但现在，他突然成了一个外人，一个和养父没有任何关系的外人。

在大姑的哭闹声中，谭树儿一遍遍地摸着房子里的家具、门框、窗棂……

他想起养父临走时交代的后事。比如，没事不要去村外，免得丢了找不回家；比如身份证放在哪里，银行卡密码是多少；比如大姑的手机号是多少，村主任的手机号是多少；比如，要管好房子，有漏雨了就请村主任帮忙找人修理……

尤其是养父去世之后，他也是按规矩披了麻戴了孝的……

他当然是养父的儿子。这里，也当然是他的家。他觉得心安了一些。

他把手机的音量调到最大，杜丽娘哀怨的声调便盖过了大姑的哭声。

手机是养父去世之前委托村主任买的，村主任说这样的手机很贵，得花很多钱。村主任女儿教他使用的时候，他觉得特别神奇，好像世界突然为他打开了一扇窗。

他学会用这个手机给村主任打电话，给戏班子打电话。养父去世前后他给大姑打的电话，也是用这个手机拨出去的。对谭树儿来说，打电话这个功能当然是次要的，他使用最多的还是听时间、听天气预报，当然还有听戏。

手机里还存了一段养父的声音，那是养父最后一次唱《牡丹亭》。那天，养父的精神突然特别好，他从床上坐了起来，说："树儿，你这个手机能录音？"谭树儿说能的。然后养父说："给我录一段吧。"谭树儿把录音回放时，养父总是能笑出声来，有些不好意思的样子。他说唱得太难听了，慧慧唱得才好听。不久之后，养父就去世了，那段声音却留了下来。

"亭台半零落，秋千生莴萝，春回旧院半荒芜，莫非伤心的事儿多……"谭树儿沉浸在养父的声音里，那唱腔格外哀怨绵长。他拿出二胡，和着养父的唱声拉了起来，好像从前一样配合着。

大姑和表弟的声音渐渐低了下去。

他的身体跟着节奏夸张地起伏，拉弦运弓的右手一会儿急促，一会儿缓慢。月光之下，一双紧闭的眼皮之间，潮湿的睫毛轻轻地抖动。

九

一辆汽车突然停在了谭树儿身边。

谭树儿惊了一下。下车的人扶住了他："哥，咱吃饭去！"

"你是谁？我不去！"他用盲杖仔细探着，试图从汽车边缘绕过去。

"哥，我是你亲弟弟叶秋霖啊，这么快又忘了！"叶秋霖一边说，一边把谭树儿往车子里面塞。

谭树儿拗不过他，只好坐进了车子："你带我去哪儿？"

"当然是大酒店！"叶秋霖油门一踩，车子飞快地往前蹿去。谭树儿只觉得身子一倒，连忙用盲杖撑住自己。

"哥，你没坐过汽车啊！"

"坐过！"

"你一个瞎……眼睛不方便的人，坐车去干吗？"

"去唱戏！"

"哦，唱戏，哥你可真能耐，能拉二胡还能唱戏！你这是戏唱得好，还是二胡拉得好？"

"哥，你给弟弟我唱一个呗！"

"哥，唱戏能赚到钱吗？"

…………

谭树儿没有再回答。他不喜欢这个弟弟，一点都不喜欢。那个表弟也不喜欢。他不明白为什么突然变出这么多弟弟。

"哥，到了！"这个叶秋霖一路说着就开车到了那个大酒店。他停好车，然后过来打开车门。车窗外突然响起一阵鼓掌声，甚至有爆竹的声音。随着一股子硫磺味儿，许多碎片落在了他的身上。

"我的霖儿啊！"突然，像上次一样，一个满身香气的女人扑过来抱住了她。谭树儿不用问也知道，是那个叫林晓薇的女人。这次他没有犹豫，一把推开了这个女人。

"各位！这位就是我的长子叶秋霖！当年，霖儿先天性视网膜脱落，因为视力不好而走失。这些年，我和他母亲苦苦找寻了多年。今天，我们一家终于团圆了！"叶正荣的声音铿锵有力，饱含感情，听起来像某位领导的发言，又像某个慈父的忏悔。

"祝贺叶总编！""祝贺叶老师！"周围响起了一阵掌声。

谭树儿听到有人悄悄地说："听说就养在白泉村，这么近都找了这么多年！"

他不知所措地站着，手上的盲杖胡乱戳着。叶正荣拽着他走上台阶，他一个踉跄差点儿摔着。林晓薇连忙过来拉住他另一条手臂。恍惚中，他觉得自己站在一片丛林里，周围布满了荆棘，无数体型巨大的生物正张牙舞爪地对着他。

"霖儿，这是你和我们拍的第二张全家福！"叶正荣的声音有些哽咽，"第一张是你百日时，我和你母亲带着你专门去照相馆拍的。"

叶正荣把一张照片塞在他的手里。

"只你们仨啊，没有我呢。"叶秋霖有点赌气地说。

"那时的你，还不知道在哪里哦！"叶正荣笑了笑，似乎高兴起来了，"今天拍的才是真正的全家福，是咱们一家四口的全家福。"

"吃饭去，大家一起到楼上喝酒啊，三楼的三个六、三个七、三个八包厢，随便坐就是了。"林晓薇热烈地招呼大家，刚刚的悲伤已经不见了。她的声音有点嗲，甜甜的，糯糯的，是谭树儿喜欢的类型。他忍不住想，这个真的是生下自己的女人？

谭树儿不知道自己是怎么走路的，他的盲杖始终没有落地，他的脚是被身体拖着走的。准确地说，他是被人架着走进酒店、走上电梯、走到一张椅子前面的。叶秋霖把他轻轻按在了位置上，说："哥，这是爸专门为你安排的接风酒。"

席间，林晓薇不时地给谭树儿搛菜。她还仔细剥了大闸蟹、大龙虾的肉，蘸了酱油醋，放在了他的碗里。他认真地吃着，感受不同的味觉体验。以前在村里吃酒席，养父也会给他搛菜，但也就是鸡鸭鱼肉。今天的好些菜，都是他从未尝到过的。服务员每报一道菜，林晓薇就会立刻把它搛到他的碗里。有那么一个瞬间，他突然觉得，有一个母亲果然是不一样的。

叶正荣拿着酒杯，不时地碰他的杯子，说一些抑扬顿挫的话。还有许许多多的其他人，也都过来和他碰杯子。他们说着恭喜祝贺的话，还拍拍他的肩握握他的手，好像他是一个非常重要的人。叶正荣向谭树儿介绍每一个敬酒的人，让他叫叔或者叫姨。谭树儿一个都没叫，他专心地吃菜——这实在是他吃过的最排场的一顿饭了。

那天吃完饭后，谭树儿又被塞进了车子。叶秋霖关上车门，摇上车窗，谭树儿才觉得那些嘈杂声小了下去，那些不真实的感觉也慢慢散了去。

"哥，你先回村里住着，我们帮你把那个表弟赶走了以后，你再回来住！"叶秋霖说。

"我哪儿都不去，就住白泉村！"谭树儿回答。

"哥，今天这个饭局的意思呢，就表示你已经认祖归宗了！也就是说，你以后可以回咱们叶家了。"叶秋霖一边开车一边说。

"我回白泉村！"谭树儿重复了一遍。

"白泉村还不是过两天就要没有了！"叶秋霖说。

"不要说了，我回白泉村。"

十

村庄里人越来越多。

谭树儿在熟悉的路上敲着盲杖，却像走在一个陌生的地方。

他的记忆中，白泉村从来没有像现在这般热闹。自从确定拆迁，村外的人就一拨接一拨地来到白泉村。他们有的是工作组、测量队、搞房屋监测的人，有的是银行、投资商这些瞄准拆迁款的人，有的是房开公司、房屋中介的人，有的是回收旧电器、捡破烂的人……

村里的人也会和谭树儿开玩笑，问他拆迁后是不是搬到亲爹那边去。碰到这类问题，他都不予理睬。他觉得他们是在笑话他，笑他突然冒出一个亲爹来，笑他是一个外乡人、一个不是白泉村的人。

大姑和表弟好像因此更加理直气壮了。

院子里那把竹躺椅已经被表弟完全占领了。他每天躺在上面肆无忌惮地开着视频、打着电话。大姑也不哭了，她似乎爱上了扫地，扫帚成了她抢占地盘的工具。她越扫越大，谭树儿的东西被扫到了角落，最后被扫进了他睡觉的房间。二胡自然是不拉了，原本是挂在堂屋的墙壁上的，不知道什么时候也被放进了他睡觉的房间。他和养父的八仙桌，也每天都滚着火锅，那香味从堂屋一直跑到他的房间。

表弟的言语也变得阴阳怪气的。

"听说你亲爹是个当官的，果然是有来头的哦！"

"找到你亲爹了，我舅也算可以瞑目了！"

"这下可真成了城里人了，啥时搬到城里去？"

…………

还未拆迁，那个曾经只有他和养父的家，似乎已经被拆了。陌生的声音、气味，让他常常觉得无处可逃。他竟然变得不喜欢回家，常常坐在村口的大樟树下，一遍一遍地唱着《牡丹亭》。直到整个村庄的人都睡着了，他才敲着盲杖回来。他推开院门——有时甚至感激大姑他们给他留了门，没有插上门闩。然后，他把自己藏进他的房间。当他蜷缩在被窝里的时候，才发现属于自己的地方，只剩这张床了。

方律师找到他的时候，他正沉浸在杜丽娘的悲伤里。

他越来越分不清是现实还是在戏里，常常如在戏里一般悲伤或者大笑。他愿意躲进戏里，只有在戏里他才觉得自己是安全的。他突然理解了养父痴迷看戏的原因——沉浸在虚拟的世界里，也是活着的一种方式。

但方律师却把他从虚拟世界拽回到现实中来。

"您是谭树儿，是吗？"方律师的声音听起来陌生而遥远。

"是的，我是。"谭树儿回答。

"我姓方，是您的代理律师。"方律师说。

谭树儿张了张嘴，想说什么，却没有说出来。

"您的弟弟叶秋霖联系了我，我现在是您的代理人，负责您的财产纠纷。"方律师接着说。

"我不需要。"谭树儿其实没有听懂，但一听到叶秋霖几个字就本能地想要拒绝。

"据我所知，您正陷入一桩财产纠纷里，您养父的姐姐正霸占着属于您的房子，是吧？"

"……"谭树儿仍然不知道应该说什么。

"这么说吧。您不用担心费用问题，更不用担心其他问题，我只是一个能帮助到您的人。您一定不愿意您姑姑和表弟住在您的家里吧？"

"我懂了，你是要帮我打官司。"

"对对，就是这个意思。"

"不需要，我不需要打官司。"

"您真的不需要？"

"我不想打官司。要么，你帮我和他们说说，让他们搬走就是了。"谭树儿觉得有些矛盾。他心底是希望他们搬走的，把他的家还给他。但他不愿意打官司，不愿意和养父的姐姐打官司。

"好的好的，我会帮您跟他们说。"

"谢谢！"

"您能告诉我，您和您养父的一些生活细节吗？您觉得您是您养父的儿子吗？那您为什么会称他为叔？……"

方律师问了很多问题，每个问题都会让谭树儿陷入长长的回忆。

他居然滔滔不绝地说了起来。从和养父一起看戏、一起唱戏，说到一起吃饭、一起聊天，还说到养父生病之后的种种……他说他只是希望这个房子不要被拆了，希望白泉村不要被拆了。他希望什么都可以保持原样，安安稳稳就好。

这许久以来，谭树儿好像生活在一个震荡的空间里。他每天都好像坐在一辆过山车上，一会儿飞速上冲，一会儿直线下落。他的生活节奏完全被打乱了，每一分钟都是陌生的。如果说，拆迁可能造成的空间上的陌生让他非常不安，那么，这种提前到来的生活上的陌生，让他更加不安了。但他什么都没有说，把所有的不安都藏进心里。

方律师的提问，像一根针扎进了气球，许多憋了很久的话好像突然找到了一个出口。

他说了很久，几乎停不下来，有时是笑着说，有时是哭着说。方律师听得很认真。他还感觉到，方律师是拿了笔一边听一边记的。这种来自笔尖上密集而细微的沙沙声，让他心安，他觉得自己的内心终于被别人重视了。

律师递过来一件东西，说："这是一份代理协议，就是说我可以帮助您，您有任何权利需要主张，我都可以帮您去争取！您按个指印就可以。"

"你能证明我是我叔的儿子？"

"可以！"

"我不想变成其他人的儿子，我只是我叔的儿子。"

"……呜……这是另外一个问题……"方律师似乎有些疑虑。

"但是，您肯定是您养父的儿子，您放心！"方律师肯定地说。

谭树儿的眼泪就哗啦啦流了下来。

十一

村庄里人越来越少，人们似乎都有了新的去处，或者即将有了新的去处。

谭树儿碰到谁都会问一句："搬去哪儿啊？"他发现所有人的回答都是不一样的，就像停在柚树上的麻雀，突然就飞向不同的地方了。谭树儿奇怪，为什么大伙看起来都是兴奋和快乐的，好像早就厌倦了白泉村的生活，早就等着这白泉村的消失。

只有谭树儿是忧伤的，是不安的。村里的人问他搬去哪里，他总是沉默着。他不知道未来在哪里，也不愿意去想。在谭树儿的心里，总觉得这一切不会发生，白泉村不会突然就没有了，他和养父的房子也会一直都在。

大姑和表弟像是要长住下来的样子，每日烧饭、扫地，好像这里原本就是他们的家似的。他们的言语变得越来越粗糙生硬，甚至直接骂谭树儿忘恩负义。许多时候，谭树儿觉得自己就不应该来到这个世界上。他觉得自己是多余的，甚至是罪恶的。

余同志几乎每天过来，有时是打听情况，有时是做大姑的思想工作，有时是问谭树儿要搬去哪里。他还带谭树儿去了几个地方，用他的话来说，叫实地考察。先是一家敬老中心，再是残疾人疗养中心，再后来是老年公寓……余同志说："你仔细感受下，这些地方的生活是不是方便。"他让他走不同的路，感受不同的房子，触摸不同的家具……但他感觉到的，只有陌生和害怕。

村主任和余同志也考虑过让他回到亲生父母那边去，但是未做亲子鉴定，无法在法律上确定他们的父子关系。更大的顾虑是，他们担心亲生父母得到好处后会再次遗弃他。那个律师也来过，送来一份法院的通知，意思是过几天就会开庭，还告诉他官司打赢的可能性很大。

王婶就是在这个时候，再次把谭树儿拽到她家去的。

自从十七号见面之后，他就没有再见过海花。偶尔脑子里冒出海花咯咯的笑声时，他就强迫自己去听戏。王婶却是常常遇到的，只是她的声音好像总能绕过他似的。每一次，他明明老远就听到她的大嗓门了。但只要他向她走过来，她的说话声就会轻下来。等到他走远了，那嗓门就会又大起来。

最近听说她们家和自家兄弟正吵得凶，据说是为了争抢老人，原因自然也是和拆迁有关。村里的人都说这是作孽，九十多岁的老人被抢来抢去。这些事，终究只是别人家的事，谭树儿也就是听听。怎么说呢？谭树儿好容易才把她们家从自己的心里划出去，划为毫无关系的别人家。

但现在，王婶居然又来找他了，还像上一次一样把他往她家领。

王婶的声音依然是中气十足，还未到她家大门，就远远地叫了起来。

"海花，快出来，看谁来了！"谭树儿觉得整个白泉村都被她的声音震得此起彼伏了。

刚进院子，海花就把那套新衣服塞在了他的怀里，生气地说："你那天把衣服丢在门口做什么，谁也没让你拿回来的。"

谭树儿不知道该说什么，只抱着衣服愣着。

"听说你亲生父亲找到了？"海花又说。

"好像是的。"谭树儿模棱两可地说。

"是就是嘛！还不好意思！我可听说了，是个当官的，还帮你找了个律师！大家都说这个官司你保准能赢……"王婶洪亮的声音又响了起来。

"咳咳……姑姑……"海花的声音似乎是在制止王婶。

"呃……对……我说花啊，你也真是，今天才过来，上半年的好日子都要错过了！"王婶终于开始说正题，"树儿，今天叫你来呢，就是赶紧把证给领了。上次临时有点事给耽搁了。你这傻孩子，之后也没个下文……花，还愣着干吗？还不抓紧时间让树儿去把衣服换了去街道领证去！"

她说话像连珠炮似的，一串接着一串。谭树儿想回一句，好像也找不着缝隙。他抱着衣服站也不是，坐也不是。就在这个时候，一只光滑的手握住了他，海花咯咯的笑声响了起来："树儿哥，我领你去房间换衣服吧！"

谭树儿脑子嗡了一下，只觉得马上要晕了过去。那手软软的、绵绵的，和养父的手完全不一样。女人的手，谭树儿从来没有碰过。村主任女儿虽然常常会扶他，但那都是她拽着他的胳膊。和女人这样手心对手心地牵着，谭树儿还是头一回。

"哥，走啊！"那只手却握得更紧了。那手还暖暖的，直直地传到谭树儿的手上、胳膊上以及脸上。他只觉得浑身热辣辣的，那海花的声音也变得格外柔软了。

谭树儿就这样糊里糊涂地跟着海花进了房内。他傻傻地站着，不知道怎么做才是，只好任由海花把他的外衣脱下，再把新衣服换上。海花捉着他的手往衣服袖子里钻的时候，木偶似的谭树儿像是突然活了过来，猛地抱住了海花，在她的脸上又啃又咬。海花吓得哇哇大哭，从房里跑了出来。

那天，谭树儿不知道自己是怎么走出王婶家的。他只记得海花在拼命哭，王婶在拼命劝。他呢，像一个做错事的孩子，默默地把新衣服脱下来，又默默地走出了她们家。

十二

无论谭树儿如何坚持，白泉村都不可避免地越来越空了。

谭树儿常常想起戏台散场后，留在广场上的空寂。仿佛一个说话，都能把整个场子震出好几道回音。王婶一家也搬走了，偌大的村子几乎听不到人声。

大姑和表弟终于也准备回去了。

离开的前一晚，村主任和余同志都在。大姑给养父上了一炷香，叫了一声"哥"便说不下去了。连日的哭闹下，大姑的声音更加苍老疲惫，谭树儿不知道应该说什么。

表弟递过来一张纸，让他按手印。他说了长长的一大堆理由，最后说这房子是你养父的，你大姑拿这一半是理所当然的。村主任补充说，现在已经证明你是养父的养子，那补偿款可以全部不给你大姑的，你要考虑清楚。谭树儿说考虑清楚了，便伸出手去找印泥，没犹豫什么就按了手印。

怎么说呢，对谭树儿来说，能够证明他是养父儿子，他就很满意了。他很感激余同志，是他帮他找到了那张纸——那张能证明他和养父之间是养父子关系的纸。村主任说，2015 年莲花城发生特大洪涝灾害，区民政局一大批档案被浸泡，抢救过程中部分档案损坏和遗失。多亏了余同志不肯放弃，跑了很多地方、查了很多档案才找到了这份收养文件。

"你叔就是你爸，你摸摸，这上面有你养父的亲笔签名！"余同志握住他的手激动地说。谭树儿的眼泪便落了下来。就是在那个瞬间，他觉得自己已得到所有，其他的事都不重要了。

推土机开到白泉村的时候，谭树儿已经搬到城郊的网红村。余同志帮他在景区买了一栋民房，虽然小了点，却也是有院子的。和白泉村的院子一样，新家的院子也能听到虫鸣、鸟叫、风吹、雨落……

谭树儿把从前的家具尽数搬来了。尤其是那把竹椅，仍然摆在院子里。他坐在那把竹椅上唱戏、拉琴……好像养父也跟着搬了过来。

唯一意外的是，他竟然成了游人争相拍摄的网红。

　　"忽然见，磊磊梅树顶天立，青枝绿叶映天星……"他每天深情地唱着，他发现自己能看到一束五彩的光。

　　他想，那一定就是人间的姹紫嫣红了。

三天两夜

林详提着行李，腾出右手拍了拍刘小斌，就径直走向门口的帕萨特。到了车子跟前，却没有立刻去打开车门。应茹觉得他应该要转过来，往收银台这边，准确地说，应该往应茹这边看一下。但他没有。他背对着应茹，站了一会儿，才缓缓地从裤兜里摸出车钥匙。只见帕萨特四角的灯闪了两下，后备箱就如同一个要出轨的女人一般，"叭"的一声松开了锁扣。林详果断地打开后盖，把行李重重地扔了进去，又"砰"的一声重重地关上了后备箱。

　　整个过程，应茹都一动不动，继续看着收银台的电脑，好像根本不关她的事。但她眼睛的余光却一直跟着林详，甚至林详每走一步都牵挂着她的心。她想说"不要走"，又像被人捂住了嘴巴，什么也说不出来。当林详的车子绝尘而去，她只觉得心底也"砰"地一下，被一个盖子猛地盖上了。

　　午后，超市的生意就明显冷清。林详离开后，店堂内外立刻安静了下来。有一两个顾客在货架上挑选着什么，也是无声无息的。应茹看着监控里的顾客，继而又看到监控里的刘小斌。他正在最里面的货架后面，一会儿往这边走几步，一会儿往那边走几步。整个店堂的空气像是凝固了一般，应茹听到自己的心脏怦怦直跳。

　　怎么说呢？她刚结婚就跟林详在上海开超市，钱是赚了不少，日子表面似乎光鲜得很，但究竟还是少了点什么。每一个深夜，关上店门后，夫妻俩数着一沓一沓的钱，越数心里就越迷糊。应茹总是问林详："咱这些钱赚来做什么用呢？"每次这样问时，林详就不答话了。应茹知道，这不是她一个人的痛。

这十多年来，应茹很少回老家，即使回家，也是匆匆忙忙，或者根本就是偷偷摸摸。她跟家人说是没时间，其实是怕，怕遇到一些故人、朋友，怕他们提孩子。

孩子，孩子。应茹想到这个字眼就一阵一阵地心痛。有时候，她甚至想，哪怕肚子大上几天只让别人瞧瞧也好，至少表明她也是怀过孩子的女人。或者，生一个残疾的孩子，就算养他一辈子，也比现在要好。

"阿姨，我要买一块橡皮擦。"想着孩子，店里就进来了一个七八岁的孩子。孩子总是这样随处可见。

"唔，那边……"应茹用手指了指，就不再答理。

她怕孩子，怕店里进来的任何一个孩子，更怕回家时碰到亲戚、朋友的孩子。所以，应茹从来不会去逗孩子，而且看到孩子就躲，一句闲话也没有，好像所有的孩子都有瘟疫似的。

但林详喜欢孩子。只要店里有个孩子进来，林详就会一改不吭声的毛病，又是去逗孩子，又是跟人家父母搭话。有时，他还会忍不住伸手去抱，边上的父母就会被他的热情吓到，立刻像藏个宝贝似的把孩子拽回去。这个时候，林详伸出去的手就会停在那里，表情也会僵在那里。然后，他就又不说话了。

"嫂子，要加点水不？"刘小斌大概是想打破这种尴尬局面，提着一壶刚刚烧好的水走了过来。应茹冷冷地摇了摇头，眼睛继续瞅着电脑屏幕。她当然明白丈夫林详的意思。明里是说，这地儿偏僻，让刘小斌在超市给应茹搭个手做个伴，实际上……应茹不敢想下去。

上海到底是个大地方，生意好做，去医院也方便。什么华山医院、中山医院、新华医院、瑞金医院，特别是电视上经常打广告的上海长江医院，更是跑了无数次。主要问题应该是出在林详身上，医生说，成活率极低，需要做试管婴儿。应茹没有二话，硬是任由那些冰冷的器械在她身体上捣鼓无数次，接着又在床上不挪不动，每天屁股还要挨一针黄体酮。这种罪，或者是几个星期，或者是几个月，她不知道遭受过几次。有时是用林详的，有时是用精子库的。但是，终究，都失败了。

最先是婆婆提的，说林家只林详一根独苗，不能绝后。与其要个来历不明的，不如要个知根知底的。婆婆说刘小斌头脑活络，长得也殷实，而且他已有一子一女，两个孩子都是又机灵又可爱。如果借成功了，凭着对刘小斌的为人和家庭情况的了解，应该不会有什么后遗症。应茹听到这个提议，是当场摔了盘子的。他们林家把她当什么了？她应茹不是他们林家的生产工具。但林详显然听进去了，那天晚上，应茹躺在床上装睡，听到林详辗转了一整夜，一会儿起来，一会儿躺下，一会儿抽烟，一会儿看手机。

就这样，折腾了大概有两三个月。倒是从未再提起，夫妻俩每天还是按部就班地做事。但婆婆的提议已经像蛇蝎一样，每天撕咬着他们。

傍晚，随着工人陆续下班，店里逐渐热闹了起来，提着购物篮等着付款的顾客排起了队伍。应茹喜欢这种忙碌。刷条码，装袋，收钱，打开钱柜，找零，这一套动作她早就做得娴熟。动作连成一串，时间也就连成一串了，她就没有空隙去想别的了。这种时候，她的眼里只有钱，无论如何，收进钱的感觉应该是快乐的，不是吗？但今天不行，几次给顾客的零钱都找错了，不是走神就是去瞄监控里的刘小斌。刘小斌也很忙碌，不停地理货补货，他的动作和林详一样熟练。应茹甚至觉得，那就是林详。

对超市里的事，早就不用经过脑子了，只是一系列机械的条件反射。每天，从早上闹铃响起一直到夜里睡觉，都是重复同样的事情。到什么时间，做什么事，都是早就定好了的，一切都以生意为中心。比如，晚饭通常是不吃的。等到顾客散去，应茹才会从店里装鸡蛋的篓里捡几个破了的鸡蛋，去厨房下一碗面条，夫妻俩扑哧扑哧三下五除二把面条扒光，然后林详在收银台前盘货，应茹收拾碗筷，去洗昨天换下来的衣服。十一点左右，才会把店门拉下来，开始点钞，对账，记账。以前，刚来上海时，这是夫妻俩最开心的时候，看着满满的一钵钱，夫妻两个的眼里都会放光，觉得日子就开始热腾起来。但是，十多年了，银行里的存款倒是越来越多了，夫妻两个却是越来越困惑。

"今天多少？"

"八千多。"

"哦！"

这些数字似乎没什么特别。那些钱，那些钞票，只是一些数字罢了。他们像小学生做算术题一样，每天往上面叠加，越堆越高，却不知道究竟要叠到多少高，更不知道叠上去有什么意义。

要是有个孩子就好了。应茹经常这么想。

有个孩子，她的钱就可以给他上最好的幼儿园，上最好的小学，就可以给孩子买套像样的房子，就可以光明正大地回老家。最重要的是，可以理直气壮地告诉亲朋好友，她应茹和林详在上海混得很好，有钱，还有家。

但是，现在的应茹什么也没有，除了钱。

"嫂子，吃点东西吧！"刘小斌递过来一个面包一瓶牛奶。

是有些饿了，应茹扯开面包外面的包装纸，就着牛奶吃了起来。她的眉头轻微地蹙了蹙，几乎每个晚餐都是吃这些东西，说实话，有些食不下咽。但开超市的人，哪一个的日子不是这样过的？

他们仿佛生来就是做生意的，各自的心底都以赚钱为第一要务。而钱财之外的事，比如吃喝，比如睡觉，都可以马虎。许多年来，应茹甚至连一张床都没有，她和林详都嫌床麻烦。在上海，小超市的老板，就像草原上的牧民，开一段时间就会挪一个地方。尤其是这几年，超市如雨后春笋般地冒出来，生意更是难做，往往是今天刚开业，明天对门就又开出一家。没过几天，就必须转移阵地了。所以，这过日子的东西，就能少则少了。

也因此，他们一直是就着木板睡的。这种游牧式的小超市通常都开在郊区的工地边，许多地方看上去比老家还要偏僻，周围到处都是砖块木板。每到一个地方，林详就会在超市隔出来的小房间摆几块水泥砖，搁上几块木板，再铺上几条被子，就是床了。反正，店里有的是被子。这种床，以前倒没觉得有什么不妥。直到前几年，林详突然就把这种临时床拆了，花大价钱买了一套席梦思床。林详没说原因，但应茹知道。那天刚从医院回来，林详突然就出去买了床，又从店里取了最贵的床上用品，把床上装扮得像在老家结婚时的喜床一般。

那天夜里，店门也破天荒地十点多就关了。

那个晚上，应茹也是有些亢奋的，好像白开水般的日子突然起了点波折。她甚至感觉到，她对林详还能有刚结婚时的那种亢奋、那种爱，好像以后的日子会因此丰满起来。

但是，所有的亢奋随着连续几个月的平静沉寂了。有时候，林详也会去听应茹的小肚子。

"没有动静？"

"嗯！"

"这么贵的床也整不出动静？"

应茹的眼泪就唰地流下来："算了吧，咱两个人过不也挺好吗？"

然后，林详就挪到店堂，一口接一口地吸烟。

正胡思乱想着，林忆莲的《至少还有你》突然响了起来。这是应茹设的手机铃声，她喜欢这首歌的旋律，更喜欢歌词里那种相依为命的感觉。是林详从老家打来了电话，说已经到家了，让应茹放心。顿了一顿，又说，只要有孩子，以后的日子一定会更好的。

应茹听到这儿，鼻子就酸了。她没有说话，林详也没有了声音。电话却没有挂断，那端重重的呼吸声，响了很久很久。

顾客催时，应茹才回过神来。她挂断电话，不由得抬头寻了一下刘小斌，正迎上刘小斌也有些闪烁的目光，就连忙转过头去收钱。她知道，刘小斌是故意挪到柜台边听电话的。

林详说要回一趟老家，得一个礼拜左右。他从未回家这么久。这么多年，他们之间有个约定成俗的规矩，回老家都是选在一个店结束了另一个店还未开张的时候。趁这种空当，他们才会回老家小住几天。当然，也只是小住，他们都不喜欢碰到熟人。

但这次林详却在生意正好的时候回去了。林详跟应茹说，村里有事得回去，刘小斌人不错，让他过来帮忙一个礼拜好了。应茹的心底倏地就明白了，她以为自己会发火，但所有的火却突然灭了。恍惚中，她好像看到一丝曙光，又好像暴风雨突然停止后，天空蓦地出现了一道彩虹。她来不及细想，也不愿意细想，只觉得胸口有些窒息。她甚至觉得为什么不行呢？如果，如果不是林详，说不定她早就做母亲了。她只是想做一个普通的母亲而已，她一再地告诉自己。

应茹的心底应该是还有一层原因的，那就是她一直是欣赏刘小斌的。当然，她跟自己强调的是基因，一切为了孩子，基因好才是最重要的。

刘小斌比林详小一岁，外形上不会比林详差，处事上却是比林详能说会道聪明灵活。当初选择上海，也是因为刘小斌在上海做超市。外省人说浙江人会做生意，应该就是因为浙江人愿意把亲朋一拨一拨往外面带。俗话说肥水不流外人田，看到有钱赚，最先想到的自然是亲戚朋友了。林详就是这样被刘小斌带到上海，然后开始做超市生意的。他们夫妻从最初到上海，到以后的每开一家新店，都少不了刘小斌的关照。这么多年，从择址，到谈判，到装修，到摆货，每次刘小斌都比自己的店还上心，还经常为了帮忙，十天半个月地住这边。因此，在林详夫妻眼里，刘小斌是比亲兄弟还亲的兄弟。

如果说林详是一个愣头愣脑的木瓜，那刘小斌就是一个嘴上抹油的甜瓜了。只要到了店里，他对应茹就嫂子长嫂子短的。但刘小斌对应茹却是极敬重的，虽然也会开一些不荤不素的玩笑，却是点到即止，处处以林详为重，他把自己牢牢地摆在一个小叔的位置。因着这些，应茹也一直把刘小斌当成亲小叔看待，逢着买衣服，也会给刘小斌媳妇买一套。两家人在上海这个大城市，走动得比亲戚还要近得多。

应茹不知道他们兄弟之间是怎么交代的。她不会问林详，但她了解自己的丈夫，办事从来都是最稳当妥帖的。这几个月，林详在床上辗转反侧，一定是把该想到的都想到了，该交代的也都交代了。应茹知道，之所以选择刘小斌，是因为再没有比刘小斌更可靠更适合的人选了。林详最信任的人是刘小斌，应茹也是。

当客人渐渐散去，应茹的心里就开始越来越不安。确切地说，有不安，有羞耻，但也有一些说不清楚的期待。这一天，她几乎没有和刘小斌说过话，更没有正眼瞧过刘小斌。而刘小斌，也不像以往一样油嘴滑舌快言快语。除了逃不过的几句话，他基本也是沉默着。林详回去之后，两个熟识多年的叔嫂在一个店铺里，几乎像两个陌生人。偶尔，刘小斌也会试图去说一两句话，但却是小心的、忐忑的、不安的，甚至是讨好的。应茹不会理会他，更不会接过话茬，都是用一个冷冷的眼神回了过去。

上海的郊区，不像市区那样彻夜喧嚣，常常是不到十一点，超市里就没有一个顾客了。除了远处市区的灯火，外面几乎是漆黑的。但店堂里面却被白炽灯照得通亮，亮得可以看见每一个角落里的秘密。应茹有些害怕这种亮，特别是这种落在寂静里的雪亮。以往的店堂里倒是会播放一些音乐，但那都是些情啊爱啊的流行歌曲，一些让人浮想联翩的歌词让应茹更加烦躁，就直接给关了。

一直到十二点多，刘小斌重重地咳了一下，才起身去拉下卷帘门。在最后一道门哐当一声落下时，应茹感觉自己整个人也被用力扯了一下。时间，仿佛就停止了。应茹甚至连钱都点不对，她的手有一些颤抖。刘小斌在边上看了很久，终于说"我来吧"。然后他把钱清点完毕，收进保险箱，记好账，收拾好收银台。再然后，他们一起拖地，一起吃面。做这些，他们谁也没有说话，好像那不是刘小斌，就是林详一般，不用交代，原本就该如此默契。

最后，应茹去洗澡了，她反锁了卫生间的门。在以前，林详在店里时，她是从来不锁卫生间的门的。她特意选了一套最保守的家居服。她还没来得及去想床的事情——店里只有一张床。冲完澡，应茹没有立刻出来，她在侧耳细听，因为她依稀听到有说话的声音，是刘小斌在和林详打电话。她听到他的声音虽然在使劲地压着，却是吼着的。虽然听不清楚他在说什么，但应茹还是听到了他心底的咆哮。

应茹刚推开门，刘小斌立刻就把电话挂了。他重重地咳了一下，若无其事般往店堂那边挪了挪，好像是在收拾货架。她没有去看刘小斌。她想了想，还是从货架上取了一张席子，铺在店堂的过道上，又在上面铺上棉被，然后，进了里间的卧室，并反锁了房门。

把自己关在黑暗里，应茹觉得平静了许多。她强迫自己睡觉，强迫自己不去想别的。寂静中，隔壁的卫生间响起了冲澡的声音。哗哗的流水声，似乎在撩拨着什么。她无端地面红耳热起来，急忙将自己整个埋进被子。过了很久，她又像小偷一般伸出脑袋，不自觉地竖起耳朵，却是什么声音也没有。应茹觉得越来越没有睡意，索性开了灯，坐了起来。坐了一会儿，她又悄悄地走到门边把反锁扣拧开，然后轻轻地回到床上躺下。躺了一会儿，她又觉得不妥，又去扣上……如此这般，一晚上不知道折腾了几次才迷迷糊糊睡着。

凌晨五点半，手机闹铃准时响了起来。早上的这拨生意，主要是做工人出工时的生意。林详让她这拨就别做了，太辛苦了。但应茹不听，她说过日子是会习惯的，早上去了别的店买，晚上回家也会去那家店买，丢的生意就不仅仅是早上了。所以，每天五点半，他们夫妻就会轮流着起来。林详不在家，自然是应茹起来了。应茹打开卧室门，走到店堂里刚开了灯，就看到刘小斌从地铺上坐了起来，光着胳膊，只穿着一条裤衩。应茹瞬时红了脸，立刻撇过脸去。平心而论，刘小斌的身材要比林详强多了，林详显然有了中年男子的通病，早就大腹便便。刘小斌却还和电视里的明星一样精神。平素只觉得刘小斌的衣服比林详光鲜一些，今日才知道主要是刘小斌身材好，本身就是个衣架子。

刘小斌也有些窘，说了声："嫂子，早啊！"连忙穿衣服收拾地铺。

应茹打开店门，刘小斌就收拾妥当了。

"嫂子，我来看店，你再去睡会儿吧！"刘小斌客气地说道。

应茹也不回答，看也不看刘小斌，就起身去厨房烧稀饭了。烧好稀饭，又特意炒了鸡蛋，端到柜台上，就自己回厨房吃了。要在以前，她和林详都是在柜台上一起吃饭的。但今天不是林详，是刘小斌，应茹觉得能避开就尽量避开。收拾好厨房，应茹才开始洗漱，早上那拨生意刘小斌一个人能应付。她看看时间还早，就又洗了个头。

应茹有一头又长又黑的头发，当年林详曾经说应茹最性感的地方就是头发了。自从忙于生意后，应茹的长发就一直束着，或者绾着。反正，怎么清爽怎么方便就怎么来。性感好看什么的，对在外开店的女人来说，都太过遥远。但应茹却一直没把头发剪短，她的心底究竟还是有那么一点幻想的。只要留着，自己就还是女人，而不仅仅是一个生意人。

当应茹垂着长发出现在刘小斌面前时，刘小斌显然有些痴了，他的目光有些直，嘴巴变成O的形状。应茹看到他那个傻样，不禁扑哧一笑。刘小斌就像被雷电击中一般，震了一下。一瞬间，他僵硬的身体好像突然松了下来。

刘小斌咧了咧嘴开起了玩笑："原来嫂子一笑也可挪动乾坤啊！"

应茹居然也没有发窘，反倒泰然地接过话茬，有些得意地回答道："那是，哈哈！"

有时候，人和人之间就是这样微妙，原本一句话不说的两个人，一个玩笑就把隔在中间的一层纸突然捅开了。

这一天，比前一天倒是自然多了。两个人会开一些无关痛痒的玩笑，也会谈谈其他在上海开超市的老乡，说他们的生意，说他们的风流韵事，还聊到上海的人文景点，以及老家这几年的变化等等。他们谈了很多很多。

刘小斌是健谈的，这点应茹当然知道。但在以往，她一直是个旁观者，她几乎不参与他们男人之间的谈话。刘小斌说话和林详不同，林详说话从来一是一二是二，不会拐弯，不会生花。刘小斌却有一种天生的幽默感，一件了无生趣的事情，从他的嘴里蹦出来，就会变得和冬天的阳光一样灿烂。

这一天，应茹是开心的，样子甚至是在上海的十几年都没有过的鲜活生动。头发干了之后，她没有像往常一样把头发束起，而是取了把梳子细细梳理了一番后，任由它清汤挂面般挂了一整天。但是，他们的话题只要一触及林详，或者孩子，就立刻绕了过去。这一点，他们之间的配合和看店一样默契。

尴尬的回来是从关店门开始的。这天倒是十一点多就关店门了，门一关，他们两个立刻从一个喧嚣的世界中被隔离开来。周围一下变得很静，静得应茹连手都不知道搁哪儿了，似乎只要一个动作，就会把这些安静敲碎。

林详今天一整天都没有电话打过来。应茹其实一直在等这个电话，她不清楚自己在等什么，她只感觉自己正往一个坑里走，在等这个电话把她拉回来。刘小斌也是不安的，应茹知道，他也在等电话。他总是在看手机，不是盯着看，而是看一下，又放回口袋里，过一会儿又看一下，又放回口袋里。应茹注意到，天黑下来之后，他就一直这样。

临近午夜，刘小斌坐在收银台前点钞，应茹站在边上。他点一笔，她就在本子上记一笔。点着点着，刘小斌不停拨动的手指却突然停住了，接着，他的呼吸也变得粗重起来。应茹从堆着钞票的抽屉中收回目光，才发现自己的一缕长发垂在了刘小斌的脖子上。应茹的脸立刻变得火辣火辣，连忙像触电般逃开了。

一直到拖好地，他们都没有再说话。最后，还是应茹重重地咳嗽了一下，试图去打破这种尴尬："刘小斌，今天地铺你自己打，我先去洗漱了。"

应茹装着很轻松的样子，甚至用了嫂子的语气。然后，她就取了睡衣进了卫生间，反锁了卫生间的门。刚脱了外衣，突然鬼使神差般又去把反锁扣拧开了。这一通洗澡，就洗得心神不宁了。她想象着刘小斌过来敲门，或是直接推门……卫生间里热气缭绕的，应茹想着想着，就心神慌乱，心脏狂跳，好像又回到和林详谈恋爱时的光景。这么多年，她以为自己早已变成一架只会做生意的机器了，其实却不然，她还是她，当年那个心里小鹿乱撞的她。洗好，擦干。她的动作有些慢，好像在等什么。但什么事也没有发生，她的心底涌过一丝失望，甚至是生气。她有些不甘心地从浴室里出来时，店堂里的灯已经熄灭，过道上还响起了一阵呼噜声。应茹走进卧室，重重地关上了房门，她还注意到呼噜声也立刻戛然而止了。

她不知道自己生的是什么气，关好房门后，又仔细地反锁好，才回到床上。但熄灯后，她的耳朵似乎比任何时候都要灵敏，她听到那呼噜声再也没有响起，还听到脚步声，听到他上厕所的声音，听到他铆足劲不让拖鞋发出踢踏响的脚步声，还听到这种脚步声轻轻地停在她卧室的门口很久很久……

有个瞬间，好像心底突然蹿出另一个自己。她猛地就从床上跳起，开灯，迅速趿了拖鞋。她担心再慢一点，那个突然蹿出的自己就会改变主意。但是，当她刚要伸手去拧卧室的门把手时，却听到停在门外的脚步一阵混乱。然后，她知道是门口摆着的畚斗和扫把翻了，还有一个不锈钢脸盆也乒乒乓乓滚了下来。整个黑夜，就像被突然打翻了一样，留下长长的尾音。就这样，应茹的手生生地停在门把上，像被点穴了一般，一动不动。

第三天早上，应茹听到手机闹铃响了，却没有起来。她眼里第一重要的生意，似乎变得不再那么重要。她把闹铃按了，又躺下。

她突然觉得好累。为什么？为什么每天要这样像机器一般地活着？活着究竟是为了什么？为了钱吗？为了孩子吗？应茹的眼泪像开了闸的洪水，流过她的长发，淌在了枕头上。

　　刘小斌却在闹铃响起时就起来了，他应该也是听到卧室里的闹铃声了。五点半，上海的郊区依然在沉睡，一点点声音，就会被寂静放大许多。

　　应茹听到刘小斌先是去了厨房，不一会儿，高压锅就咻咻地响了。

　　这让应茹有些恍惚，仿佛林详正在厨房里忙碌。五点半的闹铃虽然是应茹设的，但她却总是要赖不肯起来。经常都是林详投降，起来烧好稀饭打开店门，直到天都大亮了，应茹才会慢吞吞地起来。

　　躺在床上的应茹，看到窗外的天也渐渐亮了。林详，远在老家的林详，还在睡吗？她打开手机，点开QQ，点开林详的头像，在上面按了长长的一段文字。

　　应茹终究是起来了。她洗漱完毕，束好长发出现在刘小斌面前时，两个人看到彼此的眼睛都是红红的，但究竟都没有说话。末了，刘小斌说："快去吃饭吧，在厨房里。"应茹"嗯"了一声，就自顾自去吃了。

　　这一天，他们仿佛又回到第一天，尽量不说话。和第一天不同的是，他们之间省去了称呼。比如，刘小斌原是叫应茹嫂子的，现在却是不叫了。嫂子不叫，名字也不叫。应茹也不会叫刘小斌，有事就直接说事，用最少的字说。

　　到傍晚时分，林详突然回来了。坐在收银台前，看到白色的帕萨特开进来时，应茹长长地松了一口气。

　　帕萨特开得很快，到了店门口一个紧急刹车。打开车门时，应茹几乎不认得这个男人，满脸胡子拉碴，一双眼睛更是火红火红的，似乎一个趔趄就会溢出血来。林详直直地冲进店里，走到应茹面前，用沙哑的声音叫道：“去他娘的孩子！”然后，一把搂过了应茹。

你笑起来真好看

一

天空越来越低，乌黑的云像是要把整个世界吞噬了。

路上的汽车一如既往的多，方小正捂紧断指处，忍痛小心避让着。落刀的瞬间，他并没有害怕，甚至觉得自己像一个战士，可以一脚踩到云端去。直到走出房子，才感到钻心的疼，从断指一直痛到心底。父亲没有追出来，那只每天黏着他的波斯猫也没有追出来。

方小正走了很久，直到坐上一辆中巴车，脑袋里的嗡嗡声才慢慢安静下来。他很快发现自己的懦弱——他不想死，只是想用一种最痛的方式和那个家庭决裂。那根断指开始不停地闪现，像尸体般躺在地上，淌着殷红的血。父亲会不会捡起那根小指？然后和他的衣服一起埋葬？再在上面竖一块碑，上面写着：方小正之墓？这么想着，方小正就忍不住笑起来，可一边却又忍着断指上的痛，脸上的肌肉变得异常扭曲。

就是从那时候开始的吧，方小正觉得自己分离了。一部分的自己已被父亲埋葬，另一部分的自己还活着。或者说，他活着的那部分也随着那根断指死去了，只是埋葬在不同的地方。这些年，他辗转到过很多城市，发现每一座城市都会长出一座坟墓，每一座坟墓都会埋下一部分自己。他渐渐明白，自己所剩的早就不多了。那个越来越模糊的人，也在一座坟墓里。他常常只能记起母亲最后的样子，也是黑色的，和坟墓一样黑。他躲在人群中，像好事者般看着他们把黑色的母亲抬出来——上面盖着雪白的床单。他看到白色的床单上滑出一只乌黑的手，上面挂着一只金色的镯子，在阳光下闪闪发亮。

那个夜晚，知了一直在吱呀吱呀地叫个不停，像是在提醒什么。母亲和那个女人的尖叫声刺破了黑暗，被惊醒的方小正从床上逃到阳台——那时的他总是这样地逃，却怎么也逃不开。方小正一直记得，那晚阳台上的灯笼异常红艳，好像要把黑色的午夜点燃。他听到母亲的声音从四面八方冲过来，红灯笼不停地摇晃；看到到处都是歇斯底里的母亲，她的眼睛挤满一团团红色的火焰……十三岁的方小正，像接受了某种指令的机器人。他走到一楼客厅，找到一个打火机，然后跑到阳台点燃那对红灯笼，再走到客厅点燃那块三米多高的麻质窗帘。最后，他跑到室外，躲进屋外花园高大的芭蕉后面。火光一点一点变大，烟雾一点一点变黑，他觉得世界终于安静了。他仿佛看到那个占领父亲的女人正一点一点地死去，看到常常发狂的母亲正一点一点地恢复快乐。但是，最后抬出来的却是母亲。他们说母亲没有倒在父亲的卧室，而是倒在方小正的卧室。他不知道父亲有没有跑向他的卧室。但他知道的是，那个女人是父亲带着逃出来的。方小正还记得，第二天很多新闻标题写着：纵火报复太不该，反误了卿卿性命。死去的母亲，成了放火烧死自己的人。

后来的方小正，就只剩了一个姓名和一具可以移动的躯壳。三年之后，那把菜刀砍向小指之前，他甚至认为那不是他的指头。或者，根本就是父亲的一部分——他原本就是他的一部分罢了。所以，菜刀砍下去时，他没有害怕，甚至充满了复仇的痛快。那截活蹦乱跳的手指落到地上时，他看到了父亲惊恐的眼神，这更加证实了他的判断。

再后来，一辆又一辆的中巴车驮着方小正，经过一个城市又一个城市。每经过一个地方，仿佛都会留下一截断指——他要一件一件地卸下，每一个属于父亲的自己。

二

雨早就下得筋疲力尽，像是从昏沉的天空中扯出来的，又长又腻。

方小正走在湿冷的街头，断指处又开始痛起来，就像刚离家时一样，一阵接着一阵。他常常怀疑那根手指是一根天线，会时时连通他和坟墓——那个埋葬着断指的地方。然后，将那里的疼痛、饥饿还有寒冷一齐传导到他的身上。这种濒临死亡的感觉，倒是让他记起自己是活着的，就像枯死的神经末梢突然动了一下。

和其他流浪汉不同，方小正不愿意睡桥洞，更不愿意睡车站的厕所边。养鸭铺的女人卖完最后一批麻鸭回老家过年了，他不知道自己该去哪里。鞭炮、灯笼、对联……像一道道起死回生的符咒，让僵硬的小城突然活络过来。方小正不喜欢这样的活络。他怨恨过年，怨恨节日里的生气和繁华，怨恨节日里的孤独与隔绝。

前一分钟还到处堵车堵人的莲花城，后一分钟就变得空无一人了。所有的喧闹，都在顷刻之间被封进一栋栋房子。往日熙熙攘攘的商业街没有一个过往的行人，没有一家开张的店铺，甚至没有一辆奔跑的汽车。偶尔，高楼之间会升起一朵朵璀璨的烟花，伴随着噼里啪啦的炸裂声，像电脑屏幕里的背景。和街道的清冷相比，那些房子就显得格外红火了。方小正看到，每一幢房子都闪着红色的光芒，有红色的对联、红色的灯笼、红色的灯光……

方小正相信，是那些房子吞噬了街上的一切，全世界只剩下他和这座空空荡荡的城市。

方小正无边无际地走着，不知道自己该做什么，更不知道该去往哪里。他不太习惯一个没有行人、没有公交车的城市。一个耀眼的灯笼进入视线，他缓缓地抬起手中的弹弓，"啪"的一声，那灯笼就灭了。他的手艺早就纯熟，作为子弹的黄豆总会恰到好处地射中灯笼里的灯泡。看家家户户阳台上的灯笼熄灭是很有意思的事，每个节庆日他总是乐此不疲。用黄豆当子弹，是从小练出来的技术。小学三年级时，他就能用弹弓里的黄豆射中很多东西，比如母亲停在院子的小车，比如父亲卧室紧闭的房门，比如阳台上那个女人的胸罩，比如楼下小姑娘的屁股……他总能一击而中，准确而无误。

到围山路的时候，就更看不到一个人影了。越发宽阔的街道像一只掏空了的胃，在冰冷的路灯下苟延残喘。方小正听到钟楼的钟声敲了两下，断指的疼痛愈加清晰起来。他紧了紧身上单薄的外套，不由自主地哆嗦起来。终于，他看到了那所学校的保安室。里头没有人，半圆形的玻璃窗内亮着明晃晃的白炽灯，像一个硕大的灯笼。方小正走了过去，发现一扇低矮的小窗开着一条缝，如同一个温暖的陷阱。他把弹弓塞进那条缝，然后对准那盏灯，只"啪"地一下，那盏灯就灭了。

第二天，也就是正月初一，方小正是被警察叫醒的。那一晚，他睡得很好，梦里没有断指的痛，没有寒冷和饥饿。他梦见自己住进一个硕大的灯笼，四周闪着温暖的光。然后，他举起弹弓把所有的光都打碎了，只剩了漆黑一片。这真是一个好梦，他满意地想。警察把他带到警察局，问他去学校保安室做什么，他说饿了。警察说问是不是去偷东西？他又说饿了。警察只好给他泡了一碗方便面，等他吃完后说你可以走了。这就走了？他问。是的，难不成你还想待在这儿？方小正就是在那个瞬间突然决定的——他要去牢房。所以他说，我偷东西了。偷什么了？偷了一盒饼干。饼干不能立案，你还是走吧，好手好脚地去找份工作。不，我少根手指的。走吧走吧。不是，警察同志，我还偷了一只镯子。他想到母亲的镯子，那只白床单下掉出来的镯子。警察问，镯子在哪？藏在学校附近那条人工河边的石块下。警察只好电话问学校保安室的老头，有没有丢镯子。老头原本说没有丢的，刚挂了不久又电话过来，说老太婆前一晚在他那儿落下一只金镯子，今天确实不见了。

　　那是他第一次坐牢。牢里没有风没有雨，和坟墓一样安全，和灯笼一样温暖。

三

　　在看守所关了三个月，一段不长也不短的时间。出来时已是春暖花开，难挨的冬日不知不觉过去了。这非常好，里面的日子就像冬眠一样，不愁吃不愁喝的，一晃就晃到春天了。他记得出来的那天，走出看守所门口就看到一辆公交车停在那儿，想也没想就坐上去了。他常常觉得，中巴车才是他的中枢神经，可以指挥他要去往哪里。上车后他会一直坐着，直到终点站。司机提醒他该下车了，他才不情不愿地下了车。下车后他又会变得茫然起来，不知所措地走着，直到坐上又一辆公交车才踏实下来。

　　就是在那辆公交车上，他看到一个小偷，一个跟他酷似的小偷，也是蓬头垢面，也是衣衫褴褛，就连那件夹克衫都是差不多颜色的。那个小偷慢慢地靠近一个专注看手机的男人，只眨眼工夫，就把男人屁股口袋里的钱包拿到手了。方小正立刻叫了起来："小偷，抓小偷！"一车子昏昏欲睡的人瞬间被惊醒了。那个被偷的男人一把抓住小偷的手，拿回那只还没来得及掩藏的钱包。车上的人像是打了兴奋剂一样，有的拨打110，有的帮忙扭住小偷，其余的都在骂——痛斥小偷的种种劣迹。司机停车后，小偷被扭送去公安局。方小正也在那个地方下了车，谁也没有过问他这个叫抓小偷的人。

之后，他就成了一个小偷。这种感觉很奇怪，他常常会觉得那天被抓住的是自己，之后被送进公安局的也是自己。很长的一段时间，他都想去公安局那边问问，那个被抓住的人到底是谁，是不是一个叫方小正的人，是不是左手少一根小指的方小正。

偷钱是快乐的，这让方小正找到了活着的意义。当然，更多的时候他觉得活着的意义是花钱。这不矛盾，事实上无论是偷钱还是花钱，都不过是打发日子的一种方式。如果说快乐，可能也会迷恋偷钱那一刹那的成就感。如何不动声色地把钱包拿出来，再不动声色地离开，这是一个有意思的过程。他常常在得手后不着急离开，看失主慢慢发现，然后失声尖叫的样子。有一次，他甚至询问失主丢了多少钱，还建议她去报警，热情地提醒她应该注意什么以避免下次被偷。他记得那位失主感动得差点要请他吃饭。

方小正偷东西很少被抓，他觉得自己是具备这方面天赋的。他下手的对象不是衣冠楚楚的男人，就是穿金戴银的女人。他觉得自己是有职业道德的，比如他从来不偷小孩的东西，也不偷老人的东西，更不会偷穷人的东西。他只偷这些中年人，他们看起来光鲜亮丽，就像他曾经的父亲母亲。这些年，每当他快忘记父母长什么样的时候，只要去偷点什么，他们就会出现在他面前。他越来越明白，世上为什么会有那么多和父亲母亲一模一样的人。

但方小正并不爱钱，所以他从来不存钱，基本是钱一到手马上吃光用光。有钱的时候，他通常会去一个高级餐厅饱餐一顿，再顺带打包一份给养鸭铺的女人。除了牢里认识的几个狱友，他也不认识别的人，常去的地方只有养鸭铺女人那里。这个女人每年过完春节就会从贵州来到这里，在城西的郊区帮东家养很多的麻鸭。东家白天偶尔会过来，到了晚上偌大的鸭铺除了鸭子就只剩这个女人了。女人并不好看，脸上还长了一颗硕大的媒婆痣，痣上有一根粗壮的毛发。她的年龄应该比方小正大很多，老家好像还有好几个娃娃。但是，这又有什么关系呢？方小正不看重这些，他喜欢鸭铺逼仄的空间、麻鸭零乱的叫声以及女人温暖的怀抱。女人从来不问他从哪里来，也不问他到哪里去。她看到他来了，就为他冲上一碗热腾腾的蛋花水，加上一勺甜甜的白糖；她会温柔地帮他揉捏，让他的脑袋安静地枕在她柔软的胸脯上；她会帮他洗衣服、搓澡；她还会在热乎乎的被窝里咬他的耳朵，说一些滚烫的话。

方小正当然也会去找其他女人，都是花钱的那种。那些女人和养鸭铺的女人自然是不同的，她们有的娇艳欲滴，有的五彩斑斓，有的语笑嫣然……但她们都是没有温度的，他甚至常常感受到她们骨子里透出来的凉气。他只喜欢去养鸭铺，只喜欢那个浑身上下都是鸭臊味的女人。

四

严格说来，方小正是个恋旧的人。比如，他习惯一个女人，习惯一个城市，习惯一种过冬的方式，以及习惯在一个地方偷钱。

他习惯在公交车上偷钱，和第一次看到的那个小偷一样。瞄准目标后，他先挤过去，然后从某个屁股口袋里取出一只钱包。他总是故意露出破绽，就像第一次叫抓小偷一样，让别人能够抓住自己。有时候，也会因为技术太好，无论破绽怎么露，别人也发现不了，或者是有人发现了却不肯吭声。他常常发现这个问题：很多人明明看到他偷东西了，却什么都不说，只悄悄地远离他，仿佛做贼的是他们自己。遇到这样的情况，方小正只好学着从前的自己，大声地叫着：小偷！抓小偷！然后给失主递上一只钱包，满脸堆笑地说：不好意思。失主会莫名其妙，但那些不吭声的看客会一下子群情振奋起来，有的马上拨打110，有的过来扭住方小正。

依靠习惯活着，最大的好处就是不用思考。方小正的生活不需要考虑任何意外，包括女人的离开和回来。每年入冬以后，女人卖完最后一批鸭子，就会像雪花一样飘走，留下一个更加清冷的冬天。飘走之前，女人会为他仔细地搓上几回澡，再冲上几碗蛋花水。他每天停在女人的怀里，像是需要蓄积一冬的能量似的。耗上个把星期后，方小正会把身上大部分的钱送给女人。女人也不会推托，总是默默地接过钱，再咬着他的胸膛落下几滴眼泪。分别的当天，方小正会起得特别早，帮她把鸭铺打扫一遍。女人起床后，会递过来一杯蛋花水，看着他把热气腾腾的蛋花水喝完，又递过来一条热毛巾，帮他从脸抹到脖子，像是要帮他抹去满身的鸭臊味。女人最后递过来的，都是一只背包，里面装着几件新衣服和一些日常用品。

方小正和女人很少说话，彼此都习惯了另一种语言的表达，比如抚触、拥抱、亲吻、撕咬……好像每一个动作，都可以直接抵达对方的内心。女人的身体是炽热的，能化开方小正身体里的冰块，更能掀起他身体里的波浪。方小正常常想，两具身体的交流，比任何语言都要实诚，都要可靠。慢慢地，说话成了他们之间不必要的存在。女人从来不和方小正谈论她在贵州的事情，方小正也从来不和女人说他的父母、家庭。在沉默的日子里，他俩仿佛是一个自己和另一个自己。

偶尔，女人的男人或者孩子也会打电话过来。逢着这样的时候，女人都会避开方小正，拿了手机到门外说上很久。她进来的时候，方小正就把脸别向床的内侧，装着睡着的样子。但也有不能出去接电话的时候。有一次两个人正在被窝里扭着，电话就响起来了。方小正听到有个稚嫩的声音叫着妈妈，女人立刻变成一个母亲——一个光着身子的母亲。方小正心里的火就被点着了，他"噌"地一下爬出被窝，抢过女人的手机狠狠地扔在地上。女人捡起碎了的手机，拼了一晚都没有拼回去。第二天，方小正早早出了门，直到深夜才回来，带了一部崭新的手机。那一晚，女人抱着他哭了很久。之后，他在养鸭铺的时间，女人再没有接过贵州的电话。仿佛她的世界里，只有方小正一个人。

他们就这样度过一年，又一年。他们在每一年的春天重逢，又在每一年的冬天别离。在方小正看来，女人要去的地方，和他要去的地方是差不多的。温暖这个词，要么是一具异性的身体，要么是一所能够抵御风雨的房子。当他和女人的身体分开时，彼此需要寻找的，只是一所房子。方小正相信这是他和女人分开后共同的去处，尽管女人的房子在贵州，而他的房子是城郊的一所监狱。

五

养鸭铺被征迁了。这是一个巨大的意外。

那片低矮的棚户区被围进一个硕大的圈子，只开了一个小小的口子。一辆辆工程车从那个口子进进出出。方小正知道，不久之后这个圈子里就会长出一根根钢筋水泥柱子，长出一幢幢高楼大厦。然后，住进很多有钱的人，再生下很多钱的孩子。那些孩子都像他一样，少一根指头。

女人的离开，让方小正有些措手不及。他似乎已经习惯了她，习惯了流浪之后到养鸭铺停留几天，习惯了她的蛋花汤和她的鸭臊味。但女人却离开了，确切地说，是再也不回来了。女人给他打过一个电话，只有一句话：我不回来了。他的回答更简单，只有一个字：好。然后，他们之间就恢复到陌生人的关系。或者说，他和她之间，从未熟悉吧。她于他而言，不过是一个可以停歇的地方，和公交车上的某个座位没有更多的区别。

人和人之间，不会比一辆中巴车的相遇更为亲近，这是方小正的人生哲学。所以，他一遍遍地坐公交车，从一个站到另一个站，从一些人到另一些人。他喜欢公交车里隐秘的嘈杂，喜欢人和人之间近得连汗臭都可以嗅到却可以互不干扰，喜欢在喧闹中看窗外的房子一排一排后移，还喜欢听车上的人谈论各种小道消息……除了这些，他当然还会做一些别人不太做的事，比如顺手偷点东西，或者是顺手抓个小偷。方小正有个毛病，自己偷东西可以，但别人在他的眼皮底下偷东西，却是无论如何也不可以的。他从未觉得抓小偷和当小偷有什么矛盾，好像这两件事都是他应该做的。

城北起火的消息，就是在公交车上听到的。方小正突然决定要去那个房子看看。到的时候，警察和看热闹的人都已经散去，只留下乌黑的房子和零乱的草木。那是一幢独联别墅，大火肆虐后依然可以看到它昔日的荣光。一圈圈警戒线，把它和周围的一切剥离出来。一栋骄傲的房子，因为一场大火变得孤僻而诡异。经过的人们会不自觉地绕开这幢别墅，仿佛再近一点，那些霉运就会传染给他们。

方小正突然就决定了——他要住进这废墟。

他带上那只背包——养鸭铺女人每年临行前送他的那只背包，很顺利地穿过那些警戒线。他热切地看着一切，仿佛正在走进一个还未及熄灭的故事。残垣断壁底下还有几缕不甘寂灭的青烟，好像还在述说这栋房子未尽的故事。院子的花花草草，差不多都被烧了，没烧毁的也被踩得凌乱不堪。八角亭只剩下四根光秃秃的柱子，亭下的石桌石凳落满了破碎的瓦砾。虚掩的大门显然是烧坏了，怎么都关不住里面的破败和凄冷……进门之后是六米多高的大厅，大厅上方的二楼有一条长长的廊道。他发现所有的别墅都是差不多的，就像每个有钱的家庭都是差不多的。不同的是，这幢别墅有一只狗，是一只哈士奇。那只哈士奇的腿脚并不利索，却凶悍得很，完全不是一只二哈应该有的模样。一只瘸狗逞什么能！方小正嘀咕着，做出更加凶恶的样子，就轻而易举地穿过了零乱的门厅。

方小正像主人般巡视房子的每一个角落，或者是像警察般检查现场的每一个细节。楼下大厅的东西几乎都烧光了，墙上爬满斑驳，悬挂着厚厚的黑灰。横七竖八的残骸上，一团团光怪陆离的光影忽隐忽现。大厅的正中央，躺着一盏巨大的灯具架子，底下的地面砸出了一个个大小不一的窟窿。这个曾经豪华的厅堂，除了那几扇高高的落地窗外，已经看不到半点豪宅的样子。方小正仿佛听到了吊灯坍塌时的巨响，又像是看到了火光肆虐的惨烈。

一家三口最后的姿势被警察用白色粉笔定格在二楼廊道的地板上，他们的身体都朝向楼梯的方向，像是要抓住什么。方小正望着这样的轮廓，想象着他们在大火中挣扎的样子。走廊的尽头是儿童房，应该是保留最好的一个房间。房内的东西几乎没有损毁，只是落满烟灰，好像只是主人远行了。和多数儿童房一样，里面摆着一张床、一张桌子，还有一个连着书架的大柜子。这些淡蓝色的家具在层层烟尘的包裹下，好像还未从惊恐中挣脱出来。方小正拍了拍那张儿童床，立刻溅起许多碎片，露出印有小浣熊的蓝色被套。这让他想到自己的童年，好像也有这么一个蓝色的房间，也有这么一床蓝色的被套。他使劲地甩了甩脑袋，不愿再想下去。断指处莫名地痛了起来。

六

在废墟中醒来，在废墟中睡去。这是一种奇特的感觉，仿佛自己也成了废墟的一部分。方小正常常觉得那些火从未熄灭，万物还在燃烧中继续毁灭，连同他的身体。"在烈火中永生"，他脑袋里冒出这样一句话。

那只狗也像废墟一样活着。它多数时候都在一楼大厅趴着，一动不动地埋在废墟里面。那些烟灰飞起来的时候，它灰白的毛也会跟着浮起来，在阳光下一晃一晃的，没丁点儿声音。不过，只要院子外面有一点点响动，它就会立刻活过来，闪电般跑到门厅，竖起耳朵聚精会神地听上许久。到了晚上，它似乎更愿意在楼上，有时是蜷在儿童房门口的脚垫上，有时是缩在廊道乌漆的地毯上。万籁俱寂的夜里，这只哈士奇常常会突然歇斯底里地吠叫起来，好像要把漆黑的午夜划出一道雪亮的口子，又好像要把灰烬底下厚厚的记忆掀出来。"死狗！瘌狗！"被吵醒的方小正冲过去就是一脚，或者是把它扔进某个漆黑的房间。方小正也会睡着睡着突然叫出声来，也是长长的声音，和那只狗的声音一样。他会"噌"地一下从那张蓝色的床上坐起来，好像被一把锥子突然刺醒。然后，他会看到一只狗端坐在他的床前，正目不转睛地看着他，一双圆鼓鼓的眼睛在黑夜里闪闪发光。他和狗常常这样对视，彼此的毛孔全都竖起来。许久，好像终于认出了彼此，才缓缓松弛下来，继续躺了下去。这样的时候，他会想到养鸭铺的女人，想到每个惊恐的夜晚，她会搂过他的头，轻轻拍打他。

方小正也常常坐在废墟里。和那只狗不同的是，他喜欢坐在二楼的廊道，从高处眺望那片荒芜，想象废墟底下埋葬着的那些灵魂。大火之后，人们对这里总是退避三舍，甚至连谈论时都会露出满脸的惊恐。除了警察，几乎没有人愿意踏进这里半步，任凭这幢价值千万的豪宅荒芜下去。是世间的罪恶需要时间去掩埋吧，又或者是消逝的生命需要一场像样的遗忘。荒芜了，才能重生。方小正这样理解。

六年前，那幢被母亲——准确地说，应该是被方小正烧毁的大房子，也是这样荒芜着。他没能再走进那幢房子，去看看他亲手制造的废墟。父亲和那个女人也没有再走进去，他们带着方小正住进另一幢更大的房子。方小正一次次地跑回家——跑回那堆废墟。他看到阳台上的灯笼只剩了两个架子，还看到一圈圈的警戒线里面，野草正疯狂地涌出来。方小正从未进去，一次次地被父亲拽住了。之后，他学会了偷东西。偷父亲的钱，偷那个女人的钱，偷那个女人的首饰，偷那个女人的内衣……每一次，他都会用一张纸条告诉他们，他偷走了什么，又扔在了哪里。再以后，他以一根断指的代价离开了那座生活了十六年的城市。

眼前的废墟里也有一位母亲。方小正认定儿童房门口的白色轮廓是这位母亲的，就像他的母亲——最后的停留之处也是儿子的卧室。透过扭曲的线条，方小正能够想象那位母亲惊慌失措的样子。她蜷着的身体似乎是想靠近前方的孩子，但她的手却伸向另一边——廊道上那位父亲。方小正无数次想象过母亲最后的样子，却从未想过她会被白色线条定格在那些废墟里。

那只狗默许了方小正的闯入，就像方小正也默认了那只狗的存在。他很满意它的安静，满意它不远不近的距离。他管它叫二哈，还顺手给它带点吃的。他做这些当然不是因为关心它，只是恰好需要这么一个伙伴。就像他和养鸭铺女人的关系——他们需要彼此陪伴，但并不妨碍彼此依然是陌生人。

他甚至查看了二哈受伤的前腿，发现它的小脚趾戳进了一枚钉子。他拔出那枚纤细的钉子，再剪去多余的毛和溃烂的腐肉。它的小趾几乎被剪平了，成了一只残缺的狗。从头到尾，它都没有挣扎，只安静地趴着，时不时地呜咽一下。方小正拉过崭新的药箱，从里面掏出一瓶碘伏，倒了大半瓶在它的伤口上。二哈一会儿看自己的伤口，一会儿看方小正，没丁点戒备的样子。方小正瞟了它一眼，继续像个专业医生般给伤处拍了点云南白药，又用纱布绕了几圈，最后在狗腿上打了个结。做完这些，他命令那只狗站起来走几步。二哈果然就站起来了，小心翼翼地踮着，一瘸一拐的样子。"你呀你呀，得和我一样少根指头喽！"他大声地说，一副幸灾乐祸的样子。方小正被自己的声音吓了一跳。那种语调和音量，不像是从自己喉咙里发出来的。

七

"就一个死人墓！"方小正一边巡视，一边骂骂咧咧。每走一步，脚底下就会响起碎裂的声音，沉寂的死灰就会飞起来。他好像越来越喜欢骂，骂人骂狗什么都骂，骂的声音也越来越响。他好像刚刚发现骂人的乐趣，只要一回到这幢被烧毁的大房子，就骂个不停，甚至是骂得兴致勃勃了。那只哈士奇好像也能听懂他骂的是什么，常常做出仔细聆听的样子。它已经习惯方小正的存在，甚至在他回来时还会摇一摇尾巴。方小正在室内走动时，它都会紧跟其后。方小正走，它也走；方小正停，它也停。但它从来不会走出门厅，甚至院子都不会出去。方小正出门时，它会跟到门口，然后坐在门厅处望着他离去。

二楼廊道几只歪歪斜斜的相框，有明显过火的痕迹。外框几乎烧成了黑炭，玻璃也碎裂了，黑乎乎的好像从未和人类有过关联。他取过一只稍微完整点的相框，小心剥开还未掉落的碎玻璃，发现玻璃底下还有一小块残破的照片。方小正看到照片里有草地、阳光、一个奔跑的男孩和一只奔跑的狗。镜头有点远，小小的他正兴高采烈地跑向中间——已经毁损的中间。中间是男孩的父母吗？方小正想着。他把照片擦拭干净，然后小心地放回原处。他仔细地看了看照片里的狗，又转过身看了看边上的哈士奇。"果然是你！"方小正对那只哈士奇说。

他试图去翻找更多的秘密。他相信每个家庭的光鲜背后，都隐藏有不为人知的角落。他在主卧卫生间找到一对情侣杯，杯壁上的红色爱心图案在废墟之间格外刺眼。他拿起其中的一只，举到高处后松开手，杯子立刻碎了，红色的爱心也碎了。他觉得有点愉快，把剩下的一只用同样的办法摔到地上，又碎了。他又在主卧床头位置翻出一个笔记本，看起来也差不多烧毁了。方小正发现里面的纸张却还是完好的，上面手写的文字经过烈火的烘烤，显得遥远而沧桑。这是一本备忘录，记录的内容都是琐碎的日常。比如：不要忘了买牛排；下周是老公生日；记得缴水费；上钢琴课时间改成周六晚上七点；狗粮没有了……方小正没有从笔记本里找出一点秘密，觉得有些失望。二哈叼来一只幸存的书包，方小正立刻扔了笔记本接过那只书包。他倒出书包里的东西，一本一本翻过去，翻到男孩的名字，翻到男孩的作文，翻到男孩私藏的乐高积木……翻着翻着，那只书包渐渐变了颜色，变成蓝色的米奇……方小正的断指处剧烈地疼痛起来。

二哈似乎恢复得不错，从楼上蹿下来，动作非常利索。狗腿上那块纱布已经掉了，沾满炭灰的伤口结了痂甚至长了狗毛。如果不是少一根脚趾头，这只狗看起来和其他的狗几乎没什么两样了。他甚至发现它胖了一些，胃口也越来越好了。饿了的时候，它会不停地舔舐方小正的胳膊，喉咙里发出嗷嗷的声音。"饿死鬼！"方小正不满地骂它。方小正和二哈说的话越来越多，好像不多说话，他和那只狗就会被那些废墟埋进去似的。那只狗似乎也有些听懂了他的声音。比如他说背包，它就会把那只背包递过来。他说鞋子，它就会把鞋子叼过来。他说滚，它就会识趣地躲到一边去。

方小正决定为二哈洗澡，纯粹是因为太闲了。当然，还有个原因是他发现二哈和照片上相比，颜色上的差别实在有些大。他很快弄回一瓶宠物香波——一只蓝色的瓶子，里面装着蓝色的液体。小时候他有两瓶这样的香波，一瓶是自己洗澡用的，还有一瓶是小白洗澡用的。小白是一只小白猫，还没有断奶就让父亲抱回来了。父亲同时带回的还有一个奶瓶，和一瓶蓝色的宠物香波。方小正每天用那个奶瓶喂小白喝奶，用那瓶香波给小白洗澡。但小白还是死了，来不及长大就死了，就像他一样。再后来，那次火灾之后，父亲又给他买了一只纯种波斯猫，据说价格很是昂贵。那只猫也和小白一样，喜欢黏着他，但方小正却再也没有兴趣搭理它了。方小正甩了甩头，奋力切断这些记忆——他不喜欢回忆。

方小正扛来一大桶净水，还有一个小孩子用的洗澡盆，在六米多高的大厅中为一只狗洗澡。

"你怎么这么脏？"方小正搓着一堆黑乎乎的泡沫说。他想起小时候也常常在这样的澡盆里洗澡，母亲也常常说着这样的话。

"小爷自己都懒得洗澡，居然帮你洗。"方小正闻了闻自己的身体，觉得有些臭，他有点想念那个养鸭场的女人了。

大半瓶的香波倒得差不多了，一大桶的净水也全部倒完了。二哈仿佛变成了另外一只二哈，简直称得上是一只漂亮的狗了。它的脸、额头、大半条尾巴以及整个腹部都像雪一样白。它的眼睛呈杏仁状，一圈的黑眼线让它看起来格外炯炯有神。方小正还发现它的眼珠其实是蓝色的——蓝色多好，和大海一样的深邃。

八

二哈却突然不见了。

方小正拿着小笼包，从楼下喊到楼上，又从楼上喊到楼下。他想起小时候母亲也是这样喊的，喊他吃饭，喊他回家。那时的他，会躲在某个角落，故意让母亲到处找。二哈莫不是也故意躲起来了？方小正只好做出生气的样子，扯起喉咙更加用力地喊，那声调几乎有点母亲的样子了。满屋子的废墟被震得簌簌直响，许多烟尘跟着落下来。但是，那只狗依然没有听见。

方小正担心二哈是不是被残垣断壁砸到了，就上上下下翻找了一遍。没有。他又到院子找了一遍，还是没有。那天，他从白天一直找到晚上，每个角落重复找了不下十遍。方小正不得不承认——二哈必定是跑到外面去了。

他开始后悔昨天夜里没有回来。那个发廊妹有点缠人，非要拽着他再躺一会儿，一不小心就睡到天亮了。像往常一样，他坐了几路公交车，发一会儿呆或者顺便做点什么。他当然没什么收获，最近常常这样，几乎都是空手而归。他发现用现金的人越来越少了，还在用的也多是上了年纪的老人。方小正不愿意偷老人的钱，就只能常常一无所获了。差不多逛到中午吧，方小正才带着小笼包回来。然后，他发现这只从来不会走出门厅的哈士奇，竟然不见了。

一直到天黑，二哈仍然没有回来。方小正躺在一屋子废墟里，怎么也睡不着。他总是听到二哈进屋的声音、爬上楼梯的声音、坐在他床前的声音、盯着他看的声音……这些零零碎碎的声音总是一再地吵醒他。他只好一遍遍地起来，顺着这些声音去找，却什么也没有找到。二哈到底去哪了呢？方小正突然想到二哈应该是去找他了，就像他看不到它的时候，会去找它一样。他想着那只瘸狗独自穿梭在城市里，到处都是汽车和行人；想着它站在天桥下、站台边，不知道下一步该去向哪里；想着它饥肠辘辘，却不肯去扒路边的垃圾堆……他突然觉得特别难受——这是很多年没有的感觉：难受，堵得慌。他决定不再睡觉，他要去外面找二哈。

这个城市说大不大，说小却也不小。方小正从凌晨找到天亮，还是没能把这个城市走遍。他弄了一辆自行车继续找，尤其是别墅所在的城北方向。他不放过任何一条小巷，不漏过每一个角落。但一直找到下午，连二哈的影子都没有瞧见。方小正想出发布寻狗启事的法子，就立刻在微博、城市论坛里，发了一则又一则的寻狗启事。他尽可能说好二哈的故事，把二哈描述成一只身世悲惨又善解人意的狗。寻狗启事迅速引发热议，许多陌生的网友给他发来私信，有的安慰他，有的提供线索，还有的甚至对他的文笔表示欣赏。他想起小学的时候，他的作文常常被语文老师当范文朗读，母亲甚至是父亲都常常为他骄傲……他甩了甩头，把思想集中到寻找二哈这件事上来。

网友提供了好多线索，有的说在解放街见到过一只哈士奇，有的说看见一只白色的狗在宠物店门口张望，有的还说在公交车上见到一只蹭车的狗，有的说见过一只白色的哈士奇蹲在发廊门口……他不放过这些陌生人提供的任何一条线索，跑向二哈可能出现过的各种地方。从网友提供的信息里，他还发现一个规律，这只狗经过的路线，几乎是方小正昨天走过的路线。方小正又沿着自己去过的地方继续找。他总觉得他和二哈之间，都在寻找彼此，就像电影里的镜头一样：一辆车子从他们中间开了过去，他和二哈就在同一个地方擦肩而过了。

有网友告诉他，城西有一家叫"滚"的火锅店，专门收购流浪狗。方小正听到这个消息，立刻发疯似的奔向这家火锅店。一路上，他耳朵里都是二哈哀号的声音。到店的时候，正是午饭时间，店里熙熙攘攘，果然都是滚滚的狗肉香。方小正不由得怒火中烧，直接走到厨房，"唰"一下夺过厨子手里的菜刀。"有没有见过一只哈士奇？"他用刀指着所有的厨子。厨子们都惊恐地逃向一边，有一个胆大的问道："什么哈士奇？""狗！一只白色的狗！"方小正又挥了挥菜刀。那个厨子又说："这几天杀的，都是黄狗和黑狗，没有见过白色的狗。"方小正不相信，用嘶哑的声音继续喊道："再说谎我他妈劈了你！"厨子们浑身颤抖，说："不信你去看，这几天扒下来的皮，都晾在后门院子里。"方小正急忙走到后门，看到有六七张五颜六色的狗皮，倒是没有白色的。他松了口气，对着店门口的"滚"字啐了一口唾沫，扔下菜刀走了出去。

又找了一圈，方小正瘫坐在电线杆底下。他告诉自己，不过是一只狗而已，管它呢。但是，当他准备放弃想要回别墅时，就会想到二哈傻傻的模样。然后，他又不自觉地折回来，继续走在寻找的路上。就像现在，他又想放弃的时候，电线杆又给了他灵感——张贴广告。用论坛和微博的基本是年轻人，万一某个老人恰好知道二哈的去处呢？这么想着，他就觉得张贴广告是十分紧迫的事了。打字店的老板很热情地帮他打印好文稿，末了问方小正索要那只狗的照片。"我没有呢。"方小正说。发寻狗帖子时，也有人提议附一张照片，方小正就非常详尽地把二哈的外形描述了一番。"这种小广告谁会看文字啊，最多扫一下标题和照片。"打字店老板坚持要一张照片。方小正突然想起来，廊道相框里还有残存的一角。他跟老板说，有照片的，立刻骑上车往别墅赶。

方小正很快到了别墅跟前，他把自行车扔在了地上，麻利地跨过警戒线，跳进院子低矮的栅栏……就在这个时候，方小正惊呆了，他看到一只瘸狗从门厅里面跑了出来，跑向了方小正。方小正蹲下来抱住了它，任由它舔着他的手、他的脸、他的脖子。他腾出一只手，抚摸着它又脏又臭的皮毛，竟然泪如雨下。

九

故事到这里原本应该结束了。比如，方小正和二哈从此幸福地生活在废墟里。只是，同所有人一样，他们的生活也充满了变数——方小正和二哈被迫离开了他们的废墟之家。

那天早上，方小正醒来的时候，二哈也在床上，蜷在他臂弯里睡得像一头死猪。太阳已经很高了，从残破的玻璃窗斜射下来，安静地落在他俩身上。方小正摸了摸那身明晃晃的狗毛，二哈立刻像触电般坐了起来。他只好轻轻地拍拍它，像养鸭铺女人拍他一样。二哈慢慢安静下来，继续闭上眼睛趴下了。方小正记不清昨晚是他把二哈抱上床的，还是二哈自己跑上床的。他只记得啤酒、炸鸡、花生米，还有二哈的狗粮大礼包。他给自己倒了一杯，给二哈倒了一杯。然后，开了一瓶又一瓶的啤酒，说了一串又一串的话。他好像越来越满足这样醉生梦死的生活。是的,醉生梦死。他喜欢这个词实实在在的物质感。

正迷糊着,二哈突然从床上蹦起来,事实上方小正也听到了——外面像是来了很多人。他立刻跳下床,跑到南面的窗边察看。他看到院子前围了好多人,闹哄哄的好像有什么大事发生。他还看到两辆垃圾车停在门口,有人正往车上装东西,好多人已经进来了,有的人分明已经爬上了二楼。方小正迅速折回北面的窗户,从空调架上跳了出去。

院子外面,看客们正忙着指指点点,仿佛对这幢房子里的一切都了如指掌。方小正挤进人堆,装着看热闹的样子。警戒线已经扯掉了,疯长的杂草也被踩得东歪西倒。那些人把他熟悉的东西一件一件搬到垃圾车上,有电视机的残骸,有沙发的骨架,有烧了一半的桌子,有变形了的冰箱……每一件东西搬出来,人们都要热烈地议论一番,好像是一场隆重的喜事。他们举着手机,拍下那些不幸的物件,然后配上一个个祈祷的符号发到朋友圈。

方小正焦急地搜寻着那只哈士奇,却找不到它的踪影。真是一只笨狗!他在心里骂着。垃圾车上有一只相框滑下来,工人眼疾手快地接住又扔了上去。方小正还看到他们搬出那张蓝色的儿童床,几个工人抬得很是吃力,说这床还好好的呢。一个女人不耐烦地指挥着:"扔了,都扔了吧。"她的年龄大概五十多岁,一副乌黑的墨镜挡住了她眼睛里的悲伤——也可能没有悲伤。毕竟过了好几个月了,房子都被野草给淹没了。蓝色被褥是另一个工人抱出来的,被塞进沙发铁架的缝隙,方小正看到被套上的小浣熊正对着他笑。

二哈终于出来了,没有人注意到它。它蹭到他的脚边,还叼过来一只背包,那是养鸭铺女人给他的,里面装着几件衣服。"咱们走吧！"方小正背上背包对那只狗说。

女人打电话过来的时候，已是腊月了。莲花城的冬天一如既往地冷，碎碎的雪粉漫天撒着，年味仿佛更加浓了。方小正抱着二哈坐在公交车上，看车窗外的房子贴满新鲜的对联，阳台上的灯笼也亮了起来，到处都是火红的样子。车子里面开着空调，厚厚的玻璃把雪隔开了，只有阳光落了进来。江南的天气就是这么怪异，一边下着雪，一边出着太阳。那些阳光穿过车窗，落在了二哈身上，灼灼的，让人想起春天。就在这个时候，养鸭铺女人的电话打来了。她问，你还好吗？方小正说，好。女人又说没有进去吗？方小正说，没有。女人说，我不能出来了。方小正说，好。女人哭着说，你要照顾好自己啊。方小正说，好。

方小正常常抱着二哈坐公交车。刚开始司机们总是要反对一番的，后来看到二哈被方小正抱着温顺得很，便也睁只眼闭只眼了。二哈似乎也爱上了公交车，全程一声不吭地躺在方小正怀里。方小正看着窗外，它也看着窗外。方小正看着车内，它也看着车内。后来，养鸭铺的女人给方小正寄来一个包裹，包裹里有一件毛衣，还有一双手工编织的手套。左手的那只，只有四个指头。方小正便给二哈也买了一件毛衣。他原想再买双脚套的，少个趾头的那种，因为找不到卖家才作罢了。

那个女孩也是在公交车上遇到的。她扎着马尾，背着一只帆布包，充满青春的朝气。"啊，是你，一定是你！"女孩看到他激动地说。方小正以为她认错了人，把头撇向了车窗外。"小哥哥，我是跟您说话呢，您是那天公交车上抓小偷的人吧？"方小正看了看她，依然不知道该怎么回答。女孩又说："去年，就是在这路公交车上，我的手机被一个小偷偷走的时候，是您抓的小偷呢。您想起来没有？您真是太勇敢了！"怎么可能记得住呢？对方小正来说，抓小偷和偷东西，就像是吃饭睡觉一样寻常的事，他想不起在哪见过女孩。"是您，我记得您的，您的气质我印象特别深刻！您真是一个做好事不留名的英雄！向您致敬！"女孩滔滔不绝地说着，车上的人都向他俩看过来。方小正觉得特别尴尬，不知道该如何回应，只好对女孩笑了笑。他没办法想象自己的笑容——毕竟，不笑太久了。女孩显然更加高兴了："是你，果然是你，对吧？我不会认错的，我一直在找你的！你真是一个好人！"方小正觉得自己脸上热辣辣的，几乎是无地自容了。"您的狗真漂亮，您一看就是非常有爱心的人！"女孩还摸了摸二哈的头，怕生的二哈居然对女孩摇了摇尾巴。就在这时，公交车停了下来，方小正连忙带着二哈逃了下去。女孩的声音还在后面响着："小哥哥……你笑起来真好看……"

无影灯下

白昼的光，如何能够了解夜晚黑暗的深度呢？

——尼采

我和马小珊在一起，是因为一次加班。

那日，脑外科邱主任的手术做到凌晨。因为这台手术风险高，家属看起来也比较难缠，护士长马小珊便嘱咐我手术结束了再下班。那些家属在前厅不安地走来走去，一会儿哭哭啼啼的，一会儿又相互埋怨指责。这种场面我早就司空见惯，只要不影响医院秩序，我是不会干预的。

半夜两点多，手术室的门终于开了。最先出来的是马小珊，她和家属说了几句，又对我点了点头，便又折了回去。邱主任出来时，家属已经散去，凌晨的外科大楼空荡荡的。邱主任一边走一边不耐烦地打着电话，说马上回来了。他按下电梯楼层按钮，一脸疲惫地看着楼层的数字一层层下降，似乎并不关心手机里的声音。

手术一直做到现在，你让我怎么回信息？

邱主任对着手机突然吼了一句，几个刚出来的医护人员相视一笑，似乎对邱主任的"妻管严"已经习以为常。

马小珊换好衣服再出来时，整个楼层就只剩我和她了。摘下口罩的她，依然没有什么表情。她喜欢裤装，我从未见她穿过裙子。那天也一样，淡蓝色的九分牛仔裤紧紧地裹着她饱满的臀部。上衣是一件很薄的羊绒衫，斜挎包的细绳落在中间，恰到好处地勾勒出胸部的轮廓。我们保安常常议论她，说她身材是真好，就是少了点烟火气。

我目送她走向电梯，粗大的鞋跟踩在寂静的廊道地板上，响起长长的回声。我早就注意到，每到下班时，她上班时的那种精干劲头会立刻消失，变得消沉又颓丧。不像别的小护士，脱下护士服就会变得雀跃起来。我还发现，这个有着姣好身材的护士长，无论多晚下班，都不会有男人来接她。我想起有保安说过，她大概是不喜欢男人的。

我检查好门窗关了灯准备下楼时，马小珊却又折返回来找车钥匙。她显得有些不耐烦，到处翻找各种柜子。我便帮她一起找，从手术室里面找到手术室外面，甚至检查了家属等待室的每一把椅子，但仍然一无所获。她又开始翻包，事实上她已经翻过两次包了。她蹲在地上，把包里的东西一件一件取出。突然地，她把包倒过来拼命甩，好像和那只包有着深仇大恨似的。最后，她扔了包，把脸埋在抱着的膝盖上，弓起的身体剧烈地抖动着。

我也蹲了下来，把散在地上的东西捡回到她的包里。银行卡、指甲钳、口红、眉笔、化妆盒、香水、护手霜、湿巾、卫生巾以及几只小小的药瓶子……我握着这些陌生的物件，像是探到了女人隐秘的深处。

我送你回去吧。我伸手想把她从地上扶起来，但还是缩了回来。

我有一辆二手的大众，五万元买的，虽然配置差了点，但还是满足了我成为有车一族的梦想。有了车，我便每日想着用这辆车载着院门口的前台女孩兜风，但我一直没敢约她。至目前为止，这辆车除了我奶奶，只有陈桃桃坐过。

对马小珊，我从未有过什么非分之想。这倒并不是因为我二十三岁，她已经三十五岁。我和她更大的距离是阶层，她是手术室的白衣天使，而我只是手术室的一名保安。对我们手术室的保安来说，护士长比保安队长更像我们的领导。

每一天，马小珊都会从那扇厚厚的手术室大门出来，用那双职业化的眼睛扫一眼我们，然后交代我们各种工作。我当然知道，在她的眼里，我和其他保安并没有区别。她眼睛扫到的，也只是我们的保安制服，而不是某个具体的保安。但这不妨碍我透过这双眼睛，猜测她的喜怒哀乐。我注意到，她眼睛的妆非常精细，眼影由浅及深，不长的睫毛被细细卷过。这算不上一双大眼睛，甚至是单眼皮的，像两片固执的柳叶。我们保安最热衷比较的，就是护士们的眼睛。在千篇一律的护士帽和口罩之间，唯一属于每一个个体的，只有她们的眼睛。而马小珊的眼睛，被我们保安评比为最耐看的眼睛。

不过，脱下护士服的马小珊，眼睛就变得不重要了。我会立刻被她的臀部和胸部所吸引，那是一种苗条却又呼之欲出的肉感，这是院里其他女人所不具备的。我深信她的身体是炙热的，和她冷若冰霜的眼睛是完全不同的。又或者，那双眼睛是属于护士这个职业的，而她的身体却是属于女人这个性别的。

蜷缩着的马小珊接过我递给她的包，便跟着我走出外科大楼，然后坐进了我的二手大众。她坐在后排，紧贴着车门，似乎有意避开了后视镜。但我还是知道她哭了，那种用力压抑着的抽泣。我不知道该和她说什么，只好取了车门上的纸巾盒递给后座的她。只是扯了纸巾的马小珊，突然就哭得无所顾忌了。她几乎是号啕大哭，就像手术室门口那些哭得死去活来的家属。

到她家楼下时，她突然对我说："陪我上去下。"她没有用问句，而是像在手术室门口指派我们工作一样，使用的是通知的语气。我有些错愕，但还是跟她上了楼。进屋后，她没有开灯，而是突然转过身抱住了我。她把脸埋进我的胸膛，像是要把整个人都塞进我的身体。我只记得她的身体像火一样，滚烫滚烫。我忘了我和她是怎样到了她的卧室，又是怎样到了她的床上。

我和马小珊就这样成了地下情人。

她会约我到莲花大酒店，说这个酒店比较卫生，而且停车方便。但我知道，真实的原因是这个酒店位于城东郊区，住客大多是外地游客，基本是不太可能碰到熟人的。我在她指定的时间来到她指定的房间，敲几下房门，她就会开门。她看到我只是礼节性地点个头，便迅速转过身去。在酒店里，她从不穿睡袍、吊带裙之类的衣服，而是把自己包裹在保守的家居服里，一副密不透风的样子。走进房间，我总会发现窗边茶几上有一本翻开的书，还有一个已经喝完的咖啡杯。我不知道她为什么早早地等在酒店，却给我发一个这么精确的时间。几时几分，这个几分，常常是三十五分、三十八分。我不知道这是她对数字的偏好，还是对时间的偏执。但对我来说，敲门的时间却不敢有一分钟的误差了。

毛巾在洗手台。她坐到茶几旁，眼睛一直停在手中的书上。

这便是让我洗澡了，我经过两三次才明白过来。刚开始，我以为她是为我准备了专门的毛巾，后来我才知道，她只是有些洁癖。除了毛巾，她还会在床上铺上一次性的床单被套。这一切，都是在我进屋之前全部准备好的。

我听话地去洗澡，从上到下，洗得特别认真。我出来的时候，她仍然坐在沙发上看书，安静得像一幅油画。恍惚中，我觉得自己像是在做梦。

我说，看书啊。

她嗯了一声，又继续看书。

我觉得尴尬，只好躺到床上，钻进被窝。每一次，我都是躺进被窝才会把浴巾褪下，然后再把浴巾从被窝里小心地抽出来。我赤条条地躺在被窝里，觉得自己像古代的妃子，等候皇帝批阅奏折之后宠幸。

她也不会让我等很久，最多半小时，便会起身、拉窗帘、关灯，然后去洗漱。我听到卫生间里哗哗的声音，克制住想要进去看一看的冲动。对于她的身体，事实上我从未看清楚。第一次在她家的时候也是关着灯的，我只记得她的身子很烫，烫得让我眩晕。她洗完澡，吹好头发，把卫生间的灯也关了，才走过来钻进被窝。她没有裹浴袍，虽然看不清楚，但我知道她是光着身子从浴室走过来的。

在黑暗中，我们会立刻纠缠在一起，两具赤裸的身体熟悉得像是小别的夫妻。马小珊的情话，就是在这样的黑暗中说的。那些话深情而热烈，像梦呓一般从她的身体里冒出来——是的，并不像从她的嘴里说出来的……刚开始，我以为她那些情话是对我说的，便热烈地回应她。后来我才知道，那些话并不是在和我说。她会阻止我的回答，用手捂住我的嘴。慢慢地，我才知道，她只是透过我的身体，和另一个人说话。

之后，我们会认真地睡觉，不开灯，不刷手机，也不说话，我们只在黑暗中安静地搂抱着彼此。她喜欢把自己缩在我的臂弯里，双腿也蜷缩着，像缩在子宫里的胎儿。在这样的姿势下，她总能很快睡着。我偶尔转过身去时，她就会醒过来，然后把我掰回来，继续缩进我的臂弯。我只好一动不动地搂着她，生怕用了力她就会醒过来。这样的时候，我就会忘了她是护士长，她好像成了一个小小的女孩，我会心疼她。

到了早上，她就会早早起来，仔细地化好妆，收拾好东西，然后自顾自出门离开。我装着没睡醒的样子，直到房门"砰"的一声，才开始起床、穿衣、洗漱。我学着她的样子，在窗前的沙发上坐一会儿，喝上一杯袋泡茶，才慢悠悠地离开。

我把房卡拿到前台，服务员告诉我已经有人把账结了。我走出这家看起来颇为高级的酒店，觉得自己像在卖淫。

陈桃桃是唯一发现我有问题的，她问我是不是恋爱了。我当然回答不，我和马小珊是情人关系，却不是恋人关系。

陈桃桃是我的发小，我们来自同一个村庄。从小到大，她总能准确地捕捉到我的心事。我读书时暗恋哪个女同学，长大后喜欢哪个女同事，她都能一猜就中。在她面前，我会忍不住心虚，我禁不住有些恼怒自己和陈桃桃同在一个单位。

我到中心医院做保安，也是陈桃桃提议的。高中毕业后，我去城里做过两份工，都不长久，又不愿去做搬砖那样的苦活，就窝在老家一天天地混着。有一天，陈桃桃和我说，她们医院正在招保安，说我人高马大的不如先去做着。我从小想当警察，虽说保安的制服离我心中的警服还差着十万八千里，但我依然觉得自己穿制服的样子是不错的。就这样，我成了中心医院的一名保安。再后来，我从风吹雨淋的门岗调到手术室前厅维持秩序，也是陈桃桃帮的忙。她在医院做了多年，和马小珊熟络，便让马小珊和保安队长打了招呼，把我调到手术室。

从幼儿园到小学到初中，陈桃桃一直是我的跟班。但到高中之后我们就分开了，我去了普高，她去了职高读护理。用她的话来说，我和她从此有了阶级距离。但高中之后，我因为失恋彻底沦为学渣，和她所谓的阶级距离也就没有了。而陈桃桃之所以去职高，更多的原因是因为她的父亲。我们上初三那年，她父亲在工地上出事故伤了脑袋，手术后虽然捡回一条命，却成了半个植物人。成绩不好的陈桃桃立刻决定读职高，她说私立高中太贵了，不如读个有用的，学好之后还可以照顾她的爸爸。但没有想到的是，她职高还没有毕业，她爸爸就去世了，给她留下了一屁股的债和一大家的老老少少。

我当然知道陈桃桃对我有好感，但我只把她当兄弟。陈桃桃从小力气大，嗓门也大。除了那束几十年如一日的万年老马尾，她身上看不出丁点女人的特征。在村里，她上山下田把自己弄得黑黑的，小她三岁的弟弟却被养得白白净净。到医院后，我更是多次看到她把男病人从轮椅轻松地抱到床上，或者给男病人擦身子换衣服，越发觉得她不像个女人。

自从我买了那辆二手车，陈桃桃就常常约我一起回家。我们把休息日换在同一天，从一级公路转到乡道，从乡道转到机耕路，最后才转到我们的村庄。有时她会开玩笑说，咱俩这样像不像两口子回家？我立刻会嫌弃地瞪她一眼。她便会夸张地大叫，老天啊，你太不公平了，为啥夏兵长了一副招女人的盛世美颜，我陈桃桃却长成了招老人的歪瓜裂枣。我很乐意她这样自嘲，我和她的兄弟情也因此从未间断。

我不善言辞，和别人交往通常也是听得多说得少。但和陈桃桃在一起的时候，我就会变得特别能说。在那辆五万元的二手车里，我会把在医院积攒了许久的话，一股脑儿说给陈桃桃听。陈桃桃也会把医院里听到的八卦消息，全部说给我听。一个多小时的车程里，我俩常常笑得前俯后仰。她知道我暗恋前台的志愿者，常常揶揄说帮我去做媒，却不见她真去帮我拉拢。我因此总恨恨地赶她下车，说那个位置是给女神小妹妹留的。她倒也不恼，还死乞白赖地说我小时候答应她会罩她一辈子的。

陈桃桃自从发觉我异常之后，就常常到手术室来套我话，嬉皮笑脸地问我嫂子是谁。她最近照顾的是一位下肢瘫痪的老男人，五十来岁的样子，看起来倒是挺好说话的，胖乎乎笑呵呵的，任由她推来推去。她把老男人晾在门厅角落的轮椅上，几乎趴在我的桌子上，压低声音恶狠狠地说，不说嫂子是谁就陪我回家，否则我就把你奶奶带到医院来。

你敢！我瞪着眼睛，几乎想要抢起桌板底下的电棍。

我的休息日怎么可能回去呢？自从和马小珊好上，我的休息日就有了盼头。事实上，马小珊约我的时间并不多，一个月也就一两次。但她肯定掌握了我的休息规律，会在我的某个休息日，突然给我发来一条消息——几时几分几号房间。所以，我每个休息日的主要内容，就变成等待这样的突然"临幸"。我承认这样的等待过程是煎熬的，甚至是屈辱的，但更多的还是甜蜜。每到轮休的时间，我便会去剪个头发，挑选一件自认为好看的衣服，满心欢喜地等待那样一条消息。

在院里，我和马小珊的关系并没有变化。马小珊和从前一样，从手术室进进出出，职业的目光不会在我身上停留半秒。有变化的只是我，我再不敢像从前那样盯着她的眼睛看。每次她经过时，我都会装着看手机的样子，用我的鼻子细细捕捉她的味道。哪怕她站在十米以外，我依然能准确地分辨出她经过的每一缕空气中，消毒水之外的其他味道。在这样的分辨中，我期待着每一个休息日的惊喜。

我早就听说过马小珊的传闻，有说她喜欢女人的，也有说她和某个男人相好的。值班医生和值班护士的故事一直是保安津津乐道的话题。我刚来医院不久，就听一个年长些的保安说，在某一个深夜，正在巡查神经外科的他听到值班室有异响，就跑去查看，却听到里面传来男女欢爱的哼哼声，他吓得连忙走开。这个保安说他后来去查了，那日的值班医生是邱主任，护士是马小珊。

和马小珊好上之后，我总是忍不住想起这个传说。陈桃桃早就告诉过我，她父亲出事时，手术医生就是邱主任，主管护士则是马小珊。陈桃桃后来进医院当护工，也是马小珊帮的忙。陈桃桃父亲的手术说不上成功，所以她曾经记恨邱主任。但马小珊一直待陈桃桃不错，陈桃桃便慢慢放下了。也就是说，他们两个确实在神经外科共事过，那个传说也很有可能是真的。

马小珊似乎没什么朋友，差不多是独来独往的。她似乎把所有的精力都用在工作上，常常是第一个上班、最后一个下班的。她的一天二十四个小时，有十多个小时是在医院。医院里和她走得近一些的，大概还是陈桃桃这些护工。陈桃桃说马小珊的孤僻，和她与邱主任是有关联的。

邱主任是神经外科远近闻名的"一把刀"，也是我们医院对外宣传的"镇院宝刀"。但对院里的女人来说，他更是全院男医生的颜值担当。我多次听到小护士像花痴一样议论邱主任，为这棵"院草"早早有主遗憾不已。我还听说马小珊是邱主任御用的器械护士，凡是邱主任的手术，护士差不多都是马小珊。据说这两个人的配合称得上严丝合缝，手术全程不需要说话。那盏无影灯下，他们就像彼此的影子，邱主任眼神都不需要递一个，马小珊就能准确地把需要的器械递上。再加上那个从保安处传出来的传说，院里的女人大概没有不嫉妒马小珊的。

不过在我看来，马小珊的独来独往，是她不愿意交往。这种不愿意，也是包括我的。在工作中，马小珊待人其实是不错的。倒是对她自己，有一种自虐式的狠劲。按说护士长可以上行政班的，但马小珊却没有。她把自己和其他护士一起排班，还常常替那些家里有事的护士代班。同事对她自然是感激的，想让她轮班休息，或者请她吃个饭喝杯咖啡什么的。但她都是不冷不热地拒绝，一副公事公办的神情，让别人一句感谢的话都说不出来。用小护士的话来说，她永远都摆着一副捂不热的臭脸。

对这样的评价，我深以为然，我和马小珊何尝不是永远捂不热。我自认为和她在身体上，早就达到水乳交融般的默契，但在医院，那个从手术室走出来的马小珊，我仍然是陌生的。即使是在莲花大酒店，我熟悉的也只是黑暗中不穿衣服的马小珊。那个穿上衣服、置身于光明之中的马小珊，永远是冷漠的。她始终是遥远的，是陌生的，我渴望走近她。我曾经趁她洗澡的时候悄悄打开她的包。尽管我不知道自己要找什么，事实上她包里的东西我早就见过，但我还是按捺不住探究的欲望。但她包里的东西没有变化，还是上次散落在地上的那些东西。我对那几个药瓶子好奇，便偷偷拍下了药瓶的名字。原来，她常年携带的是安眠药和治神经衰弱的药。我琢磨着，她的睡眠可能不好，或者是不是有抑郁症。我看着手机里偷拍的药瓶图片，总觉得那个缩在我怀里沉沉睡去的女人，并不是那个经常失眠的护士长。

自从和马小珊在一起，我就特别关注马小珊和邱主任的关系。一想到他们在手术室心有灵犀地递刀子，我就会十分嫉妒。他们常常一起进手术室，又一起出手术室，好像并不在意外面的流言。我认真留意过，他们的谈话内容基本是病情、手术这些专业上的事。我甚至利用身为保安的便利条件，查看了手术室内外的监控。我没有看到他们有暧昧的言语，或是类似羞怯甜蜜的表情。但我看得出来，他们享受这样的工作状态，他们之间有一种不需要语言去传达的信任。我知道，这就是马小珊热爱上班的原因，这个原因让我心里十分不舒服。

我变得越来越好奇，我想知道马小珊的业余时间在哪里、在做什么。几次下班我都像跟踪狂一样尾随她，看她的车子开出医院，停到超市，然后走进她自己的房子。我发现，她几乎不烧饭，三餐都是在医院吃的，下班唯一会去的地方是小区门口的超市。尽管这样，我脑子里还是会冒出我那天送马小珊回家的情形，只是男主从我变成了邱主任。我总觉得邱主任会出现在她家的门口、卧室以及那张床的旁边。那个脱去白大褂的中年男医生，穿着一身笔挺的西装，他的头发三七分开，面容俊朗，身姿挺拔。我甚至总是把自己和邱主任的样子重合在一起，有时候觉得我就是他，有时候又觉得他就是我。甚至在莲花大酒店的大床房里，我仿佛也变成了那个医生。黑暗中，是赤裸的邱主任搂着赤裸的马小珊，而不是我。

我开始通过其他保安去调查邱主任的排班信息。我承认自己的做法十分不厚道，但我已经没办法控制住自己。我的侦查结果是，邱主任也是一个工作狂，他每天的生活不是手术室就是病房。和马小珊不同的是，他除了在医院上班，还经常需要出差。幸好这大半年来，邱主任出差的日子，马小珊都在医院当班，这让我放心不少。让我更加心安的是，他们的休息日很少重合。不知道是不是他们有意安排的，我发现他们的业余时间就像两条平行线，似乎永远也不会交叉。

我还发现，在马小珊十分有限的休息日，几乎都安排和我的约会。有一段时间，我为这个发现激动不已，几乎以为她心里也是有我的。我甚至为她找好了理由，比如关灯是因为害羞，不和我说话是因为她不喜欢沟通。但后来，我发觉她的安排可能只是由于无聊，或者根本就是为了睡一个好觉。我早就发现，在莲花大酒店的夜晚，她都会睡得沉稳而踏实，我不知道是因为做爱还是因为我的臂弯。或许，于她而言，我和她包里的安眠药并没有区别。

我同意和陈桃桃回家，是因为连续四个休息日都没有收到马小珊的消息。我开始害怕下一个休息日，害怕一整天都沉浸在不停看手机的惶惶不安中。这样的等待，让我心力交瘁。所以，在下一个休息日的前一日，我主动联系了陈桃桃，说明天咱们回家吧。

陈桃桃坐上我的二手车，却并没有像从前一样说个不停。我试图像从前一样和她分享院里的八卦，但她却是艰难地笑笑，没有像从前一样八卦个不停。我想找一些话题，却似乎找不出可以聊天的内容。我的注意力总是被我的手机牵着走，叮咚一声我就忍不住去瞟一眼。我的手机正夹在汽车的操作台上，漆黑的屏幕偶尔会亮起来，闪过一条推送信息。其实开车时我是习惯把手机插在裤兜的，只在需要导航时才会把手机插在操作台上。但我却在回家的路上，把手机夹在操作台上，我不知道自己是不是为了等候马小珊的信息。我突然想到，如果马小珊的信息真的发过来，陈桃桃可能会看到。一想到这里，我连忙一个刹车，把车子停到了路边。

怎么了？陈桃桃问，好像一个刹车把她给惊醒了。

我有些尴尬。取下手机塞进口袋后，便打开音乐。熟悉的旋律立刻充盈了整个车箱，是毛不易的《平凡的一天》。在以前，我们在回家的路上常听的就是这首歌。我们会打开车窗，跟着熟悉的旋律一路歌唱：

这是最平凡的一天啊！
你也想念吗？

不追不赶慢慢走回家，

就这样虚度着年华，没牵挂……

但这次，我们两个谁也没有唱歌，甚至没有说话。我继续启动汽车，歌声就从车窗飘了出去，我觉得自己也跟着飘走了。

只有晚风轻拂着脸颊

总有一天，我们会找到她……

我关了音乐，我害怕自己会落下眼泪。

我准备结婚了。陈桃桃突然说道。

啊……你说什么？我一个晃动，方向盘也跑偏了。

我说我要结婚了。

结婚？和谁？

我照顾的那个病人。

哪个病人？

我脑子里迅速搜索了一下，想起她这几天到手术室晃荡，确实推着一个老男人的。我只记得那男人有些白白胖胖的，像弥勒佛一样。

他？年纪很大了吧？

今年刚满五十，他说挺好，五十知天命，他的天命就是遇到我。

可你才二十三啊！我突然有些愤怒。

但他有钱啊，他说会供我弟弟念书，会送我爷爷奶奶去看病，我觉得也挺好。

他……他在医院看什么病？他的腿……会站起来吗？我有些口吃起来，好像在害怕一个真相。

是的，他脊柱受伤永远不能站起来了，所以他需要我永远做他的护工，专职护工。

这不行！我不同意！你还年轻啊！你是傻了吗？

我拍打着方向盘，喇叭被拍得发出一阵阵尖锐的叫声。

没什么不行的，做很多人的护工，不如做一个人的护工，待遇还好，不是挺好的吗？

陈桃桃的语气非常平静，好像这是一件早就深思熟虑的事。

我不知道该说什么，只是恨恨地又拍了几下方向盘。

你也快结婚了吧？我知道你有喜欢的人了。

我不知道该说什么。

每个人总要有自己的归宿的。陈桃桃喃喃地说。

她打开车窗，把脸转向了窗外，不再和我说话。

我发现确实是很久没有回家了，公路两边的桃花都开了。陈桃桃的脸映在漫山的桃花中，竟有了一点"人面桃花相映红"的意思。我想起陈桃桃说过，她名字是因为出生的时候所有的桃树都开花了。这么想着的时候，我突然意识到陈桃桃是个女人。

那天回到家，奶奶和我说了好多话，意思是我父母年底会回来，以后再也不出去了。

我父亲在龙泉拉瓷坯，一年回不了几次家。我从小就知道他在窑厂有个相好的，差不多不记得家里还有我这个儿子。我母亲知道父亲家外有家后，却没有提离婚，而是抛下年幼的我去了温州打工。所以，那个山村的家，对我来说，只剩了一个年迈的奶奶。奶奶是唯一会想我的人，但我却很少想到她。我回家的时候，除了吃奶奶做的饭，就是躲在自己的房间玩游戏。

我一边想着陈桃桃的事，一边听奶奶唠叨这两个最亲的陌生人。小的时候我最盼望他们回家，但现在，我发现自己并不希望他们回来，甚至厌恶他们回来。比起陈桃桃，我算幸运的了，那两个人至少会寄钱回来。从小到大，我从未担心自己的学费问题。但陈桃桃，我没有预料到她的问题会这么严重。在我面前，她总是一副天塌下来都无所谓的样子。她父亲出事、离世，她都没有在我面前抱怨过一句。我至今仍记得她选择职高的护理专业、放弃学费昂贵的私立高中时，没心没肺地拍着我的肩膀说，此处不留爷自有留爷处，咱以后就算有阶级距离了。这许多年，我以为自己是一个不幸的人，却没想过她才是更不幸的那个人。

我拿着手机，很想劝陈桃桃不要嫁给那个老男人，但几次编辑还是没有发送出去。我觉得自己并不能帮她分担什么，也就没有资格劝慰了。

晚上七点三十六分，908房间。手机屏幕上突然跳出马小珊的信息。

我第一反应是回复"好的"两个字。以前我就是这么回复的，我会小心地隐藏内心的激动，然后打上这两个不带任何感情的字。

但我已经答应奶奶和陈桃桃在家住一晚，明天一早直接去医院。而且，就算此刻赶回城里，也起码要八点了，这对于以分定时的马小珊来说，大概是不能接受的。

是要回医院了吗？奶奶看我失神地看着手机，便凑过来问道。

没有，我答应您住家里的。我连忙按下锁屏键。

一整个晚上，我都没有回复马小珊消息，她也没有再发第二个消息。

乡村的夜晚特别寂静，我发现我很快睡着了。那个夜晚，我梦到了我的父母，他们还是年轻时候的样子，而我还是小时候的样子。

回院之后，我总幻想马小珊会跑过来，质问我那天为什么没有回复信息，那双波澜不惊的眼睛，会出现愤怒、抱怨的情绪。但她还是没有变化，照例每天早早到医院，直到最后一台手术结束才下班。她的声音仍然是职业的，像机器人般没有任何起伏。偶尔，她的眼睛也会望向我的方向，交代一些注意事项，比如最近有个胖胖的男人老是找邱主任，让保安留意一下。她交代这些事的时候，眼神依然是空洞而又冷漠的，并没有在我身上停留半秒。我知道，她看见的我仍然只是一个穿着制服的保安，她关心的人也只有邱主任。

我这么想的时候，其实是厌恶自己的。我知道自己不应该和邱主任比较。我太贪心了，能保持之前的关系我就应该满足的。所以，我开始为那天没有回复她信息懊恼不已。我想给她发一条信息解释一下，告诉她那天晚上我回老家了，没能及时看到信息，或者是手机没电了。但每次信息编到一半，又会被我删了。我不知道该怎么办，身体里像是憋了无数只蚂蚁，终日焦躁不安。

那一日，我趴在桌子上，反复放大手机里马小珊的工作头像，觉得头越来越沉。就在这种迷迷糊糊的状态下，我看见邱主任和马小珊出来了。他们像往常一样，一边走一边说着什么。我看到马小珊步履轻盈，那双没有情感的眼睛正绽放出不易察觉的光彩。我看着他们，却趴在桌上一动不动，生怕身体里的愤怒一不小心就会跃出来。

就在这个时候，陈桃桃走到我桌前，递给我一张结婚请柬。她指了指轮椅上的老男人，说她马上就要结婚了。我看向那个老男人，只见他肥腻的脸上堆满了笑。

我突然发现轮椅上的老男人就是马小珊让我留意的男人，那个最近总是找邱主任的胖男人。我看到他正握着一把水果刀，用掌心护着，掩藏在裤袋里。但我还是看到了它的光芒，在嘈杂的手术室前厅，那把刀耀眼得像手术室的无影灯。

我继续趴着，假装什么都没有看见，我听见我的心脏在咚咚地跳。

　　邱主任面向电梯，他的身姿挺拔而迷人。那个胖胖的男人推着轮椅向邱主任慢慢靠近。我用余光扫到马小珊，她已经转过身，正往手术室走去。我非常满意这样的状况。

　　突然，陈桃桃像是发现了什么，冲过去挡在了邱主任前面，我看见那把水果刀插进了陈桃桃的身体。我终于想起我是一个保安，那个被刀刺进身体的是我的发小陈桃桃。我连忙跃过桌子——我忘了桌板底下的电棍——我徒手和那个胖胖的男人搏斗。但那把明晃晃的刀子，还是刺进了我的胸口。

　　就在我倒下的时候，我听到有人叫我的名字——夏兵！我听出那是马小珊的声音。她从未叫我的名字，我甚至以为她从来不知道我的名字。我看不清楚马小珊是如何穿过惊恐的人群跑到我身边的，但我还是从纷杂的尖叫声中找到了她的声音，她慌乱地叫着"夏兵！夏兵！"我听见她的声音终于不再冷漠，而是饱含了焦急、担心以及惊恐……

　　我醒来的时候，陈桃桃正用力摇着我的身体，她关切地叫着："夏兵！夏兵！"

　　我看了很久才弄清楚，我是躺在病房里。我急切地问，桃桃，你伤得怎样？

　　你发高烧了，晕倒在值班室的桌子上，是马小珊把你送到急救室的。陈桃桃哭着说，我以为你会像我爸一样永远离开我了。

陌生效应

医生说外婆就这几天的事了，跟前不能缺人，我只好常常搬了电脑坐在外婆的床边。

原本我是要出趟远门的，就是背着旅行包走到哪算哪的那种。但我妈坚决不同意，她一再强调我在家族关系中的重要性。外婆这一生没能生下儿子，只有三个女儿。所以，我便成了外婆实际意义的长孙。

"万一有什么事，总得有个至亲在吧。"我妈这样交代我。

这段时间，外婆醒的时候总是含糊其词地说什么，像是叫一些名字，有时是"美群"，有时是"祖旺"。我问我妈有没有这两个人？我妈摇摇头，说大概是外婆的一些故人吧。

张阿姨说，人走之前是要把熟识的人过一遍的。张阿姨是个经验丰富的护工，特别是临终护理这块。她的话应该有些道理，外婆这几天看上去迷糊，其实倒有可能此时是最清醒的，她痴呆多年的脑袋想必是想起什么了。

"可是，这些名字从未听她提起啊。"我妈自言自语地说。

这几天她都在使劲回忆外婆熟识的人，但怎么也想不起和这音节相近的名字。我妈是外婆的长女，她不知道的事，其他人大概更不知道了。

我把笔记本电脑在病房的椅子上刚刚摆好，一个护士进来了。她有些厌恶地瞪了电脑一眼，我只好往阳台边的墙角挪了挪。

我和我妈说："你回去休息吧。"

我妈像是没听到，疑惑地看着我说："你外婆老惦记一些不认识的人做什么？"

她还在琢磨这些陌生的名字。我便不再搭理她，自顾自看着电脑屏幕。

这几天，晚上基本都是我妈和我姨轮流陪着，她们说我们晚辈工作太忙，隔代的白天过来帮衬帮衬就可以了。我的表弟表妹们确实很忙，我倒是不忙的。去年辞职以来，我差不多成了个闲人，只靠几个专栏过日子。再加上我妈说的长孙责任，白天的时间我基本就是全陪了，外婆的病房也因此成了我的书房。

我在赶一个网站的专栏，叫什么"天上不会掉馅饼"，本意是推出一些稳健理财的故事。但我不喜欢理财，或者说不相信理财，就像不相信我的股票账户会变红一样。所以，那个专栏的本意已被我改得面目全非。我通常是结合时下流行的一些新闻，写一些故事，再东拉西扯一些感悟，差不多被我折腾成心灵鸡汤一类的栏目了。好在老大看到人气还不错，也便没撤这个栏目。

在外婆的呻吟声中，我对着电脑屏幕发呆。我发现屏幕右下角的QQ在闪烁，像是以前的一个工作群。这种闪烁让我很不舒服，但我还是不愿意去搭理。我把桌面上的两个快捷图标和三个废弃的文档一个个拖进回收站，才不情愿地点开这个叫白洋之家的工作群。《白洋周刊》杂志社是我工作过的单位，当时社里什么工作都用这个群布置。后来我离开了，再后来估计他们也用微信群了，这QQ群就渐渐冷了下来。

"听说陈东南重病了！"消息窗跳出一个叫米娜的名字。对陈东南生不生病我并不关心，我好奇的是这位叫米娜的人，竟然直呼总编先生的名讳。

"是的，着实是令人扼腕！"办公室主任老郭慢吞吞地回了一句，像是知道很多的样子。

　　大概是老郭这句话起了作用，说话的人渐渐多了起来，大家都关心陈总编得了什么病。陈东南是《白洋周刊》的总编，他一直自视清高，从来不进我们这些底层业务人员的工作群。我们的群主是老郭，他负责上情下达，或是下情上传。

　　老郭发了两个字母"Ca"外加一串流泪的表情。消息窗立刻热闹起来，有询问病情的，有发流泪或者祈祷表情的，有表示关心和难过的。老郭说得挺严重的样子，大概是危及生命了。熟悉的名字一个接一个跳出来，我也顺手点了三颗眼泪。虽然我讨厌陈东南这个人，但我不藐视生命。就像我的外婆，虽然已经过了九十岁的高龄，但对她的离开，我们全家应该要有这样隆重的守候。

　　群里的人越来越多，我看到我的名字挤在熟悉的名字中间，像是回到杂志社从前的忙碌时光。大家开始有序地感叹生命。刘小羽说人生苦短，及时行乐吧。金阳阳说，陈总就是太辛苦太操劳了。小迪说珍惜当下吧。老郭说世事难料啊……除了那三颗眼泪，我没有再说什么。

　　热闹了一会儿，说话的人就少了下来，我也想关了消息窗开始做事。只是外婆又叫起来了，"美群，美群，祖旺……"病床上的外婆蔫蔫的，声音却很是着急，也有些慌乱。我走近病床，看到外婆耷拉下来的眼皮几乎盖住了整颗眼珠子，但还是能从里面看到一点点的光。她像是看着我，又像是透过我看着远方。我看到外婆的手从被子里滑出来了，那只干枯得像一根老树杈的手，布满了青筋和老人斑，关节凸起的手指颤抖着，像是要抓住什么。我正想把它塞回被子，外婆却一把抓住了我手腕上的手串。我想要把它掰开，她却死死地拽着，也不知道哪来的力气。

　　"一定是有什么心愿未了。"我妈开始哽咽。

这几天她总是这样，说着说着就开始哭。虽说外婆躺床上快三年了，家人也早早做好了准备。但真到这样的时候，我妈还是没办法接受的。

"要不问问以前石桥村的老人吧。"我一边安慰我妈，一边小心地掰开外婆的手指。那手串也是一件老古董了，我不舍得让外婆给抓散架了。

"都离开四五十年了，知道的老人也大多不在了吧？"我妈叹气说道。

她看着我把外婆的手指头一根一根地掰开，却没有过来帮忙的意思。外婆这一生只是从一个村子到另一个村子。西岸村的老人我妈和我姨都熟识，没有什么叫"美群""祖旺"的人。那就只能是石桥村的人了，我姨她们都这么说。我妈却没有要去的意思。我想，我妈只是心疼外婆罢了，至于外婆叫的那些陌生的名字，她大概是并不关心的。

我不知道外婆和石桥村究竟有着怎样的故事，只知道在我妈很小的时候，我外公就去世了，后来外婆改嫁到一个叫西岸的村子，再后来就有了我大姨和小姨。石桥村好像还有一些亲戚，但都没有走动。有几次，我张罗着带外婆和我妈回去看看，外婆和我妈都铁了心似的一次都不肯回去。我也问过原因，大家都有点讳莫如深的样子。我妈也只是含糊地说，过去的事，还是不要去找了吧。我听了也就作罢了。我想，那样的年月，无论发生什么样的事大概是都不会奇怪的。

外婆又开始沉沉地睡去。我终于把我妈劝回去休息，她也是年近古稀的老人了，因为外婆在，她总以为自己年轻得很。

我回到电脑前，看到未及关闭的消息窗跳出好几条新消息。

"各位是猫哭耗子假慈悲吧？"还是那位叫米娜的人。

"十几年不变的总编终于可以换换了，咱杂志社有救了。"米娜发了一个鼓掌的表情。

"我仿佛闻到了新鲜的空气！"米娜甚至发了个流口水的表情。

这个叫米娜的是谁？我有些感兴趣了。

还有一个私聊消息一直在跳，是刘小羽。他问："米娜是谁？"

"不知道呢，是不是我走之后进来的？"我回复道。

"没有的事，你走之后来了一位也是在微信群里，QQ群里的都是老职工，你都认识。"刘小羽发了一串问号。

我忍不住有些好奇。但群里又没声音了，好像没有人对这个话题感兴趣似的。好在过不了多久，白洋之家的群又接二连三地跳起来。我立刻点开了。

"大家都是搞文字工作的，群里说话要注意影响。"这是老郭。

"好像没人说粗话吧？"米娜发了一个捂脸的表情。

"这群里群外的假话说惯了，不太习惯听真话吧？"米娜不依不饶。

"说到文字，咱们社里也就万泉最好了！"她竟然提到我的名字。我一个激灵，像是被吓了一大跳，好像那些大不敬的话都是我说的。

"兄弟，该不会是你的小号吧？"刘小羽又私信过来。

"他妈的，这是谁在坑我！"我直接拿手机给刘小羽打了电话。

我和刘小羽在电话里还没说完，屏幕上又出现一行字："万泉这会儿肯定在骂娘了！"接了一个偷笑的表情。我以为又是那位米娜，仔细看才知道是一个叫黑光的陌生人。

"妈的，这《白洋周刊》什么时候进来这么多新人了？要不是平日里无声无息的，我他妈的早就退群了。"我冲刘小羽说。

刘小羽似乎淡定得很，说："你猴急什么啊，好戏才开始呢。"

便挂了电话。

"有人在使用匿名。"我看到又一条私信，是小迪。小迪是我当年的搭档，很是崇拜我的样子。如果我不离开，兴许能和她发生点什么。

匿名？平日里，QQ只是传文件的工具，我压根儿就没注意其他功能。我再看米娜和黑光的头像，才发现这两位都是一样的，都是蒙了眼睛的统一形象。我又观察了一下消息窗，果真有"匿名聊天"的按钮。我试着点了点，右上角立刻出现一个名字，叫屈由。我想着这名字倒是符合我现在的心境。我突然想到我也可以匿名说话了，抱着好奇的心情，我发了一条："万泉太幸福，离开杂志社这么久还有人惦记！"再看消息窗的显示，是一个叫屈由的人发的，果真看不出是我发的。

小迪又私信过来："你离开后，社里更乱了呢。"

我说："米娜是你吗？"

小迪说："不是。"

我看着屏幕，觉得米娜该是一个女人。我搜肠刮肚地想着社里的女人，实在是想不出一个会这么直言不讳的人。

"现在的新闻早不是教科书里的新闻了，万泉那叫不识时务！"一位叫南后主的杀出一句。当然，又是匿名的。

"小子，你沉冤有希望得雪啊！"刘小羽私信过来。

我说："你不要瞎起哄啊！"

"不起哄，我就围观，围观啊！哈哈……"

不知道怎么搞的，我总觉得那个南后主是刘小羽。

"万泉就是太较真了，这年头，谁较真谁吃亏。"

"也不一定吧，没有万泉的较真，咱的周刊能突破十万的发行量？现在万泉离开了，咱们就一日不如一日了啊。"

"万泉不离开，副总编的位置怎么腾出来？金娘娘又怎么上位？"社里的人私下都叫金阳阳为金娘娘。这是个表里十分不一的女人，我就是栽在她十分真诚的表象之下。总编似乎很吃她那套。那个女人什么荣誉都到手了还不满足，最后，为了得到我的位置，还使上了美人计，终于成功地把我挤对走了。

"哈哈哈……"群里笑场了。

"积点口德吧！"一个叫司马帅的似乎在帮金阳阳说话。

"喂，这群里替万泉叫屈的，当年肯定也坑过万泉吧？我可听说是投票决定的。"司马帅明显是想把战火引到别处。

"总编的意思谁敢不听？他说谁滚蛋就谁滚蛋，不听他的，自己还不得被滚蛋！"

"无论如何，万泉那篇文章捅了娄子总没错吧？"

"什么狗屁娄子！不过是一出'莫须有'的好戏！"

"弱肉强食而已，各位太较真了。"

……名字越来越多，五花八门的，我在心里给这些名字对号入座，琢磨着谁是谁，倒是有趣得很。只是扯上我就不太好了，我觉得有必要刹住话题，便用真名说了一句："扯蛋归扯蛋，不要扯上我这个局外人！"

"我们讨论的是杂志社现状，和你其实也没关系！"那位叫米娜的又说话了。

"兄弟，米娜是你以前那个相好的吧？"刘小羽私信过来一个可爱的表情。

他说的是小迪，我正想回复，小姨却进来了。

小姨问外婆怎样。我说还好，就是还总惦记那几个莫名其妙的名字。小姨说她前些天已找了个石桥村的亲戚去打听了，别耽误什么事才好。我说我妈像是不想去问呢。小姨说你妈那个脑筋和你外婆差不多老，别听她的。护工张阿姨又说人走之前叫一些不相干的名字很正常的，不用太在意。小姨坚持说，说不定这去黄泉的路上就有一道迈不过去的坎呢？

小姨带了点热米汤，外婆这些天只能吃点流质的食物了。我在外婆脖子下垫了两只枕头，外婆像是早醒了，很顺从的样子。最近她总是这样，一会儿睡着，一会儿醒着，其实我们也搞不清她到底是睡着的还是醒着的。有时候，为她掖被子，她会突然睁开眼睛，然后使劲地看着你，好像你是个陌生人一样。小姨喂外婆喝了点米汤后，我扶外婆躺好。不知道是被我的手串磕疼了还是怎么回事，外婆像是突然又清醒过来，又叫起来："美群……祖旺……"这次似乎清晰了些，我和小姨听着都很确定就是这样的两个名字。

小姨说："要不你明天去趟石桥村吧，看他们有没有打听出什么。"

我有点不想去，总觉得这样的探询没什么意义。我说要赶个稿子，过些天再看看吧。

我坐回电脑前，看到白洋之家的消息窗越发热闹了。满屏都是陌生的名字，我像是走错了群。这里没有我熟识的老同事，只是一群陌生的人。又或者，虽然我和他们共事了四五年，其实也不过是陌生人。冒充陌生的人，应该是一件非常有意思的事情，我也想做这样一个陌生人。我换了一个名字，叫墨子。我说，哦不是，那个叫墨子的人说："未来的《白洋周刊》总编非金阳阳莫属。"发送完这句话，我有一种说不清楚的期待。

这话一发出去，群里突然又没声响了。过了许久，一位新的匿名者老K说："金的文笔大家都知道，只是从来没人说出来而已嘛……"我猜这位是刘小羽。

"老郭成熟稳重，未来总编还是老郭最合适！"

"如果万泉在，就能实现平稳过渡了。"

"其实刘小羽也不错，就是太没正经了些！"

"没正经也是一门艺术好不好。"

"如果可以选，我倒是愿意选刘小羽，哈哈……"

"拉倒吧，这里哪有真正的民主选举啊！"

"妈的，怎么扯上我了！"刘小羽有些生气，给我发了条私信。我幸灾乐祸地回过去一串偷笑表情。刘小羽说是你小子发的吧？我说我没那么蛋疼。

小迪也发来一条私信，说："今天这出戏的总导演应该是刘小羽。"

我说："不可能吧。"

小迪说："你离开后，他一直想要扳倒金娘娘自己上位呢。"

我一时语塞，不知道怎么回复小迪，突然觉得瘆得慌。我想起当年那篇捅娄子的稿子是刘小羽提供的信息，他原本是要和我一起去采写的，后来临时有事就没去。出事后，刘小羽还在会上为我叫屈，为我辩解，他还私下对我说他是我的兄弟。那稿子其实和刘小羽也没什么关系，我自己原本就愿意写的，也从没有后悔。但不知道怎么回事，小迪这么一说，我就突然觉得和刘小羽有了密切的关系。

消息窗还在源源不断地刷新，我这沉寂了好多年的 QQ 好像从未这样热闹。

"女人漂亮最重要！"

"哪个漂亮了？除了小迪？"

"我喜欢小迪很久了，哈哈！"

"咱们周刊早该解散了！"

"说实话，这纸媒迟早得死。"

"社里明年不要分派任务了。"

"还有明年吗？"

"工作生活都可以匿名就好了！"

"你以为匿名说的就是真话了？"

"改制吧，搞个股份制不错。"

"什么时候财务公开啊？"

"封底的广告位到底是怎么招标的？"

"散伙！散伙！"

"好歹财政一年还有几万块的补助呢，谁舍得！"

…………

大家的话题越扯越远。有几句还是我说的，或者是那个我自己都不认识的我说的。我是我的陌生人，这他妈的太好玩。我没告诉刘小羽我匿名了，也没告诉小迪。

正聊得起劲，和张阿姨闲扯的小姨电话响了。她看了一下手机，迅速地走到我跟前，戳戳手机屏幕，说石桥村大概有消息了。小姨对着手机嗯嗯啊啊了很久，最后还跑到走廊去了。我原本是不关心的，但不知道怎么回事，突然有些好奇起来，就放下电脑也去了走廊。

小姨打完电话一脸狐疑地对我说："万泉，你腕上的手串是你妈给的吧？"

"是外婆给的，不过外婆好像说这是我妈的。"我抬起手腕看了看这串手串，有些不安起来。

小姨说："石桥村有个叫满军的，他爸爸就叫祖旺。"

"嗯，怎么说？"我有一些不太好的预感。满军，美群，我们土话叫起来还真差不多。

小姨继续说道："那个叫祖旺的老人去世前曾经交代满军去找

一位有念珠的妹妹。满军当时还小，觉得他爸爸说的话可能是脑子迷糊了，加上祖旺没来得及交代更多就去世了，满军也就把这事差不多给忘了。"

小姨说得有些不连贯，我却不敢打断，目不转睛地看着小姨。

"我和你妈、你大姨都还小的时候，都争着抢着要这串念珠。那个时候什么玩具都没有，念珠看着也是好玩的。但你外婆每次都护着你妈，说这念珠只能是你妈的，谁也不许和你妈抢。"小姨回忆起年少的一些细节。

"我妈知不知道这串念珠的意义呢？"我问小姨。

小姨说："应该不知道吧！你妈也没怎么爱惜它，我反正从来没见她玩过，更没见她戴过。我偶尔翻到也是积满灰尘的，后来你妈去上学去工作都没见她带走，像是一直摆在西岸老家的。后来看到你戴在手腕上，我还琢磨过是不是西岸那串呢。"

"是外婆交给我的。"我说。

那一年，也不知道是哪一年了，应该是去西岸村过节吧。外婆说，这东西是你妈的，你带回去吧。我接过念珠，虽然珠子积满灰尘，倒还是能瞧出它的年代感的，就喜欢得很。我用纸巾随便擦了擦，就绕三匝当成手串每天戴着了。原以为外婆只是随手给了我一件老东西，现在想来，倒是刻意交给我的了。

我和小姨在走廊上悄悄地交谈着，张阿姨的声音突然响了起来。我和小姨连忙走进病房。外婆喘着粗气，张阿姨在她胸口一下一下地搓着。她说："婆婆，不急，您慢慢说，慢慢说啊。"

我和小姨问："怎么了？"

"刚刚还好好的，突然就急了，又开始说胡话了。"

看到我们进来，外婆似乎更加着急了，盯着我说——我觉得她应该是盯着我，或者是盯着我手腕上的手串："满军……祖旺……"

我握住外婆的手，说："外婆，我在呢，您是要找满军和祖旺是吗？"

"快，去烧点心，这满屋子的人呢！"最近外婆总说这屋子里都是人，听得旁人汗毛都会立起来。

我说："是满军和祖旺来了吗？"

外婆的眼眶湿湿的，紫色的嘴唇开始急速哆嗦起来，又开始说什么了。我分辨了很久，根据刚刚知道的事，和勉强猜到的几个字……我在想，是不是当年把两个孩子交换了？也就是说我妈是那位叫祖旺的女儿？我想到我妈和两位姨妈外貌上差别这么大，就是跟我外婆也没有一点相似之处。我又想到我妈似乎不愿意去石桥村的，那么她自己可能是知道真相的？但我很快又否定了这个想法，我妈对那串念珠确实没什么感觉，那念珠在我手腕上已经很多年了，我妈从未注意，更没问过我半句。

外婆还在床上念叨着什么，我却悄悄地退了出来。我摘下手串，一颗一颗地去盘动珠子。一直以来，这串念珠在我眼里只是一件可以装裱虚荣的饰品。当年外婆给我后，我曾经问过别人，有人说这是一串老山檀莲花念珠，雕工精细，而且每一颗珠子早就盘得透亮，是一件难得的老物件。我从未想过那个曾经持珠盘玩的人是谁，更没有去体味过珠子上存留的汗渍和体温。

但是现在，每一颗珠子的滚动，都如时光穿梭，我恍若看见一个陌生的人，他持珠而坐，眉宇之间有我母亲的影子。我想起我妈和我说过，她的父亲——也就是外婆的丈夫，是一位地主兼国民党保长，在我妈很小的时候他就死于监狱。我妈说我的外公叫季寿权，不是叫什么祖旺。所以，我妈姓季。但姓氏能代表一个人的来历吗？或者说，我妈究竟是谁呢？我手持念珠，有一种脚底踏空的感觉。

小姨试图从外婆迷糊的念叨里再问出一些什么，但外婆已经安静下来。她喃喃地说着："回家，回家。"

　　我看到外婆的床头插着一张卡片，上面写着外婆的名字和年龄，这个名字代表着我的外婆。我的外婆，我在心里念叨着，像外婆的呓语一样。我再看外婆花白的头发、凹陷的眼睛、紫色的嘴唇，竟似不认识了一般。就连我的小姨，这位从小到大最护着我的亲人，也忽然长成了另外的样子。我倒了杯水走到阳台，看到街市和人群都很远，到处都是陌生的人。

　　我妈又来了，带了一只火龙果，医生说外婆血糖太高，只能吃火龙果。外婆已经睡着了，我妈就坐在床沿和小姨说话。小姨想说石桥的事，她看了看我，我连忙用眼神制止。我妈却主动说起这个事，她似乎有些高兴，说她想起来了。我问想起什么了，她说想起祖旺是谁了。我和小姨对视了一下，有些纳闷。我妈继续说："这几天我是白天想夜里想，好在可算是想起来了。"

　　"是谁呢？"我问。

　　"祖旺就是以前西岸村代销社的一个营业员啊。"我妈看了看小姨，"还记得不，以前我老是带你俩去买糖的那个老头？"

　　小姨摇摇头，一双长满鱼尾纹的眼睛瞪得大大的。

　　"不过，老头做了没多久就离开了，后来啊，又来了一个叫美群的小姑娘不是？"

　　小姨还是摇摇头。

　　"咱妈啊，八成是想吃东西啦！都说老小孩老小孩的，还真的是老小孩。"我妈从床边站了起来，似乎特别高兴，想要踱几步。

　　小姨也站了起来，想要说什么。我连忙抢着说："还是老妈厉害，终于想起来了。"我想到那位叫满军的陌生人，他也是一种选择性遗忘吧。

我妈说："是啊，你外婆的心事不想出来，我天天睡不着。"

我注意到她眼里隐隐有些泪光。小姨终于把要出口的话咽了回去，她收拾好外婆喝米汤的碗勺，跟我妈说她先回去了。外婆像是听到似的，又开始叫了："等我……等我啊……满军……祖旺……"小姨没有停下脚步，径直走出了病房。

我妈走近外婆，拿纸巾很仔细地擦拭外婆眼角溢出来的泪水。她说："妈，你就放心吧，我在呢，您孙子也在呢。"

我望着病床上不断呓语的外婆，不知道到底是她在犯迷糊，还是我在犯迷糊。我像在梦里一样，不知道这个站在病房里的万泉是谁。我想到外婆说满屋子都是人，想必外婆看到的人，和我们看到的人不一样吧。那么，外婆看到我了吗？我发现自己突然消失了，躲进了电脑，躲进了那个可以匿名的QQ群。

我重新坐在电脑跟前，点了点那个"匿名聊天"功能，想在群里骂几句，才发现左上角出现提示：管理员未开启匿名功能。原来，群里早就恢复了安静。刘小羽发私信过来问："哪个是你？"又问，"猜猜哪个是我？"我没有理他。我退出了白洋之家QQ群。

龙
虎
斗

魏先生绕着房子看了三周，又绕着谭小晨看了三周，便在门口的石墩上坐下来。他接过谭小晨递上的香烟，点燃，深深地吸了一口。

"龙虎相斗，必有一伤。"魏先生缓缓说道。

他抬起左手掐算一番，便陷入某种深层次的思考。谭小晨看到他指间的香烟一动不动，烟灰积了长长的一段。过了许久，像是终于醒了过来，长长的烟灰落在手背上。他弹了弹烟灰，再呷了口茶水。

"此消彼长，此长彼消……"他叹了口气，终于说了几个字。

一

村主任说，白泉村要拆迁了，春节一过就正式启动。

这个消息，就像遥不可及的馅饼，突然从天上掉了下来，而且恰好落在白泉村。村里的人像是瞬间被砸醒了，纷纷投入到拆迁户的角色之中。年轻人仿佛在一夜之间都找到了对象，老年人却悄悄去民政局领了离婚证，各种房子更是加层的加层、装修的装修……谭小晨发现，村主任说的"春节一过"，成了白泉村预先设定的时间，似乎只要"叮铃"一响，整个白泉村就会不一样了。

然后，白泉村的谭小晨也会不一样了。

谭小晨常常觉得自己是个外乡人。准确地说，是不如那些外乡人。他遇到过许许多多的外乡人，他们说着不同口音的普通话，在莲花城的中央买下一套又一套的房子。然后，那些外乡人就成了莲花城的人。只有谭小晨从未属于这个城市。他和他的村庄，永远像城市边缘的小丑，显得廉价而落后。

这些年，谭小晨好像一直在和那些外乡人较劲。他努力工作，用心攒钱，尝试走进这座城市的中心。从距离上看，莲花城和白泉村确实是越来越近了，那些高耸的楼房近得触手可及，尤其是站在父亲每天瞭望的屋顶上看，白泉村被莲花城围剿得差不多无路可退了。但谭小晨依然觉得，莲花城和他迷惘的未来一样，是遥不可及的。

房价，是横亘在他和这座城市之间的最大障碍。

他早就幻想过拆迁，像那些脏乱差的城中村农民一样，摇身一变成为暴发户，然后远离村庄成为真正的城里人。事实上，关于白泉村要拆迁的消息，已经传了很多年。传得久了，村里的人自己都不信了。谭小晨也一样，前些年还会去查查什么红线图，后来发现传说始终只是传说，那些红线并没有吞并白泉村的打算。

特别是谭跳跳出生后，孩子的入学问题一直折磨着他们夫妻。白泉村附近倒是有个小学，但那所学校基本是民工子弟学校。单芸说，生源不好，就是成长环境不好，这是无论如何也不能将就的。尤其是这谭跳跳打小特别聪明，古诗古词张口就能背上好几首。当初取跳跳这名字时，谭小晨就指望着他能像鲤鱼一样能跳出白泉村，跳过龙门。"古时孟母还三迁呢！"单芸常常这样说，一心想要移民学区房。这许多年来，夫妻俩奔着这个目标原本也攒了点首付的，只是父亲却出事了，好容易积攒的希望一下子全碎了。

四年前的一天，父亲和往常一样坐在顶楼平台上抽完烟，像帝王般俯瞰他的村庄后，便下楼准备开启一天的生活。就在二楼到一楼的拐弯处，也不知道怎么回事，他脚底一滑就直接到了一楼。之后父亲没有再醒来，每日的巡视也不得不终止了。这房子在三十二年前建好之后，父亲几乎每天都要爬上一遍。他总是说，太阳是从白泉村这边升起来，再缓缓照向整个莲花城的。但父亲的太阳却没有再升起，医生说父亲伤到了脑干，虽然会号叫会哭闹，但他是沉睡的。

父亲昏睡之后，谭小晨的所有希望便随之破灭，包括那笔多年积攒的首付款。父亲就像一台碎钞机，所有的存款，都在一天一天的住院中被粉碎。一同粉碎的，除了谭小晨的未来，还有儿子谭跳跳的未来。谭小晨常常觉得，这栋房子就是父亲生长出来的魔爪，从他出生就把他牢牢地拴在了白泉村。

但现在，这栋记录了父亲荣耀和屈辱的房子，终于要被拆除了。他仿佛看到，父亲的魔爪就要消失了，那面横亘在他和父亲之间的高墙也即将拆除了。谭小晨的心底生出从未有过的希望，一些熄灭很久的念头，好像也在一个瞬间全都长回来了。他似乎看到单芸的脸上又泛起恋爱时的红光，母亲的脊背仿佛挺直了。而床上的父亲，也好像要从沉睡中醒来了。

他第一次觉得，父亲的房子是敞亮的。

二

父亲并不是第一次摔倒。

三十二年前，新房上梁的前几天，挑着砖块的父亲摔在了三楼的平台上。昏迷了三天三夜的父亲，醒来后仿佛成了另一个人。他终日闷声不响，白天不停地干活儿，晚上整宿地不睡。之后父亲再没了从前的意气风发，眼里只剩了那栋房子。他每日巡视房子的习惯，就是从那个时候开始的。多年以后，谭小午说父亲得的可能是狂躁症，是大脑受伤之后的后遗症。

母亲说，当初盖房子的时候，原本是要盖两层的，父亲却执意要盖三层，于是就负债累累地盖了三层。他说三层的房子大气，能看到整个莲花城——那时的莲花城还小得像山窝里的一丛小树林。在父亲的眼里，白泉村比莲花城好很多，甚至重要很多。仿佛白泉村的存在，才是莲花城的根本。谭小晨有时想，父亲究竟是因为这栋房子自豪，还是因为能站在房子上俯瞰他的村庄自豪？

母亲和姐姐常常怀念从前的父亲，那时的父亲确实是属于村庄的。她们说白泉村之所以成为远近闻名的养鸭村，和父亲是分不开的。那个时候，村里的人常常挤到他们家，父亲坐在堂屋的中间，像教授一般侃侃而谈。他热情地回答各种养殖问题，从原因分析到解决办法都毫无保留。在村民的眼里，父亲比农技站的专家还像专家。在父亲的带领下，白泉村很快成为莲花市最早脱贫的村庄。也就是说，白泉村是在父亲的带领下富起来的，白泉村的一幢幢砖房也是跟着一排排鸭铺慢慢盖起来的。

但后来，养鸭的人渐渐少了，村里的人好像突然就不喜欢养鸭了。他们有的去开超市，有的去大城市打工，有的做起了包工头，有的开起了出租车……总之，白泉村的村民不约而同地找到了另外的赚钱办法，各显神通地把日子越过越红火。那些鸭铺，也被改建成小洋房，许多人还到莲花城买了小区房，成了城里人。只有父亲坚持着，到处和人说着养鸭的好处，甚至盖这栋三层洋房，也是为了证明这样的好处的。但父亲的证明却失败了，他在盖房子的时候摔了一跤，就从白泉村村民的心里消失了。父亲醒来后，他的鸭子们染上了禽流感。母亲说，最后一批患病的鸭子被填埋之后，父亲就彻底失语了。

在谭小晨的记忆里，父亲是沉默的，也是不喜欢他的。从小到大，父亲对他似乎只有不满。他写的作业，父亲是不满意的。他说的话，父亲是不喜欢的。他做的事，父亲也是看不上的。他现在的工作——车行里的一个销售，父亲更是嗤之以鼻的。记忆中，来自父亲的褒奖，只有一只纸飞机。那一次，他破天荒地考了九十五分，父亲显然是高兴的，破天荒地给他折了一只纸飞机。他记得那是一只鹰嘴式的飞机，折得十分精巧，比其他孩子的飞机都好看。但后来，父亲得知那次考试所有的人都考得很好，邻居家小孩甚至考了一百分时，他就不高兴了。他愤怒地把那只纸飞机扔在地上，丢下一句"玩物丧志"便走开了。谭小晨捡起纸飞机，小心翼翼地拆开，沿着折痕学会了这种折法。他因此成了全村唯一会折鹰嘴式纸飞机的男孩，这让他骄傲了很久。后来，他把自己折的纸飞机连同父亲的那只，一同收藏在一只鞋盒里。

谭小晚把很多事都同谭小晨的出生联系起来，说他和父亲是龙虎斗。她的理由是，谭小晨出生后不久，父亲就在盖房子的时候出事了，然后父亲的鸭铺也出事了。姐弟两个吵架时，谭小晚就骂他扫把星，说他是家里一切霉运的源头。这些说法，曾经让谭小晨十分害怕，对家人也常常有一种莫名的负罪感。但后来，他便慢慢认可了这样的说法，觉得自己和父亲果真是一对宿敌。再后来，他甚至是有些感谢这个说法的，这让他和父亲的疏远有了更加名正言顺的理由。

但母亲并不认可这样的说法，她总是严厉地批评谭小晚。她悄悄地告诉谭小晨，父亲最看重的人就是他这个儿子，而不是两个姐姐。她说谭小晨出生时，连续生了两胎女儿的父亲十分激动，喝满月酒的时候几乎叫来了全村的人。只是谭小晨却不让父亲抱，父亲一碰他他就哭，仿佛父亲的手上长满了芒刺。有人说父亲属虎，儿子属龙，可能是生肖不合。父亲听了立刻辩驳说，父子哪有不合的，我们家这叫卧虎藏龙，是好兆头。

只是，之后父子俩果然是不合的。谭小晨印象最深的就是父亲的火暴脾气，他屁股差不多两三天就得挨一顿父亲的揍。但父亲却是从来不打谭小午和谭小晚的，好像只对谭小晨永远不会满意。谭小晨常常想，他果真不是父亲喜欢的孩子。这让谭小晨忍不住怨恨父亲，甚至怨恨两个姐姐。再之后，谭小晨成年了，父子俩也是一言不合就剑拔弩张的，他们之间像是隔着一层无法化解的东西。父亲最满意的孩子，应该是大姐谭小午吧。谭小午从小就特别拔尖，大学毕业后直接进了市级机关，现在已经是科级干部。二姐谭小晚虽然没有大姐出色，但也是一名小学老师，端的也是稳稳的铁饭碗。只有谭小晨是不争气的，一辈子窝在白泉村，怎么也走不出去。

母亲从来不提龙虎斗，她说一定是房子的问题。她说，盖这房子之前，一切都是顺风顺水的，之后的运势就一年不如一年了。她总是埋怨当年盖房子的时候没有请风水先生。所以，给父亲做坟的时候，母亲让谭小晨一定要请来莲花城最好的风水先生。母亲大概不会想到，拿到全家生辰八字的魏先生，说出的第一句话仍然是——龙虎相斗，必有一伤。

三

母亲打电话过来时，谭小晨正在谭小午的单位。

母亲说父亲又进重症监护室了，医生让家属签病危通知书。母亲的声音是慌乱的，和以往的很多次一样。她好像永远无法面对和父亲诀别的时刻，每一次都会慌得语无伦次。谭小晨有些不耐烦，说晚点过来签字，便挂了电话继续和谭小午说村里的事。

这段时间，白泉村的人都忙着准备拆迁，好像"准备"得越充分补偿就会越多。谭小晨不知道应该如何准备，就跑来向谭小午取经。他说村里的人好像总有各种奇奇怪怪的办法，就连前村双目失明的谭树儿，也要和王婶家的侄女领证了，听说因此可以多得几十万的好处。村里人说那姑娘相中的必定是拆迁款，否则一个挺周正的姑娘，怎么可能嫁给一个盲人。还有谭三家的老房子，硬是把中堂后面的厨房隔出两层来。他找来许多旧木料，弄得看上去就是两层的，如果没有人去举报，是无论如何看不出是新加的。至于隔壁董家就更明显了，居然一夜之间给废弃的猪圈摆上货架，摇身一变成了小超市。

"我能做什么呢？"谭小晨着急地问。其实他也是动过脑筋的，但能想出的办法只有假离婚。他觉得村里那么多人都离了，自己不离怎么说也是吃亏的。

"房子是爸妈的共同财产，你俩离婚意义不大的。"谭小午说。

谭小晨说原本是希望两个老的离婚的，村里好多老人都离婚了。但母亲坚决不同意，她说父亲随时会走，总不能让父亲带着离婚证走。谭小午也觉得棘手，母亲倔起来，确实是没人能说得了她的。

"总而言之，以家庭利益最大化为中心吧！"谭小午总结说。她递给谭小晨一本小册子，说是从朋友那要来的拆迁政策说明，让他带回去好好研究下。离开时，她又给谭小晨转过来两万元。谭小晨想问怎么转过来这么多，可终究又咽了回去，心想着父亲每次进出重症监护室，也确实都要花个一两万的，如果谭小午这边少转了，他就又得去别的地方借钱了。

这四年来，谭小晨一直感激姐姐的付出，无论是出钱还是出力，两个姐姐都是尽心尽力的。尤其是谭小午，差不多是有求必应。谭小晨常常叮嘱单芸，亲姐姐的这些账也要记清楚，以后得还上。虽说现在男女平等了，但姐姐终究是嫁出去了。就像这栋房子，尽管父亲对他这个儿子有一万个不满意，但也只能是留给他的。

在谭小晨的记忆中，父亲最看重的人，一直是大姐。但凡家里有点什么事，父亲的第一反应总是打电话给谭小午，而不是他这个儿子。就连母亲，也常常把"问问你大姐"挂在嘴边。尤其是父亲出事后，早就出嫁了的谭小午好像依然住在谭家，时刻关注关心着谭家。父亲用什么药，做不做手术，要不要转病房……没有一样不是谭小午提的建议。就连谭小晨和单芸，也早就习惯了这样的依赖，碰到点事就问谭小午。其实，谭小午更像是谭家的一家之主。

谭小晨常常想，父亲对他的不满意，和谭小午的优秀是有关系的。他永远忘不了高考开榜的那天，父亲一边喝闷酒一边叹气嘟囔着"好笋都出在园外"。他清楚，父亲眼里的好笋是谭小午，谭小晚也算得上不错的笋，只有他这个儿子是一根长坏了的笋。

谭小晨把一切归结为钱的原因。这个时代，有钱才有话语权。他想到拆迁后，就能把欠大姐二姐的钱还上了。他早就想过那样的情形：把一串长长的数字转到两个姐姐的账上，爽快地说"姐，我给你转钱了"，就像两个姐姐给他转钱一样。然后，谭小晨就不再是以前的谭小晨了，他就真的成了这个家的顶梁柱。

谭小晨赶到医院时，父亲已经被推进重症监护室，坐在监护室外的母亲手足无措地望着监护室的大门。医生看到谭小晨来了，便递上病危通知书并想说明下情况。谭小晨制止了医生的解释，看也没看就在单子上签下自己的名字。

这几年，父亲都在医院不同的病房流转，从手术室，到重症监护室，到 VIP 病房，到普通病房……每次进重症监护室，医生都会送来一张病危通知书，然后是周而复始的约谈和签字。记得第一次收到病危通知书时，谭小晨仔细阅读了上面的每一个字，问了医生很多问题，才小心翼翼地填上自己的身份证号码，签上自己的姓名，在"与患者的关系"后的横线上郑重地写上"父子"二字。谭小晨觉得，这是一场庄重的移交手续，移交的内容是父亲的生命。他甚至觉得父亲活着的希望，都倚赖于他的签字。也就是那个时候，他生出了一种责任感，仿佛父亲和他的关系被这张通知单重新定义了一遍。刚开始，每次把父亲送进重症监护室，谭小晨都会做好父亲再不能出来的思想准备，全家还得稀里哗啦哭上一通。但父亲总能化险为夷，每次都能在心电监测仪的"护送"下安全出来。那仪器上抖动的波浪线提示父亲的血管仍在跳动，沉睡的父亲仍然残存着生机和活力。

父亲就这样辗转于医院的病房，谭小晨也逐渐适应了这样的辗转。在医院里，父亲逐渐丢失了他的姓名，就像他的身体丢失了他的灵魂一样。

"38 号床！"护士高声叫道。

谭小晨立刻说"到"，好像读书时代的报到一样快。

"38 号吸痰！"护士拿着一根皮管子，仿佛吸痰只是洗脸刷牙那样普通的事。

"38 号瞳孔放大，马上抢救！"护士高声叫着，医生急促地跑过来。谭小晨连忙躲到边上，任由这些脚步乱窜，好像发生危险的只是数字 38，而不是自己的父亲。

重症室里的父亲被捆绑着，身上插满了各种管子。那样子不像是治病，更像是一场绑架，或者是一个屠宰的现场。谭小晨越来越相信父亲是不愿意进去的。如果可以叫出来，他必定会大声叫喊"放我出去"。他很想替父亲喊出这句话，却发不出一点声音。

每当走进医院，他第一眼瞧见的往往不是父亲，而是催款单。单子上的数据越累越多，谭小晨的脑袋就会越来越涨，好像要把整个头骨都撑裂了似的。这样的时候，他就觉得自己才是床上的父亲，他浑身上下被各种绳子、管子紧紧勒着，每一根血管都被止血钳夹得死死的……在谭小晨眼里，和病危通知单直接关联的并不是父亲的生命，而是一张张催款单。

每次付完款，谭小晨就把催款单折成鹰嘴式的纸飞机，朝着父亲的方向飞出去。纸飞机滑过父亲的脸，滑过病床，落在紧闭的玻璃窗前。谭小晨就跑过去，像小时候那样跑过去，把纸飞机捡起来，然后塞进装过蛋白粉的空罐子。这些年，父亲不知道吃空了多少只蛋白粉罐子。刚进医院时，姐弟几个买的蛋白粉都是最好的，要三四百元一罐。后来，就越买越便宜了，从三四百，到两三百，再到现在的一两百。单芸解释说，都是蛋白质，只是品牌不同而已。

这些装过蛋白粉的空罐子母亲会一只一只存起来，用来装绿豆、装黄豆、装瓜子、装花生……家里很快就变成蛋白粉罐子的天下，到处都是一模一样的罐子。有一次，单芸想找个什么东西，就一只罐子一只罐子地打开，也不知道开到第几只罐子，突然就咆哮起来："为什么要用这些罐子装东西？就没有别的罐子了吗？"她把一只蛋白粉罐子狠狠地摔在地上，里面的黄豆滚了出来。母亲看见了，就去捡，先是用双手去捧，然后是一颗一颗地捡。母亲什么也没说，只是眼泪一颗一颗地往下掉，和黄豆一样大小。之后，单芸买了一套厨房用的密封罐，把那些装过蛋白粉的空罐子都扔进了垃圾桶。再之后，父亲吃空一只罐子，母亲就扔掉一只罐子。只有谭小晨偷偷攒下一只，他把催款单折成纸飞机，装进了那只空罐子。

四

是什么时候出现那样的念头的？谭小晨有些忘了。

或者是发现母亲的脊背变弯的时候。她每次都要跪在床上，使尽全身的力气，才能把父亲翻转过来，才能把纸尿裤塞进父亲的臀下。看到母亲的脊背弯成一张弓的样子，他需要用力去想，才能记起母亲的年龄刚刚六十出头。

又或者是和单芸吵架的时候。几年来，单芸的账单上记满了亲朋好友的名字，有丈母娘、谭小午、谭小晚以及他的同事、同学……每记一笔，单芸就会生气一次。她生气时，全家都会笼罩在乌云里，连儿子谭跳跳都会紧张得不敢说话。这些乌云越压越沉，必须得经过一次规模庞大的吵架，才能在单芸的哭声中拨开一些。

再或者，是医生说父亲永远不会醒了。姐弟三个都去咨询了很多专家医生，但所有专家的声音是一致的：不可能了！也就是说，父亲再也不可能苏醒，他的生命会在这样的沉睡中慢慢走向终结。医生还说，父亲的情况能熬上四年，已经是一个奇迹了，说明家人照顾得非常用心。

谭小晨曾经看过一个新闻，好像是说台湾有一个体育主播，在癌症晚期选择到瑞士安乐死。他花了两百多万，只为了能够安详地死在儿子的怀里。谭小晨相信父亲也是愿意这样死去的，这样有准备、有尊严地死在儿子的怀里。他还看过一个美国人接受安乐死的视频，那位老人和家人一一告别后，庄严而平静地死在妻子的怀里。这样死亡，奢侈，充满了仪式感。

病床上的父亲和一棵树其实没有区别，或者还不如一棵树。树尚且有四季变化，有春暖花开。但父亲不会再有，他每天都在凋零，时刻都在枯萎。谭小晨总觉得，父亲是被迫活着的，也就是说，这样的活着并不是父亲的选择，这是违背父亲个人意志的。谭小晨曾经想象躺在病床上的人是自己，双眼微闭，血液缓缓流着，长年累月如一截枯木般躺着。他得出的结论是：父亲活着的目的，只剩了等待死亡。于是，他便理解了父亲的感受——如果父亲还会有感受。他相信父亲只是不能表达，但他的内心、他身体还在努力代谢的每一个细胞，一定不愿意继续这样活着的。谭小晨越来越相信对生命最大的尊重，不是被迫活着，而是可以放弃活着。

这些念头一经冒出来，就鬼使神差般挥之不去。

多少次，在重症监护室外坐着的谭小晨，双手抱着头，几乎要把脑袋塞进两腿之间。没人知道他在全力抵抗那些念头——脑子里不断冒出来的念头——他在祈祷父亲不要再飞回到病房了。可他越是抵抗，这种念头越是汽车的马达一样飞速运转起来，怎么刹都刹不住。他用力敲打自己的脑袋，嘴里发出呜呜的响声。母亲大概是看见了，便坐到他的身边，轻轻抱过那个被敲打的脑袋哭了起来。谭小晨知道母亲是误会了，但他什么也没说，就势靠在母亲的怀里，倒真的哭了起来。

母亲的背越来越驼了，个头明显矮了一截。前几年还乌黑的头发，现在也是花白花白了。每次看到母亲在医院忙碌，谭小晨就会痛恨自己的无能。父亲躺了四年，母亲就照顾了四年。谭小午几次提议请个护工，都被母亲拦下。床上的父亲越来越瘦，却好像越来越沉。每次洗澡，谭小晨都会觉得父亲像一坨烂泥——这边拉起来，那边就会滑下去。他能够想象母亲为父亲翻身、换尿垫时有多吃力，也清楚母亲的脊背是被父亲压弯的。

"此消彼长，此长彼消……"谭小晨的耳畔常常回响起魏先生的话。父亲透支着母亲的生命，也透支着他子孙的未来。如果不是父亲的摔倒，谭跳跳的学区房应该早就买了，他和单芸也早就逃离这个村庄成为真正的城里人了，而母亲也能像其他老人一样接孙子、跳广场舞了。他常常想，他和父亲果真是相克的吧。

但母亲从未有怨言，更未有过半分偷懒。连护士都说，像父亲这样能卧床四年的，简直是奇迹。父亲的一日三餐，都是母亲精心准备的。有时是鲢鱼米饭蔬菜，有时是排骨米饭萝卜，有时是瘦肉米饭菜心……母亲不断地变换花样，用破壁机把烧好的饭菜搅碎，再用针筒推进父亲的胃里。两餐之间的点心也是母亲亲自定的，上午是蛋白粉，下午是米粉，晚上是牛奶。这四年，母亲生活的全部，只剩了照顾父亲这一件事。

对父亲的伙食，单芸明面上从未说过什么。她只是对着谭小晨抱怨父亲吃得比谭跳跳好多了，说家里的钱除了往医院送还要往父亲的胃里送。她说，再这样喂下去，这个家只有父亲能长命百岁……但谭小晨能说什么呢？刚开始，谭小晨也是存了母亲一样的心思。也不仅仅是谭小晨，单芸和两个姐姐，都是一样的心思，总觉得养得好点，父亲就能醒过来。那时，两个姐姐也是三天两头过来的，不是水果榨汁，就是各种煲汤。但父亲没有任何好转的迹象，像是活在另一个世界里，他是不打算醒过来了。慢慢地，如果没有特别的事，姐姐们也就不怎么来了，常常是隔一两个月过来探望一下，像完成一个任务。

只有母亲四年如一日。她似乎有着使不完的劲，常常念叨着"会醒过来的"，好像这么念着就会变成真的。在以前，单芸抱怨多了的时候，谭小晨也会把母亲的话复述一遍——说不定真的会醒过来呢。但后来，这句话就说不出口了，他甚至觉得单芸的话是对的。除了母亲，所有的人早就心照不宣地放弃了吧？放弃的意思，是尽人事听天命，是心理上不再抱任何希望了。姐弟几个从未说出放弃这个词，更未劝过母亲放弃。母亲脾气虽是不错，但她认准的事，谁劝也没有用。谭小晨常常想，父亲可以一次一次熬过去，母亲说不定哪天就熬不过去了。

从重症监护室出来的父亲，像一截顽强的槁木。谭小晨看着病床边的监测仪，那根代表了父亲生命的曲线仍然在反反复复地纠缠着，就像一根总也扯不直的弹簧。他知道，他和父亲之间，终究是需要一场决斗的。

五

父亲回到病房后，生活又恢复到以前的轨道。

谭小晨像往常一样，下班时来医院。母亲早就收拾好那些瓶瓶罐罐，看到谭小晨来了，立刻站了起来。她摸着父亲的手，说："我明天再来啊，你一定要等我啊！"每一天回去，母亲都害怕明天见不到父亲。

谭小晨看到缩进被子的父亲几乎不见了。那张窄窄的病床上，好像只堆了皱巴巴的被子。他俯下身，把父亲的脸从被子底下剥了出来。那张棱角分明的脸，已扭成一个怪物的形状。他的口腔向上敞开着，快缩进喉咙的舌头，正跟着呼吸一颤一颤地抖动，表明床上的父亲仍然活着。谭小晨和姐姐曾经掰过多次，但父亲的下颌好像年久失修了的合页，刚一关上，就会迅速地打开。口腔底下是断断续续的呻吟，伴随着痰液的滚动，发出异样的咕噜声。谭小晚说，父亲的鸭场闹鸭瘟时，那些鸭子的喉咙里就会发出这样的声音。她说那样的鸭子，过不了多久就会死去的。谭小晨对父亲的鸭场没有记忆，却仿佛看见了一只只咕噜咕噜的鸭子蹬着双脚挣扎许久，终于安静地死去。医生早就说过，父亲剩下的时间不多了。

谭小晨问："纸尿裤换上了？"

"换上了。"母亲说。

"不是说好等我过来换的吗？"

"你妈犟着呢！我说帮她换，她硬是要自己来。"

插话的是珍嫂，她是隔壁床的护工。母亲搬不动父亲的时候，她就会过来搭把手。谭小午曾经想要雇珍嫂帮衬母亲照料父亲，但母亲死活不同意，说有那个钱还不如花在父亲身上。大概因为这个，母亲总是拒绝珍嫂的帮忙。

谭小晨对珍嫂笑了笑，转身拎起母亲收拾好的瓶瓶罐罐，便和母亲走出病房。

母亲坐在电动车上，紧紧地抱住他的腰，生怕被颠出去似的。她始终不习惯这种交通工具，每次坐上就会全身僵硬，好像在应对一场战斗。谭小晨带着这样的母亲，穿行在车水马龙的街道上，耳畔是呼呼的风声。已是初冬时节，莲花城的夜晚已经有些冷了，街道两旁的梧桐树叶子已经落得差不多。电动车穿过三坊口时，谭小晨便看到了滨湖壹号。和其他小区相比，滨湖壹号的外形设计无疑是时尚的，巨大的圆弧像一张张拉满了的弓，似乎在预示着一句话——箭在弦上，不得不发。

靠近江滨，那座名楼应星楼显得格外耀眼。这座莲花城的标志性建筑，在灯光的装饰下，像宝塔一般熠熠生辉。它位于瓯江的转弯处，像莲花城伸入瓯江的一面旗帜，据说这个位置是莲花城的风水眼。谭小晨专门查过资料，古籍上对应星楼多有记载，诸如"与少微处士星对应，吉星高照""吾州素号多士，衣冠文物之盛皆得益于此""处州大地将人才辈出，科甲兴隆，故建有多处对应天文之建筑"……他没有完全读懂这些文字，但他知道，事实上整个莲花城的人都知道，所有的意思都是一个——这里的风水是全城最好的。

应星楼位于滨湖壹号的正南面。也就是说，滨湖壹号是莲花城风水最好的小区。单芸说，如果住进这里，就再也不用担心什么龙虎斗了。谭小晨早就想好了，新房装修、搬家入户时都要把魏先生请来，让他算个好的日子。好的日子加上好的风水，他相信谭小晚再不会说他是扫帚星了，母亲也不会再抱怨房子的风水有问题了。

电瓶车穿过一个个灯火通明的小区，高耸的楼房像一个个镂空的红灯笼，万家灯火透过玻璃窗闪烁着温暖的光芒。谭小晨想象着，以后别人问他住哪里时，他就昂首挺胸地回答——滨湖壹号。然后，他的儿子就成了滨湖壹号的孩子，成了一个真正的城里人。再然后，他应该邀请亲戚朋友到他的新家坐坐，尤其是两个姐姐和他们的家人。他的儿子和谭小午、谭小晚的孩子坐在一起时，眼里溢满自信的光……

一辆卡车的喇叭突然响了一下，贴着他的身侧疾驰而去。母亲显然被吓到了，手上的瓶瓶罐罐发出叮叮当当的声音，谭小晨也仿佛从梦中刚刚被惊醒。他看到穿过绕城路，前面就是白泉村了。回到家，推开那栋和他同龄的房子的房门，滨湖壹号立刻变得遥远而虚幻。

六

谭小晨留意到有关继承的条款，是因为谭小晚又缴了两万元住院费。

谭小晚一家过得紧巴，平素需要钱时，谭小晨都很难开口，偶尔开个口，一般也是转个三两千到谭小晨的账上。她总强调医院是一个无底洞，你扔多少它就能吞多少，所以交钱的事不能太积极，要尽量少交一点。但这次，她直接给医院转了两万元，还是在谭小午的两万元刚交进去不久。这些年，如果不是两个姐姐，谭小晨真不知道自己能不能支撑下来。单芸的账单上，欠谭小午的就有七八万，欠谭小晚的也有三四万了。但是，一次性拿出这么多钱，还是头一次，就是谭小午也没有一次是超过一万的。

谭小晨的拇指快速滑动手机上的小视频，用各种夸张的搞笑声堵住脑子里的胡思乱想。

今天怎么这么早？母亲问道。

谭小晨没有回答，继续刷着手机，还故意把音量调得更响一点。下午经理提醒他现在有点急躁，对待顾客也没以前有耐心了。谭小晨心里是认可经理的说法的，但不知道怎么的，就摔门出来了。还要怎么耐心呢？那个女客户说这两天过来下单的，今天都第三天了。这段时间，那女人几乎每天一串信息，不是纠结耗油量，就是犹豫空间尺寸。光试驾就来了四五趟，每次陪她的还是不同的男人，不同的男人又挑剔出不同的问题。谭小晨耐着性子解答，开车门、递饮料、递纸巾，像太监一样巴结了一个多月，终于说要下单了，她却又人间蒸发了。

母亲还在说话，说父亲今天吸痰了，臀部长了个褥疮。

谭小晨把音量调得更大了，有个魔性的声音正发出嘎嘎嘎的笑声。谭小晨琢磨着自己对经理的态度有些过了，想着要不要给女顾客再发个信息。他觉得那女人是不是出了什么事，比如车祸，或者脑溢血什么的。无论如何，他今天确实不应该提前下班的，毕竟那女人说这两天会过来下单的。但他还是提前一小时离开了车行，然后在街上转着转着就转到医院来了。

母亲的话题又回到谭小晚的两万块钱。她说这医院实在是吃钱的地方，小午才交了两万，小晚又交两万了，孩子挣的钱都送给医院了。她怪父亲躺这么久还不醒来，骂他是个讨债鬼，就知道折腾孩子。她把瓶瓶罐罐弄得叮当响，不知道是抗议他小视频的噪音，还是在向父亲示威。

谭小晨很想告诉母亲这次其实不用这么多钱。他抬了抬头，还是什么都没说，手指顺势滑了下手机屏幕，一个学琴孩子整蛊老师的视频跳了出来。他想到谭跳跳的钢琴课又得交钱了，想到拆迁之后无论如何要给跳跳买一台钢琴了。经理说，再一辆车卖不出去，这个月就又只能拿底薪了。

"好了没有？怎么每天有那么多东西好收拾的！"谭小晨退出小视频站了起来，像呛足了火药。

母亲立刻停止了唠叨，只剩了那些瓶瓶罐罐的声音。他知道她是不高兴了。母亲总是这样，无论他说什么都不会回怼半句，他常常觉得像一记拳头打在棉花上，没半点回响。这大概便是他总对母亲发火的原因：只有在母亲那里，他可以做那个为所欲为的自己。

谭小晨在病房外走了一圈，有些手足无措，不知道该做点什么。他摸出手机，还是决定给谭小晚发个信息。

"二姐，你交钱了？"他本来用了一个反问句的，觉得语气不对，又改成了疑问句。

谭小晚立刻回复道："是的。"

"不需要交那么多的。"他把信息发出去，又补充道，"你们也紧巴的。"

"说什么呢！爸又不是你一个人的，总要先紧着爸用。"

谭小晨不知道该怎么回复，只觉得这次和以前不同了。他收起手机走出病房，发觉医院的走廊空荡荡的。母亲总算收拾好了，拖着踢踏踢踏的脚步跟了出来。母亲的腿脚远不如以前了，他能听见她鼻腔里微微气喘的声音。

他从母亲手里接过那些瓶瓶罐罐，看到护士站的挂钟已经六点半了。那位女客户的信息仍然没有发过来，他发现自己没有预料中的失望，倒像是松了口气。应该就是在那个瞬间，他决定辞职，辞去这个不死不活的工作。他发现终于可以专心地想谭小晚的两万元钱了。他还发现，和拆迁比起来，车行的工作算不了什么。

母亲像是忘了刚刚的不愉快，又开始絮叨，她说父亲今天又把鼻饲管给拔了，说明天要记得把那副手套带上；又说父亲太不听话了，都不想想插一次管有多难受……谭小晨很想说，那管子插着不拔也是难受的，就像活着不死也是难受的。但他还是把话憋了回去。对母亲来说，每天从医院出来时这样念叨几句，就是一天的总结了吧？

他终于想到谭小午给他的小册子上，"继承"这个章节上画了不少红线。

事实上他早就想到了，那些红线在脑子里一闪而过，他没有让它们停留下来。最初看到这些红线时，他以为是谭小午画的，但很快被自己否定了。他家并不存在"继承"这个事实。房产证上的名字是父亲的，但父亲母亲都还在世，自然不会涉及继承问题。至于那些红线，很可能是大姐的朋友画的。但就在刚刚，他突然意识到父亲是有可能在春节之前去世的。也就是说，拆迁的时候，他们家是可能发生继承这种情况的。

这两年，医生总说父亲剩下的时间不多了，可父亲却能一直熬下来。所以，家里人不再把医生的判断放在心上，总觉得父亲可以这样无休无止地熬下去。但事实是，父亲终会熬不过去的，他可能在春节之前或者春节之后，突然就停止了呼吸。就像母亲每日的告别一样，父亲是完全可能在某一个明天来临之前死亡的。而父亲的离世，就意味着这栋房子会成为遗产。

按小册子上的说法，两个不是本村村民的姐姐，通过继承是可以获得这个房子的补偿权益的。而谭小晨自己的补偿总额，似乎不会因为姐姐是否得到继承而减少。按照莲花城的政策，村集体之外的继承人，可以按等值原则获得补偿。而集体之内的继承人，既可以选择等值补偿，也可以选择按宅基地政策补偿。由于家庭人口的增长，选择按宅基地政策补偿的金额，往往会大于选择等值补偿的金额。也就是说，继承可能会让整个家庭的补偿总额大幅增加。

谭小晨突然想到谭小午说的"家庭利益最大化"。

他似乎有点明白了，为什么村里各家的儿子都同意嫁出去的姐妹有继承份额。莲花市的农村一直有一个不成文的共识：如果不拆迁，房子必定是给儿子的；如果拆迁，出嫁的女儿或者姑姑可以继承房产，但相应补偿款的大部分还是要给儿子或者侄子的。当然，具体分多分少就取决于亲人之间的感情了。

这么一想，谭小晨觉得脑子里的许多结，一下子就都解开了。

他想起前几日谭小晚送来几只大闸蟹，还说了一堆奇奇怪怪的话。她说一家人不说两家话，还说做女儿的，都是希望娘家兄弟过得好的，只有娘家好了，自己才能过得好……原本谭小晨也没留意，但现在回想起来，就觉得她有些别的意思了。自从父亲住院，姐弟几个相互递个什么，基本都是送去医院的。但那天的谭小晚却把大闸蟹拎到家里来，大概就是特意过来表明态度的。谭小晚说话向来是不会绕弯子的，这样的主意，想必也只有谭小午想得出来。谭小晨又想起小册子上画着的红线，大概也是谭小午画的吧。

谭小晨终于发现，他藏了很久的念头并不是只有他才有。他松了一口气，仿佛那些不可告人的想法也变得正当起来。

七

　　谭小晨请医生再次对父亲的情况做了评估，还特意通过网上的远程会诊，把父亲的资料传给北京、上海的专家医生，他想知道父亲还有多少时间。专家对父亲病情的判断仍然是一致的：应该是近三个月的事了。三个月的时间，差不多就是春节前后。也就是说，专家们仍然不能明确父亲究竟能不能熬过春节。

　　"那么，能不能熬过冬至？"谭小晨小心翼翼地问。

　　他心里其实很想问能不能熬过春节，但还是刻意避开了春节这个时间。父亲历来重视冬至节，常说节大过年。每年冬至，他都要大张旗鼓地把姐姐、姐夫、外甥都叫回来。他说过年你们各回各家，冬至是都要回白泉村的。所以，冬至这个时间对他们家是有意义的，他问能不能熬到冬至也是合情合理的。

　　"三个月是乐观点的想法，实际可能熬不到冬至，有些事该准备还是得准备。"医生说。

　　其实也没什么需要准备了。寿衣寿鞋什么的，母亲早就备下了。坟墓也在两年前就选好了，还是魏先生亲自选的。他说那个位置大吉大利，父亲一入土就万事皆安了。但冬至毕竟近在眼前了，谭小晨只好把这个判断郑重地告诉了母亲和两个姐姐。谭小午说我去联系丧葬公司吧，现在这种事都有专业的团队。谭小晚说这些事她做不来的，反正需要她做什么大姐吩咐就是了。她说这话的时候，甚至笑了笑，不知道是不好意思，还是没有把父亲的离世看得太严重。单芸倒是抹了眼泪，说怎么着也得把这个年过了再走啊。大家都没有接她的话，家里一片安静。谭小晨从来没和单芸说过房屋征收政策的事，她大概是担心父亲去世后会少了补偿份额。这个女人素来大条，为捡个芝麻能把西瓜丢掉。只有母亲什么都没说，她默默地站了起来，蹒跚着走进她的房间，咣当一声关上了房门。

母亲用自己的方式和医生对抗，和父亲的命运对抗。她把两人所有的养老金，都投入到拯救父亲的行动中。她给父亲的胃里灌进各种肉末、蛋糊、米粉、蛋白粉、参汤……尤其是珍嫂说父亲再熬个几年没问题，母亲因此更加乐观，越发积极地把各种营养素推进父亲的胃管。母亲说珍嫂的判断比医生还要准三分：珍嫂说一个人今天死，就绝对熬不到明天。在她眼里，珍嫂显然是最值得信任的人，就连她购买营养品的渠道大多是珍嫂提供的。

母亲一边推着父亲的鼻饲筒，一边念叨"人定胜天"这四个字，仿佛那是一句神秘的咒语，只要念着就能打败一切。在母亲为数不多的词汇里，这是一个鼓舞人心的口号。她觉得多次往返鬼门关的父亲，一定能够战胜一个又一个医生的判断，活过一个又一个期限。在珍嫂的推荐下，她还开始对健康养生类的活动感兴趣，拿回各种据说能起死回生的磁疗贴、理疗枕、量子仪……

单芸看不过去，就劝母亲，劝不动就在谭小晨耳畔碎个不停，说几个钱不是往医院砸就是往骗子手里送，这样的家不败光才怪。母亲在购买保健品的路上越走越远，还惦记上一种上万元的理疗床，据说能让瘫子走路、植物人苏醒。她的说法是，贵是贵了点，但能救一条命，还是值得的。婆媳之间为此爆发了一场规模庞大的战争。谭小晨没有参与这场战争，他选择了观望，甚至有意说了句"死马权当活马医"，表示了对母亲的理解。在战争进入白热化的时候，他给两个姐姐发了消息，一场纷争才以母亲的妥协得以平息。

谭小晨也说不清楚为什么没有制止母亲购买那些保健品，他甚至是有些纵容母亲的。忙碌了的母亲会常常逃离医院，把父亲扔给谭小晨，他和父亲就有了很多单独相处的时间。三十多年来，父子之间似乎从未在一个房间独处。父亲有什么话，都是通过母亲告诉他的；而他有什么事，也从来只是和母亲说。小的时候，他不敢面对父亲；母亲不在的时候，他就会从父亲的面前跑开。但现在，在父亲成为一个床号的代词时，他终于积攒起了独自面对父亲的勇气。

母亲出去后，他就把帘子拉上，把自己和父亲包裹在一个狭小的空间里。床头柜上摆着一碗母亲熬的参汤，延续父亲生命的鼻饲管从父亲的食管一直挂到床沿，仿佛成了父亲身体延伸出来的器官。

他盯着父亲，父亲也盯着他，这对父子像是终于迎来了决斗的时刻。

父亲总是号叫，像舞台剧的高潮部分，声音显得高亢而又尖锐。谭小晨觉得父亲的中气像是充足了一些，他的双手也比前几日有力了，几乎每次都能精准地抓到鼻饲管。这样的父亲，像是吹起了冲锋号，伺机向他冲杀过来。

如果安静下来，那张变形的脸也不再抽搐不止，松弛下来的皮肤向四面摊开，看起来差不多是正常的模样了。这样的时候，谭小晨就会想到单芸生气时常骂的一句话：这个家就你爸会长命百岁。父亲大概真的会长命百岁的，所以才能一次次地从重症监护室顺利地回到普通病房。谭小晨甚至觉得父亲胖了一些，脸色也比前几天红润了，喉咙底下的咕噜声也似乎小了。父亲似乎真的起死回生了，或者说是被母亲拽回来了。他甚至觉得，父亲会不会突然醒过来。

这样的时候，谭小晨就会逃离父亲，像战败的俘虏般躲进卫生间，一支接一支地抽着香烟。这时，他看见镜子里抽烟的男人胡子拉碴、面容憔悴，比父亲更像一个快死的人。他脑子里就会又跳出魏先生说话的样子："此消彼长，此长彼消……"他突然就生起气来，把烟头扔进马桶，再次走到父亲的床前。他端起床头柜上的参汤，当着父亲的面倒进自己的嘴里。然后，他舔了舔杯沿，挑衅似的看着父亲——看着他那双毫无生气的眼睛。他感觉自己的精神突然好了起来，而父亲那张红光满面的脸也仿佛立刻蔫了下去。

谭小晨掴了自己一个耳光，骂了一声"狗娘养的"。

八

父亲顺利地挨到冬至。

自从父亲滚下楼梯，一家人就再没过过一个像样的冬至节。第一个冬至，是父亲在医院躺了三个月后。那几日，父亲出现积极的反应，比如会看人，会想要吃的东西，会表示愤怒……那时的他们，一下班就围在父亲的病房里，期待父亲像三十年前那样，变回那个正常的父亲。第二年的冬至呢，谭小晨已经忘了那天是怎样度过的。他只记得母亲是记得的，说过一句"大家回家过节吧"。但大姐说有事回不来，二姐也说要到姐夫父母那边过节，母亲也便没心思张罗了。第三个冬至，好像所有的人都忘了，悄无声息地就过去了。而这个冬至，是父亲摔倒之后的第四个冬至，父亲已经在床上躺了四年零三个月。

冬至那天一早，母亲就在家庭群发了通知，让大家都回白泉村过节。谭小晨知道，母亲高兴的不是过节，而是父亲又一次打破了医生的预判。她说好多病人被医生判了只剩几个月的，最后却能活上几年十几年。她的结论是，医生的话就是唬人的。她觉得父亲能挨到冬至，就一定能挨到春节、挨到清明、挨到最终醒来的那天，她说电视剧里躺十几年苏醒过来的事多得很。

单芸一早就去买了菜，夫妻两个也老早谋划着今年冬至热闹一下。对谭小晨而言，这个冬至有着非同寻常的意义。过了这个冬至，下一个冬至就不在白泉村了。明年的这个时候，白泉村将不复存在，这栋代表了父亲一生荣耀的房子也将被拆除。另一方面，和母亲一样，谭小晨也在心里等待这个节日——他也在检测医生预判的准确度。但父亲还是熬过来了，和以前一样，父亲总能熬过一关又一关，不会死去也不会活过来。

单芸让谭小晨去医院替下母亲，说今天过节，让妈在家好好歇歇。

谭小晨发现，自从知道拆迁之后，单芸大度了很多。在以前，婆媳两个一闹别扭，就能较上十天半个月的劲。这次她们两个因为理疗床吵了没几天，单芸就主动示好了，还给母亲买了一件羽绒服。再一想，就是他和单芸的夫妻关系，也有些不一样了。昨天晚上单芸和他提滨湖壹号的事，他突然就脾气上来了，对着单芸吼道，整天只知道房子房子，拆迁的事八字都还没有一撇呢。按以往的经验，单芸早该生气了。但昨晚的单芸却丝毫不介意，她好像什么都没有听到，甚至还给谭小晨热了盒牛奶，温和地说他的脸色越来越差了，让他不要光顾着照顾父亲，还要保重自己的身体。

母亲同意了单芸的建议，决定冬至节这天安心在家不去医院。她倒不是为了休息，而是为了隆重地准备这个节日。在母亲心里，这一天是白泉村的冬至节，也是父亲打了胜仗的庆功宴。父亲昏睡之后，母亲大多数时间都陪在医院，即便是参加保健品促销活动，最多也只是出去半天。像这样一整天都不去医院，是很少发生过的事。母亲一边准备父亲的午餐，一边交代着各种细节，一副十分不放心的样子。她说鸭肉不太容易打碎，得让机器转久一些，否则鼻饲管会堵住的。她说今天过节，父亲喜欢吃鸭肉，所以给父亲的餐盒里撕了两只鸭腿的肉。她交代两餐之间一定要加餐：上午是蛋白粉，下午是米粉，晚上是牛奶；至于这碗参汤，是不能作数的。她说父亲吃的都是流质，很容易饿，这中间的加餐是必需的……谭小晨没心思听母亲说个没完，只在心里想，那些沿着管子抵达肠胃的鸭肉，父亲到底能不能尝到味道。

"你最近怎么老是不上班？不会是把工作丢了吧？"母亲不放心地问。谭小晨扯谎说这段时间是业务淡季，公司冬至还给放了假。

这段时间谭小晨常常不去上班，用各种理由去医院，母亲大概是发觉有些异样了。她不知道的是，其实他已经连续两个月没开过一个单。那份让父亲觉得没有前途的工作，他确实做得不好。他喜欢车，却买不了车，现在就连卖车也不行了。他越来越厌恶这项工作，尤其厌恶那些兜里揣着几个钱就颐指气使的购车人。

谭小晨接过母亲递过来的餐盒，母亲又交代父亲的餐盒要记得放进公共冰箱里，吃饭的时候别拿错了。谭小晨答应了一声就出去了，刚到他的小电驴边上，母亲又追了出来。

"对了，微波炉热了之后要搅匀，温度都一样了才行。你一定要尝一下，可不能滚烫地灌进去！"

母亲比画着，好像谭小晨什么都不懂。

九

谭小晨到医院时，父亲已经拔了鼻饲管，那副防止他抓东西的手套也落在地上。父亲看向天花板的眼睛，似乎也看到了他，嘴角还流露出一丝得意的笑。谭小晨突然就生气了，他捡起手套，抓住父亲的手就往手套里头塞。父亲像是知道他要做什么，开始拼命挣扎，嘴里发出呜呜的声音。

晚上没人看护时，母亲都会把父亲的手固定起来，防止他把鼻饲管给拔了。但在白天，她基本是给父亲自由的，她会坐在床前和那双手斗争一整天。但今天的父亲归谭小晨管，他可不管父亲愿意还是不愿意，非得给这双不安分的手一些惩罚不可。

父亲的手终于被套上防抓手套，并被牢牢地固定在床沿上。父亲放弃了反抗。这个看起来毫无意识的生命，似乎知道如何区别对待他的儿子和妻子。母亲如果这样强制束缚他，他必定会嗷嗷大叫全力反抗。他大概知道，这个和他对抗了一辈子的儿子，是不会听他的话的。

谭小晨觉得自己终于赢了。

"龙虎相斗，必有一伤……"谭小晨心里再次冒出魏先生的这句话。

按医生的预判，父亲的生命应该停止在今天之前的。但父亲却没有，他刚刚甚至还有无穷大的气力和他对抗。

他坐在父亲的床前，拿出母亲为父亲准备的便当盒。总共三个食盒，早、中、晚，一餐不落。父亲似乎嗅到了饭菜的香味，有规律的咕噜声停顿了下，几乎缩在喉咙里的舌头动了动。

他叫来护士，说父亲的管子又拔了。护士随手拿出一根新的管子，谭小晨想说用旧的这根就可以，但护士已经熟练地撕开包装袋。父亲安静地躺着，像一台等待安装的机器，任由护士把导管塞进他的鼻孔，缓缓地插入他的身体。

谭小晨撸了撸鼻子，仿佛那根导管插入的，不是父亲的身体，而是他的身体。

他想，他老了以后绝不需要什么导管，他的儿子只需把餐食倒进他的嘴里，他就能干脆利落地咽下去。又一想，不对，如果以后他像父亲这样躺着等死，他宁愿一口也不吃，宁愿他的儿子直接杀死他。

他的心脏突然扑通跳了一下。

他发现珍嫂不知道去了哪里，隔壁病床也安静得没有丁点儿声音。

他突然起身把三个食盒的饭菜全部倒进垃圾桶。他的动作飞快，仿佛早就训练过无数次。他抓起塑料袋，满满的半袋，沉甸甸的。他想，母亲每日不知道往父亲的鼻饲管里倒多少东西。

"有本事你就起来吃！"他扎紧袋口，像拎着战利品般拿到父亲跟前晃了晃。

他把装满父亲流食的垃圾袋丢到外面的垃圾箱里。回来之后，他又把餐盒仔细地洗干净，才慢吞吞地坐到床前。

他盯着父亲的脸——那张已经没有父亲影子的脸。一双没有神采的眼睛，仍然空洞地望着前方。他仿佛看到那双眼睛底下如释重负般的解脱，又或者是一种屈服，或者是感激……

他听到窗外有雪花降落的声音。父亲常说"冬至晴，新年雨；冬至雨，新年晴"，那么，今年的春节该是晴天了吧？

护士进来给父亲量了下体温，又出去了。

他听到病房外有人趿着拖鞋走过，又听到护士站的铃声响了起来。

他突然觉得特别饿，他想起没吃早饭就出来了。他以前也常常不吃早饭，却从未有过这样的饥饿感。他觉得他的胃成了父亲那台搅碎食材的破壁机，此刻正在一阵阵紧缩，把他的身体也搅成了碎片。

十

谭小晨是突然决定给父亲洗个澡的。

他想起前段时间参加一个追悼会，主持人说："清清白白地来，干干净净地去！一路走好……"那样的道别仪式，让死亡也变得有意义起来。

"爸，我给您洗个澡吧！"他对床上的父亲说。

父亲沉默着，像一个听话的孩子。那双绑着的手已经完全放弃了挣扎。他依次解开父亲的手，父亲的病号服——事实上他只有上身还穿着衣服。

父亲已经很久没穿裤子了，或者说是很久没有穿过布料做的裤子了。他的下身连着一根导尿管，两条腿毫无生气地插在纸尿裤里，好像两根纤细的筷子。上身弓成一只虾的模样，右背比左背凸起更多。谭小晨试图让父亲躺平，却怎么摆也摊不平，只好任由他蜷着。

看着这样一个裸体的父亲，谭小晨的心里第一次有了悲伤的感觉。他拧干毛巾轻轻擦拭父亲的前胸、后背、腋下……皱巴巴的皮肤上，布满深浅不一的疹子，稍微一用力就会扯破了。

那张病床，像吸血鬼一样吞噬着父亲。

谭小晨记得，父亲的背是宽厚的，小时候的他曾经伏在上面，厚厚的肉垫让他有过安稳的感觉。但现在，双手摸过去，只剩下一根根肋骨。父亲的肚子，四年前还是谭跳跳的蹦蹦床，现在也是干瘪的。

珍嫂进来了，对隔壁床说了一通自言自语的话。

谭小晨藏在帘子的里面，却像是躲在世界的外面。他的胃还在一阵阵痉挛。

他打开父亲的纸尿裤，一股刺鼻的臭味迅速冲了过来。

在以前，谭小晨只替儿子换过纸尿裤。小家伙圆头圆脑的，在他膝盖上翻来翻去，瞬间就妥当了。但父亲的纸尿裤却特别不好绑。首先要把父亲翻过去，把纸尿裤垫在他屁股下，再把父亲翻转回来，然后把纸尿裤从两侧包过来。父亲干瘦的身体，在这样的翻来覆去中，好像就要散架了。最糟糕的是，在绑到一半的时候，父亲会突然来一泡小便，或者干脆来大号，所以不得已才使上导尿管。也不知道是不是躺床上太久的原因，父亲排泄没有任何规律，说排就排，而且奇臭。谭小晨常常奇怪，为什么当年儿子的排泄物一点也不臭。他记得儿子拉得他满身都是，他还能乐得哈哈大笑。

"在洗澡啊？"珍嫂在和他说话，连同手机小视频里尖锐的笑声。

他"嗯"了一声，继续为父亲擦拭。

父亲的身体，尤其是下半身，他其实是排斥的。父亲卧床以来，他很少替父亲洗澡。刚开始是母亲和姐姐们一起洗的，后来基本就是母亲擦洗了。所以，现在骤然看到父亲的身体，他的感觉是触目惊心的。

父亲的屁股差不多只剩一张松弛的皮，从腰部一直垂到大腿。所以，褶子就多了，也深了。那些褶子里面，布满一条条红色的溃疡。那件代表父亲男性体征的器具，或者说，那件跟谭小晨生命到来直接相关的器具，也蜷缩在这些皱褶里面。它挂在一根长长的管子底下，表明只是一件无用的摆设。这是父亲陷入昏迷后，还能勉强使用的器官中，最先遭到废弃的。父亲大腿的根部，血管好像特别粗大，盘根错节似的交织在一起。腹股沟处，正生出好多个淋巴结一样的东西。谭小晨知道，父亲的生命正逐渐被另外一些东西侵占……

最后是洗头。事实上父亲卧床以来，他从未替父亲洗过头，最多也就是搭把手。洗头是个技术活，他一直觉得自己是洗不了的。母亲和姐姐帮父亲洗头，也是需要别人帮忙的。有时候是两个人，有时候是三个人，一个人托着头，另一个人洗，再一个人帮忙换水什么的。但今天谭小晨一个人就把父亲的头洗好了。他把父亲的头挪到床沿外，用杯子把水一杯一杯地浇在父亲的头上。父亲的头发差不多掉光了，稀稀疏疏的，其实一杯水差不多就能浇透了。

他看到床头柜上的蛋白粉和谷类复合粉，那是父亲生命得以维系的源头。但他的眼睛很快扫过它们，仿佛什么都没有看到。

珍嫂带着小视频的笑声又走出病房。谭小晨觉得胃里的绞痛似乎好了一些。

他给父亲身体的沟沟壑壑扑上爽身粉，再为父亲穿上干净的纸尿裤和干净的上衣。这样的父亲，看起来总算有些不一样了，简直有些香喷喷了。

谭小晨觉得这个过程是隆重的，是对得起父亲的。父亲如果就这样死去，也称得上是庄重的了，就像那句悼词一样。谭小晨盯着这样的父亲，仿佛有些陌生。他的眼睛依然是半开的，灰白的眼珠子偶尔会动一下，喉咙里继续响着咕噜咕噜的声音，仿佛正在向这个世界告别。

"爸，今天是冬至，节日快乐。"谭小晨对父亲轻声说道。

谭小晨看到父亲的眼角落下一滴眼泪。他轻轻地替父亲拭去，并涂了点眼药膏。小的时候，他每次哭的时候，就会被父亲呵斥——男人可以流汗流血，但不能流泪。父亲显然早就忘了这句话，他常常这样睡着睡着就流下眼泪，他的眼角因此溃疡，母亲只好用红霉素眼药膏给他涂抹。

此消彼长，此长彼消……谭小晨再次想起魏先生的话。

父亲是一个好人，这是白泉村村民的评价。严格说来，以前的谭小晨算不上好人，但也算不上坏人。但现在的谭小晨，大概只能算是一个坏人了。

父亲出奇的安静，喉咙底下的咕噜声也轻了。谭小晨觉得，父亲必定是觉得舒服了。谭小晨也觉得舒服了些，胃里的翻腾也渐渐少了。他把头埋在父亲的被子上，一只手刚好可以揽过父亲的身体。他终于抱住了——父亲，这样一个蜷缩在白色被子里的父亲。他甚至感受到了父亲的小心翼翼——他一动不动，只是不想挪离儿子的拥抱。他想起——也可能是梦见——父亲那么想要抱他，他却总是躲开，那双大手上沾满了芒刺。

他把自己越埋越深，似乎要把整个人都埋进父亲的被子。他不知道自己是睡着的，还是醒着的。隐约中，他看到一只薄如蝉翼的纸飞机。一只粗糙的大手小心翼翼地拈着它精巧的尾翼，像是一个正在朝拜神明的虔诚信徒。接着，他温柔地送出手臂，纸飞机平稳飞起，划过斑斓的阳光，滑向高远的天空……

据说人类不吃不喝，可以饿上三天。那么父亲呢？

"人类可以死于意外，也可以死于某种水到渠成。"他突然想到一句话，不知道是哪里看到的，还是自己原创的。

他看到一只纸飞机，"嗖"地一下滑向了天空……

子宮

一

我习惯半夜起床，大多数是深夜三点左右。也不知道怎么回事，我的生物钟到了这个点，就会突然响起来：起来，起来。

这让我的母亲十分担心。她和闺密说，她因此落下了午夜惊厥症，睡着睡着就会从床上跳起来，然后飞奔到我的房门外，偷窥我的房间有没有灯光。母亲是用一种看惊悚电影的口吻告诉她闺密的，她说这话的时候并没有避开我，我听后乐不可支地笑了。母亲的闺密连忙做了一个"嘘"的手势，仿佛看到一个精神错乱者。

我当然知道这个习惯不太好。母亲为此和我谈过无数次心。她说这对学习只有坏处，会严重影响到第二天上课的状态；又说半夜不睡觉对健康不利，会导致各种毒素的滋生；还说会影响到长高。她说每个小孩长高，是在进入深睡眠的午夜时分，身体分泌一种生长激素，突然拔高的……我承认长高这点对我还是有些说服力的，毕竟我已经十六岁，身体上各种第二性征都出来了，但身高还只有一米六八。刘蓝姐姐也有一米六八，穿上高跟鞋比我高出一截。我必须超过她，至少在身高上超过。

但我只坚持了三个晚上，第四个晚上，就照样起来了。因为不起床不代表我能睡着，我身体里那个叫作生物钟的闹钟实在太厉害了，到点了就会一遍又一遍地催我起床。起床后，我就开始疯狂地赶作业。

事实上，我是个责任心颇强的学生，每天的作业基本都能够完成，尽管我的母亲总说我缺乏责任心。她所谓的责任心意思很明确，就是在规定的时间规定的地点完成规定的作业。母亲这种"规定"让我觉得十分好笑，很像纪检组织对付腐败分子的"双规"。我母亲最擅长的就是这类概念转换，用她的话说这叫活学活用，变"双规"为"三规"。只是母亲毕竟不是纪检委，她对我终究下不了狠心采用高压手段。

我的母亲极其好学，是典型的购书狂，家里的书架上全是她的书。可以这么说，要想知道我母亲当前阶段的生活重心，只要看看她最近买什么书看什么书。比如，家里沙发上堆满《盆栽花草》《阳台种花和景观设计》《家庭种花和幸福指数的关系》这些书时，母亲肯定是对花草感兴趣了，正试图把家打造成一个缤纷的花草世界。再比如，母亲经常捧着《夫妻灵修》《相爱一生》《亲爱的，我们别吵了》，便是和我父亲的吵架从热战期升级到冷战期了。

当然，母亲最多的书是教育方面的。可以这么说，我母亲对当下各种纷乱的教育理念有着非常全面的了解，她断断续续在我身上实践过虎妈式教育、狼爸式教育、粗放式教育、个性化教育等等。母亲对教育还有很多格言式的总结，比如"什么都可以输，只有教育不可以""什么都可以等，孩子不能等""孩子是人生最重大的投资"……

母亲从我夜半起床的行为上十分敏锐地捕捉到新问题，这从我们家沙发上的书就可以看出来。母亲的阅读切换到《青少年心理》《如何缓解压力》《中学生自我解压》之类的书，显然是针对我的。母亲还替我挂了市二院的心理门诊，我自然是不会去的。母亲坐在我的身边，翻开她买的那些书，指着上面画满红线的内容，耐心地告诉我心理疾病不是精神病，并说每个人都有心理疾病，只要及时疏通就不会有问题的。我不理睬她，事实上，我非常厌恶母亲那些书。

眼看着思想工作做不通，母亲只好改用威逼利诱，她说："去也得去，不去也得去。"对付母亲，我早就轻车熟路，我只需轻描淡写地说一句话，母亲就会缴械投降。我说："再让我去看神经病，我就从这楼上跳下去。"

最终，母亲取消了我周末所有的辅导课，这实在是一个意外收获。我把好消息告诉了李小多，李小多笑得很贼："你是故意半夜起来做作业的吧？"

我不置可否，心里想着自己到底是不是故意的，但很快否定了。

二

李小多和我前后桌，学习成绩比我还要差。母亲总不愿意我和他来往，但我却偏偏喜欢和他凑一块儿。

怎么说呢？老师和家长喜欢把我们学生分为成绩好的和成绩坏的，在我的眼里，却只有爽快的和不爽快的。李小多便是全班最爽快的人，他心眼实，够义气。他如果请客，兜里的钱有十块，绝对不会只拿出九块。我和李小多要好还有个原因：他有个弟弟，我有个姐姐。在几乎都是独生子女的同学中，我们两个显得有些不一样。

我父母一直想要个女儿，只是苦于计划生育国策无法实现。我五岁那年，据父亲母亲说，为了培养我善良、坚毅、能吃苦的品格，结对助学了姐姐刘蓝。刘蓝是邻县一座深山里的女孩，结对那年她刚上小学六年级，学习成绩非常好，只是她父亲早逝，母亲残疾，生活十分困难。几乎每月，父亲母亲都会带我去那个深山一趟，一来是给姐姐带些生活和学习用品，二来是让我从小有一个体验艰苦生活的环境。

　　记忆中，姐姐见了父亲总是怯怯的，几乎不跟父亲说话。父亲似乎也不太操心姐姐的事，到了姐姐家，只是拿着相机东拍拍西照照，拍那些破房子，也拍姐姐和我。下次去看姐姐时，父亲就把相片洗出来送给姐姐。每次，姐姐都会红着脸，从父亲手里接过相片，然后小心地夹进母亲送的相册里。

　　母亲对姐姐是最上心的，去看姐姐前，总得精挑细选给姐姐的东西。母亲说，每个女儿都是娘亲的小棉袄，她终于也有一件了。姐姐穿上母亲精心挑选的衣服，仿佛变了一个人似的，就像童话里的灰姑娘变成了白雪公主。姐姐喜欢黏着母亲，还把心事告诉母亲，却不告诉她的亲娘。母亲会给姐姐编可爱的小辫子，姐姐跑起来，小辫子就一跳一跳的。母亲叫姐姐蓝蓝，姐姐叫母亲干妈，她们好得像亲生的母女一样。那会儿，我常常嫉妒姐姐，总觉得母亲对姐姐实在是太好了。但我还是很喜欢姐姐的。我童年所有和乡村有关的记忆，都和姐姐有关。姐姐带我去小溪玩水，教我用饮料瓶子诱捕小鱼，帮我做网兜捕捉萤火虫……姐姐逢人就介绍我是她的弟弟，那样子十分的自豪。

　　姐姐小学毕业后，父亲通过关系，把她安置在全市最好的莲花中学就读。印象中母亲曾经反对，她说姐姐转到城里读书，我就没多少机会去体验农村生活了。父亲却说刘蓝的前程同样重要，还说寒暑假照样可以去乡下，就一意孤行地把姐姐转过来了。

　　姐姐的成绩一如既往的好，好得让母亲羡慕。最初，姐姐每个周末都到我们家住宿，顺便辅导我学习。母亲还时常以姐姐为例，激励我好好念书。只是，无论我如何努力，我的成绩总是平平。父亲常说姐姐是块读书的料，逢人就说刘蓝成绩怎么怎么好。提起我时，父亲的语气就淡了许多。即使母亲说我有进步时，父亲也只是摇摇头，说：“比起刘蓝还是差了些”。慢慢地，母亲越来越不高兴，甚至跟父亲吵。吵完之后，母亲就骂我，骂我不争气。

不知道从什么时候开始，母亲不给姐姐买东西了，她只给我买。父亲却不是，逢年过节的，他还是准备两份礼物，一份给我，一份给姐姐。小到水笔、玩具，大到学习机、电子词典。父亲从来都是公平公正的，仿佛那刘蓝也是从我母亲肚子里出来的。记得有一次，父亲给我买了一双耐克的鞋子，硬是给姐姐也买了一双。母亲知道后说：“女孩子未必喜欢这类运动鞋，为什么非得买一模一样的鞋子呢？”父亲淡淡地说：“一碗水应该端平。”

后来，姐姐考上了莲花城最好的高中，每个周末却不到我们家来了。再后来，姐姐考上了医科大学，全家为此在莲花城最好的酒店摆了一大桌。那天，姐姐的亲生母亲也来了，她带来很多笋干、香菇之类的土特产，还带来满脸的感激之情。

但对我来说，姐姐却成了我生活中的一道坎，怎么也迈不过去。

姐姐大学毕业后，也是父亲动用关系，顺利分配至莲花市中心医院——全市最大的医院。至此，姐姐成了一名医生。只是，同在一个城市，姐姐却很少到我们家来了。虽然她经常会到我就读的学校，给我带来一些学习用品，或者是时兴的衣服，但我却不喜欢。我把她送我的所有礼物都送给李小多，一样都不带回家。

三

我父亲是一个懒散的人，比我还懒。

他通常在我们母子吃过晚饭后才回家。一回家，首先就是往沙发上一躺，开始看手机。我讨厌父亲看手机的样子，虽然我自己也喜欢看手机。不过，我倒是乐意看到父亲不回家吃饭。父亲吃饭的时候，通常要问我话，让吃饭这件原本美好的事变得十分无趣。是的，我父亲就是这样一个无趣的人。

我确定母亲和父亲有问题是在一个深夜。

那天夜里，我照例在深夜两点多起床做作业。做着做着，没有听到预期中的夜半敲门，反倒隐隐约约听到争吵声。刚开始我并不理会，他们经常这样吵，我早就见怪不怪。我得把作业赶好，我不想让自己太差，至少不能在林瑶瑶面前丢人。

但他们的声音却越来越响，特别是母亲尖细的女高声，总能透过门缝钻出来。我时常想，母亲如果是歌唱家就好了，这种高频女声绝对能在综艺节目中夺冠。只是这种声音对我却是不太适合的，我怀疑它会对我的耳膜造成永久性伤害。我扯过桌上的纸巾，把两只耳朵塞得严严实实。但一个类似于爆炸的声音，还是轻而易举地穿越纸巾，直抵我的耳蜗。我只好打开房间的门走了出去。

我的卧室对面就是父亲母亲的卧室，中间只隔着一个卫生间。他们的房门依然关着，里头传来类似打架的声音。母亲的女高音已经变成女低音，是嘶哑碎裂的爆破音。我还听到父亲的声音，他的声音总是格外冷，这种冷在我考试考砸的时候也会出现。父亲说："离婚吧。"

离婚，对我来说并不是陌生的词语。李小多的父亲母亲多年前就离婚了。李小多说他后妈是第三者，每次都会咬牙切齿地骂他后妈是狐狸精。李小多的母亲离婚后，远嫁到广州，就像从此消失了一般。后来，李小多的父亲和他后妈又生了个孩子，叫李小煜。李小多告诉我，他父亲觉得他弟弟天赋异禀，奇货可居，说不定是个将相之才，所以取了一个和古代皇帝相关的名字。李小多又说，他后妈和他父亲到底是没文化的俗人，竟然不知道那李煜原是亡国之君。说罢，李小多总要夸张地笑上很久。

只是现在，我的父亲正对我的母亲说——离婚。我推开他们的房门。

地上一片狼藉，那台笔记本电脑已经支离破碎。母亲披头散发，正拽住父亲的胳膊。他们两个的样子十分古怪，颇像被孙悟空使了定身大法，所有的动作瞬间凝固了，连嘴巴都还保持着刚刚喊叫的形状。看到推门而入的我，母亲先是顿了一下，然后站直身子，捋了捋头发，清了清喉咙，竟是用十分平静的口吻说："飞飞，你又起来了？"

我有些木讷地望着他们，不知道应该说什么，嘴角动了动，忍不住扯出一些笑意。这个时候显然不适合这种表情，我急忙刹住自己的微笑。父亲好像已经察觉到，他皱了皱眉头，严肃地说："去睡觉。"

"对对，快去睡觉吧，明天六点就得起来呢。"母亲好像已经完全摆脱刚才的情绪，又变回慈爱的母亲。她朝我走了过来，趿着拖鞋的脚踩在电脑的一个零件上，发出一串清脆的碎裂声。母亲牵着我的手，像牵着一个梦游的小孩。事实上，我确实感觉自己是在梦游，恍惚觉得一切都是在做梦。我经常做这种梦，梦到我的父亲母亲吵架，梦到他们离婚，甚至梦到我的母亲杀死了我的父亲……

我机械地跟着母亲来到自己房间，说："我睡了。"母亲抬起红肿的眼睛答应了一下，轻轻地带上了房门。

四

母亲偷看我的QQ，我是早就知道的。她有非常强烈的偷窥癖，不但喜欢偷看我的QQ，还喜欢偷看我父亲的。我父亲其实不太上QQ，他喜欢用的是微信。自从使用智能手机以来，我的父亲母亲对电脑的兴趣就淡了下来，尤其是我父亲，靠在沙发上看手机成了他最大的消遣。

全家只有我没有智能手机，我用的是一部售价一百元的三星手机，机身小巧，屏幕更是小得不能再小，除了打电话发短信，这手机没有其他功能。对于手机，我曾经抗争过。但母亲是一个政工高手，她引经据典，先是从书架上取出一本又一本的书，然后从隔壁老王的儿子说到同事李姐的闺女，又从我北大毕业的表哥，说到留洋欧洲的堂姐。总之，凡是有点出息的人，小的时候必然是克己修身的。她最后的结论是：懂得自律的人才能取得成功。不过，母亲却是绝口不会提刘蓝的，虽然刘蓝是我的姐姐，而且考上了医科大学。

对母亲眼里的成功理论我不以为然，却找不到充分的理由去反驳她。事实上她也不需要我的反驳，"先礼后兵"是母亲的一贯伎俩。也就是说，在一番苦口婆心的理论攻势之后，如果我依然我行我素，母亲立刻会改用狮吼、眼泪之类的武器，直到把我镇压至完全屈服。

只是，母亲的本事再大，也没办法限制我使用电脑，因为电脑同时也是学习工具。母亲说等我考上大学，她会送我一部智能手机，我只能先用电脑凑合。

我喜欢林瑶瑶的事全班都知道。我曾经在课后，跑到讲台上大声地表白："林瑶瑶，我爱你！"全班立刻哄堂大笑，还爆发出热烈的掌声。我满足于这种掌声，非常得意地去看林瑶瑶。但林瑶瑶好像什么也没听到，依然在做她的作业，连眼皮都不曾抬一下，这让我非常受伤。之后，我就变着法和林瑶瑶闹。有时，往她的课本里塞一片叶子，上面写着我自创的一首诗；有时，在她的桌板底下搁一只绑了腿的青蛙，看到她吓得哇哇大叫，我会忍俊不禁；有时，我会故意站在她后面，用夸张的表情和声音演绎各种深情款款的歌词："我送你离开千里之外你无声黑白，沉默年代或许不该太遥远的相爱，我送你离开天涯之外你是否还在，琴声何来生死难猜用一生去等待……"唱着唱着，我会真的想流泪，好像我成了某个故事的主人公似的。这种时候，我就拍拍李小多的肩膀，自嘲着说"哥们太过入戏了"，然后不再说话。

QQ签名是什么时候变成我臆想症的发作场地的？还真有些忘了。总之，凡是逮到能上QQ的时间，我必然会更改一下签名，比如"想想想……"，比如"瑶瑶无期……"。不过，用得最多的还是某句歌词，像"每颗心上某一个地方，总有个记忆挥不散""我会发着呆，然后忘记你""我会学着放弃你，是因为我太爱你"……这类歌词总让我沉醉不已，好像心里某个地方被击中了一般。

林瑶瑶有点像我姐姐刘蓝，都是马尾辫，都是高个子，都是成绩拔尖的学霸。我半夜三更起来做作业，也多半是因为林瑶瑶，我不想让她瞧不起，不想让她看到老师批评我。我喜欢林瑶瑶，但又讨厌林瑶瑶。这种感觉很奇怪，所以我常常捉弄她，她越生气我就越快乐。对姐姐刘蓝，也是这样。在同学高声叫着"林叶飞，你姐姐来了"或者"林叶飞，你姐姐真漂亮"时，我会兴奋、骄傲、难过、痛恨、厌恶……我不知道为什么对同一个人可以有这么多情绪。

母亲像侦探一样，翻遍每一个进入我空间点赞或者留言的人。特别是和我互动频繁的女生，她更是一个不会放过。母亲做这些事情的时候，非常隐蔽，她以为我不会知道，其实我却是一清二楚。只是，我和林瑶瑶没有任何互动，任凭她怎样侦查，也是查不出蛛丝马迹的。

我说过，我母亲是一个特别好学的人。对待早恋这类敏感问题，她自然比一般家长科学得多。她从来不会跟我直接讨论QQ签名之类的事，她用的办法非常迂回。比如，她会在我床头放上一本书，书名是《青春期的男孩女孩》《早恋的利弊分析》。她会在吃着晚饭的时候，突然想起她某个同学的早恋故事：原本成绩怎样的好，后来成绩怎样的不好，再后来下场怎样的悲惨。她还会用一种非常开明的态度和我说："飞飞，到了初中这个时期，对异性有好感是很正常的，你如果有这方面的苦恼，记得要告诉妈妈，妈妈肯定会帮助你的。"我当然不会接受母亲的这类好意，她采取的是以退为进的诱敌策略，我很清楚。

五

父亲经常去看姐姐。这点，我是从父亲和母亲的争吵中知道的。

母亲说，刘蓝长大了，自食其力了，不需要我们家资助了，两家的关系也不用走得太近了。

父亲却说，原本是一家人，怎么就成两家了？

母亲说父亲别有用心。父亲说母亲狭隘自私。

他们吵得最凶的一次，好像是因为父亲给姐姐买了一套保暖内衣。那次，父亲只给姐姐买，并没有给我买。

多年来，父亲母亲给我们姐弟买东西从来都是双份的。我有，姐姐就有；姐姐有，我也肯定有。只是后来，在母亲只给我买东西后，父亲就常常背着母亲给姐姐买东西了……

母亲在父亲车里发现这套女式保暖内衣，以为父亲是买给她的，一直等父亲送给她，却没有等到，就猜到父亲是送给姐姐了。母亲说父亲僭越了干爸的本分，父亲却说这原本是你这个母亲该做的事，你不做自然只有我去做了。

父亲给姐姐买的东西越来越多，他陆续给姐姐买过靴子、大衣、帽子、围巾等等。这些琐碎的东西，我都是在父亲母亲的吵架中听来的。在这些事情上，我是偏向于母亲的：父亲对姐姐确实比对我好多了。父亲的理由是，姐姐刚参加工作，不能太寒酸。但我觉得这个理由不充分，我常常怀疑姐姐是父亲生的，而我不是。

我把这个想法告诉李小多，李小多不以为然。他说："你有母亲就够了，父亲有什么好？"李小多很想他的母亲，他恨他的后妈和父亲。他经常说他每天都在战斗，还和我分享他的战斗成果。比如，他掐了弟弟的屁股，把弟弟的玩具弄坏，把弟弟的爽身粉倒进马桶，以及往弟弟的奶瓶里吐口水……李小多告诉我，他也不是故意对弟弟使坏，只是他后妈总在他父亲跟前说他的不是，一会儿说他欺负弟弟，一会儿又说他不做作业，有一次还把李小多的日记拿给他父亲看。日记写满了咒骂弟弟和后妈的话，他父亲看后非常生气，狠狠地揍了他一顿。

母亲和姐姐不再来往，是在父亲给姐姐买了一辆POLO小车之后。原本，母亲和姐姐虽然有些芥蒂，但基本的礼节还是有的。那天，母亲在街上看到了姐姐，穿戴时尚的姐姐钻进她的红色POLO，轻轻按了一下喇叭，就从母亲身边倏地一下开过去了。姐姐自然是没有看到母亲，但母亲觉得姐姐就是看到她了，她还觉得那声喇叭就是故意按给母亲听的。

当天晚上，母亲就问父亲了。父亲很快承认了。父亲说姐姐房子租得太远，一个女孩子家上班实在不方便，还说原本想帮她全款付清的，姐姐无论如何不肯要，所以只是帮她付了首付，才两万多元，也不是大事。母亲说那你为什么不同我商量？父亲说同你商量你会同意吗？母亲就开始咆哮了，说："你是不是还要给她买房子？是不是还要连人跟她一起过去？"

父亲冷冷的。母亲咆哮时，他依然懒懒地躺在沙发上，低头看着手机。等母亲喊累了，父亲才缓缓地说："有精力，还是管管你儿子吧。"

父亲说这话时，像在说一个完全不相干的人。虽然我在自己的房间里，躲在虚掩的门后，却依然被这话里的冰冷刺得哆嗦了一下。大概，在父亲眼里，我这个儿子永远抵不上刘蓝的一根小指头。无论父亲母亲怎么努力，怎么往我身上砸钱，我的成绩总是平平，甚至连普通高中都可能考不上，现在上的重点初中还是父亲花了九牛二虎之力弄进去的。母亲常说，我是她唯一的儿子，也是她唯一的希望。但我常常觉得，我只是她唯一的筹码。

母亲又开始买书。她说，以她老牌大学生的智商，生的儿子不可能不如一个农村残疾人的女儿。她还说，她要亲自拯救她的儿子。母亲说这些话的时候，并不看着我，她的眼睛是望向窗外的；或者不是窗外：她的视线应该没有焦点，在一个无穷远的地方，一个可以超越姐姐的地方。

母亲替我买了好多网络课程。她规定我每天作业应该怎样做，上课应该怎样上。每天回家，除了带上家庭作业外，还要求我带上所有的课堂作业。她每天吃完晚饭就帮我收集错题，收集之后还要一道题一道题帮我分析……我却没办法集中精力。看着不停说话的母亲，她的脸渐渐开始变形，刚开始是好看的鹅蛋脸，慢慢地变成了三角形，又变成四方形，然后是五角形、六角形……母亲脸上的角越来越多，最后竟成了刺猬的模样。

期中考试，我又倒退了很多。老何头在讲台上说，个别同学学习态度越来越不端正，成绩也是稳步下降。老何头是我们的班主任，事实上，也不算老，应该和我父亲差不多年纪。因为没头发，我们原本叫他老头的，加上他的姓就成了老何头。老何头的话没说完，林瑶瑶就有意无意地转过头，看了我一眼。平日无论我怎么招摇，她都是视而不见的。这种时候，她倒是会不失时机地瞅我一下。那眼神，含有轻蔑、不屑，还有骄傲。

老何头及时地把我父母请进学校，告诉他们我的考试情况，并充分表达了他的担心焦虑之情。晚上，父亲破天荒地在家吃饭，也破天荒地不看手机。他让我坐在他对面，严肃地问我有什么打算。我说没有。

"初三了，你难道没有想过毕业后去哪里？"他盯着我的眼睛问。

我不说话，只是盯着他看。我想起大眼瞪小眼这个词，竟有些想笑的感觉。说实话，我觉得自己盯得挺勇敢的。我父亲一直以为我怕他，其实我早就不怕他了。

"老师说了，按照你现在的成绩，就算最差的高中都上不了，只能去职高了。"

我心里说，职高就职高，有什么大不了的。

父亲像知道我心里想的一样，又说："上职高意味着你和大学无缘了，你的人生也就基本定调了。"

我还是没有说话，虽然我心里还在反驳。

父亲给我下了最后通牒，意思是，再不努力，就不再管我，任我自生自灭了。我并不惧怕他的威胁。他原本就没怎么管过我。他管的人，只有姐姐。

父亲之后，便轮到了母亲。睡觉时，母亲走进我的房间，她还没有开口，就泪眼婆娑了。我心里立刻开始烦躁。我知道，她的苦情戏马上就要上演。

不出所料，母亲从她以前走出农村的不容易，说到怀我生我养我的不容易，说到就业的困难，说到不同职业的区别……最后，她还提到了刘蓝——她原本是不提刘蓝的，她说刘蓝就是读书改变命运最生动的例子。

我脱口而出："是我爸改变了刘蓝的命运，不是读书。"

"啪"地一下，母亲竟然给了我一个嘴巴子。她从来都没有打过我。

六

一天早晨，我刚从卧室走出来，就感觉到家里有些异样。尤其是母亲，她像是变了一个人，整张脸都泛着光亮。

"你疯了吧？"父亲的目光从饭碗里移到母亲的脸上，像陌生人似的看着母亲。

"你不是一直很想要女儿吗？"

"那能一样吗？何况……"父亲顿了一下，想说什么，又咽了回去。

母亲明亮的脸忽然暗了下来，她轻轻地说："刘蓝终究是姓刘的，现在二胎放开了，我想自己生一个……"

我突然有点同情母亲。这么多年，母亲从未认过输，无论是和父亲争吵，还是和父亲冷战，再绝望也会把自己从头到脚武装起来，拼命踮起脚，让自己站得高一点，再高一点。但今天显然不一样，母亲低下了头，用近乎哀求的眼神看着父亲。

父亲自顾自喝着稀饭，并没有理会母亲近乎乞求的眼神。过了一会儿，他放下碗筷，扯过一张纸巾，才缓缓地说道："你知道自己几岁了吗？"

母亲仿佛看到了希望一般，立刻开始精神抖擞，她胸有成竹地说："我查过，有篇文章还说，四十之后生的孩子更健康更聪明。"

"更聪明？"父亲的声音好像突然响了很多。

我听懂了，母亲是想再生一个孩子。或者说，她一直想要再生一个孩子，只是因为政策不允许。现在政策允许了，所以她必须再生一个孩子。刚开始我没有相信，毕竟母亲已经四十四岁了，二胎不过是她的又一个筹码。但我马上发现母亲不仅仅是说说，而是真的行动起来了。

她专门找我谈了话，说我如果有个兄弟姐妹，以后也有个照应。我自然是不同意的，一个刘蓝就太多了。但母亲显然没有理会我的想法，她沉浸在对未来的美好憧憬中。我听到她跟她的闺密说，父亲会喜欢另一个孩子的，一定会。她又开始买书，沙发上的书换成了《高龄二胎注意事项》《二胎秘籍》《如何让二胎更优秀》《超越——二胎培优典籍》《二胎时代》《如何让二胎优秀》……刚开始，父亲对这些书是视而不见的，但时间长了也会去翻翻。母亲见了就会很兴奋，立刻凑到父亲边上，指着她早就画了红线的文字。

母亲有条不紊地准备着，除了买书，还开始养生。她开始每天煲各种不同的汤，有的汤让我一起吃，有的汤说我不能吃。她还开始煎中药，家里到处弥漫着中药的味道，煤气灶上整天响着"咕嘟，咕嘟"的冒泡声。最重要的是，她似乎不再关心我的学习了。每天饭后，她不再像以往一样坐在我的桌边监视我做作业，而是去散步，或者去保健。

父亲好像也有些动心了，去翻那些书籍的时间越来越多，甚至还会和母亲讨论几句。比如讨论生女儿还是生儿子的问题，母亲说最好是女儿，父亲却说最好是儿子。母亲的意思我明白，她很早就跟我说过，她和父亲最大的心愿是一个儿子一个女儿，这才收养了刘蓝。但父亲竟然说还想要儿子，他有我这个儿子了，为什么还想要儿子？这个我称之为父亲的人，也许压根就没当我这个儿子存在过吧？或者在他的眼里，只有刘蓝这一个女儿。刘蓝是他的骄傲，而我只是他的耻辱。所以，他要重新生养一个儿子，一个能令他骄傲、能让他自豪的儿子。

母亲好像完全忘记了刘蓝的事，她给父亲买各种滋补品，甚至每天晚上为父亲泡脚，就连说话的口气也完全变了，家里的争吵声几乎听不到了。母亲很享受这种安静，还打开了久违的音箱播放起轻音乐。她还跟我说："飞飞，你有没有觉得家里变了？变得温暖一些了？"

但我分明感受到这种祥和的空气下潜伏着可怕的危险——我几乎成了局外人。母亲除了每天必要的询问之外，似乎不再关心我的一切。

这些大人永远不知道的是，我曾经也努力过。在小学的时候，我想要变得和姐姐一样优秀。所以参加各种培训班，英语、数学、作文，以及街舞、篮球、单簧管等等。这些培训，除了街舞，都不是我想要参加的。但母亲说，要做一个全面发展的人，才能超越姐姐。所以，我再不愿意也参加了。在我学了一年街舞后，父亲又跟母亲说，这种不务正业的东西不要再浪费时间了，蓝蓝从来没学过这些乱七八糟的，不还是这么优秀。就这样，父亲剥夺了我唯一喜欢的街舞。

这个叫刘蓝的姐姐，抢走了我的父亲。那个不知名的"二胎"，也马上要抢走我的母亲。

我依旧半夜起来做作业，母亲却不会像以前一样突然敲响我的房门。慢慢地，我觉得没有母亲参与的夜半作业失去了好多趣味，竟改掉了这个坏习惯。

只是，我的作业也几乎不做了。

七

我开始逃学。其实，我也不知道不去上学要去哪里。我只是不想去上学，这种每天上学、放学、回家的日子太没有意义。我希望可以找到一种更有意义的生活，不是现在这样的，也不是父亲母亲那样的，更不是刘蓝姐姐那样的。究竟怎样的日子才有意义？我其实并不知道。

老何头很快向母亲告发了我。母亲跟踪我来到网吧，把我拽回家，关上门，然后开始哭诉。她哭诉自己命不好，嫁了一个没有良心的男人，收养了一个白眼狼的女儿，还生了一个不争气的儿子。

我说："你反正很快就要再生一个了，还有机会。"

母亲停住哭诉，惊愕地看着我，说："飞飞，你是妈妈怀胎十月掉下来的肉，你不知道吗？"

我"哼"了一声，不再说话。

我是母亲的一颗弃子。就像下棋，母亲曾经信心满满地扶我过河，直捣黄龙，却发现我只是一个扶不起的阿斗。或者说，她最终发现我还不如人家一个过河的小卒。所以，当她发现可以重新培植另一颗更有希望的棋子时，我就成了弃子。

母亲仿佛看懂了我的心思，又开始哭。她说："飞飞，你知道你在妈妈肚子里是怎样长成一个孩子的吗？知道你的筋连着妈妈的心吗？"

我没有回答。但我在心里回答了：我当然知道。

从小，我总问母亲我从哪里来的。母亲告诉我，她肚子里有一个叫作子宫的地方，那是孩子的宫殿，也是血亲发源的圣地，我就是在那里从一颗小小的种子孕育成一个小小的孩子。子宫里，有一根管子，一头连在母亲身上，一头连在我的肚脐眼上……但这又有什么关系呢？母亲的子宫，即将是另一个孩子的殿堂了，不是吗？我再好，也不过是一颗弃子。

母亲的眼泪就像港台片里的演员一样，一颗接着一颗滚下来。

她边哭边说："原谅妈妈忽略了你的感受。你应该知道，我只是希望你父亲的心能在这个家里……"

看着母亲痛改前非的模样，我有些高兴起来，也有些得意，仿佛做错事的是母亲而不是我。虽然，她一不小心，说出了她的心里话。

我恢复了正常上学的生活。只是作业这类事，基本和我无关了。

我已经忘记了林瑶瑶，倒是对隔壁班的女生金羽娜开始感兴趣。她是我逃学时认识的。在网吧，她认出了我，问我是不是三班的林叶飞，然后她自我介绍说她是五班的。金羽娜和林瑶瑶完全不同，她泼辣、热情、爽快，而且非常有主见。据她说，她的父亲早逝，母亲改嫁后，又生了一个弟弟，母亲根本没空管她。

大概就是因为她这句话，我就对她有了好感。我觉得我和她同是天涯沦落人，都是被母亲抛弃的人。金羽娜说她早就注意到我，觉得我很勇敢很幽默。特别是我在班上向林瑶瑶大声示爱的事，更是让她折服不已。

那段时间，我每天上学放学都和金羽娜一起。因为金羽娜，我获得了重生，甚至放下了母亲想要生二胎这件事。

每天放学后，成了我一天中最美好的时光。我们通常绕远路回家，穿过校园边上的小区，经过一个公园，径直走到防洪堤。我们并排走着，阳光斜斜的，把我们的影子拉得很长。我们踩着自己的影子，看两个影子一会儿分开，一会儿重叠。我们原本是说话的，我骂秃顶的老何头，她骂花枝招展的叶西施。但说着说着就不说话了，一路上安静得只剩下我们的脚步声。过马路时，一辆汽车开了过来，金羽娜惊了一下，不由自主地往我身边靠了过来，我就自然而然地捉住了她的手，过了马路也没有松开。

关于牵手，我曾经幻想过无数次，但幻想的对象都是林瑶瑶。每想一次，我心跳就会急剧加速。但无论如何想象，也抵不上我此刻牵着金羽娜的感觉。金羽娜的手非常柔软，她的每一根指关节，仿佛都装了橡皮筋似的，我发誓那一定是一双弹钢琴的手，只是她的母亲不管她，没有机会让她去弹琴。那天，在防洪堤一个僻静的地方，我们偷偷地尝试了接吻，我觉得我的生命终于绽放出最迷人的光彩。

金羽娜是第一个对我好的人，没有任何条件，比我的父亲母亲还要好。我发誓，要对她好一点，再不理会那个虚伪的林瑶瑶。

八

李小多突然被警察抓走了，这事来得太突然。那天，我们刚下课，来了两个警察，一左一右拽着李小多的胳膊，把李小多拽上了停在操场外的警车。我一边追着李小多，一边叫着："李小多，李小多。"李小多转过头，对着我很凄惶地笑了一下，说："叶飞，你至少有妈妈。"

后来我才知道，李小多用开水烫了他的弟弟。据说，他弟弟全身都被烫熟了，他却若无其事照常到学校上课。老师们都在交头接耳，一边说着可惜的话，一边摇着头。同学也用一种惊恐的神情讨论这件事。只有我，什么都不说。我觉得全校只有我能懂李小多。

李小多的弟弟最后没有死，却几次感染，后续治疗还需要巨额医疗费。学校因此组织了捐款活动，我一分都没有捐。我还听说李小多的父亲为了医治李小煜，卖了三层的小别墅，全家租住在七十多平方米的小居室。我有些高兴起来，为李小多。

我很想去看守所看李小多，告诉他他家后来的事。我约了金羽娜去看他，我们逃课到了城郊的看守所，警察却把我们拦住了，不许我们进去，还让我们出示身份证明。我们没有身份证明，看着看守所四周高耸的墙，我突然意识到我们只是小孩，在大人的世界里，我们太渺小了。

我开始变本加厉地逃课。有时候是一个人逃，有时候是和金羽娜一起。我还偷了父亲的钱，父亲可以给姐姐买车，却不愿意给我买一部智能手机。我用父亲的钱请金羽娜看电影，逛网吧，甚至送了金羽娜一部几百元的智能手机。

只是金羽娜却怀孕了。金羽娜下课后跑到我们教室，把我拽到操场的围墙角，一脸惶恐地告诉我，她怀孕了。我的脑袋立刻嗡了一下。我们只去过一次小宾馆，我慌里慌张的，真不知道会让金羽娜怀孕。

我想到小的时候母亲说过的话，说我还是一颗种子的时候，降落到她的子宫，然后用了十个月的时间，变成一个小小的我。这么说，金羽娜的肚子里，也有那样一个子宫？现在，她的子宫里也有一颗小小的种子——我种下的种子。这颗种子也想成为一个小小的孩子了。我盯着金羽娜的肚子，仿佛看到了一座空荡荡的宫殿。在宫殿的角落，躺着一个没有长好的孩子，孩子时不时地冒出类似《午夜凶铃》般的哭声。正好上课铃响了起来，我惊了一下，撒腿就往教室跑去。

过了两个星期，金羽娜的母亲来到学校，之后我的父亲母亲也来了。在校长办公室，父亲和母亲不停地向金羽娜的母亲鞠躬，我和金羽娜两个当事人却在旁边如同看戏一般。金羽娜甚至在我的手心里塞了一张纸条，我当时不敢拆开看，只死死地攥在手心里。

纸条上写着："对不起，我不小心让我妈知道了。"

事情的处理结果就是我母亲和金羽娜的母亲一起去医院做掉孩子。母亲原本不让我去的，但我说要去。

让我意外的是，流产手术竟然是刘蓝做的。我只知道刘蓝是医院的医生，却不知道她是妇产科的医生。找她做手术应该是父亲母亲的安排。我听见我母亲对金羽娜的母亲悄悄地说："医生是我的干女儿，放心好了，她会保密的。"

我不知道金羽娜做手术时有多痛，只看到等待手术的她害怕得全身发抖。

她母亲用恨恨的目光看看她，又看看我，说："自作孽。"

金羽娜无声地抽泣着，一会儿看她的母亲，一会儿看我。我不敢接她的目光，逃到窗户边，佯装看窗外的风景，心里却总想着她的子宫，过一会儿，就会有人把她宫殿里的小小孩儿拽出来。我也开始发抖，好像那个被拽出来的孩子便是我自己。

穿着白大褂戴着蓝口罩的刘蓝走了过来，她看了看我，没有一点儿表情。然后，别过脸去对着我母亲叫了声"干妈"。我看到母亲脸上的表情有点僵硬。刘蓝把母亲和金羽娜的母亲叫到走廊去说话。我立刻跑到金羽娜身边，轻声告诉她不要害怕，并告诉她做手术的是我姐，她是医科大学的高才生，技术肯定一流。

手术那天回家后，父亲打了我。他用一根长长的弹力绳，对准我的屁股一阵猛抽。他一边打一边骂，说我是畜生，说人家姑娘才多大，就被我糟蹋了。我不躲闪，也不求饶，用冷冷的目光看着他，一字一顿地说："遗传而已。"

父亲立刻全身哆嗦起来，原本只挑我屁股打的皮绳，突然往我的身体一阵乱打。母亲尖厉地哭了起来，跑过来，抱着我："不要打，不要打，要打就打死我好了！"

父亲把手里的皮绳往地上一扔，打开家里的防盗门，径直走了出去。

歇斯底里的母亲竟然晕了过去，抱着我的手突然就松了。我想扶起母亲，却站不起来，这才知道自己的脚踝受伤了。我想叫醒母亲，用手拼命摇她拽她，却发现她的裤子有很多血。我一下子害怕得不知道怎么办才好，突然意识到我的母亲可能会死。

我从母亲的口袋里掏出手机，拨打了120。我没有打给父亲。

母亲和我一起住进了医院。前两天，父亲没有来看我，三餐都是刘蓝给我送的。我的脚踝骨裂了，不知道是父亲打的，还是我自己撞的。我问刘蓝我妈在哪儿，她说就住在我楼上。我想问再多点，刘蓝却不答理我了。

第三天，父亲倒是到我的病房来了。他带来了一袋水果，有我爱吃的火龙果、山竹，还有草莓。他把东西搁下后，没有看我一眼，就走了出去。

第五天，我实在熬不住，就拄着医院配备的拐杖，一瘸一拐地往楼上去。我没料到的是，楼上就是妇产科。我想进去找我的母亲，却被护士拦下了，她说男人不准入内。

原来我是男人，而不是小孩了，我有些难过地想着。

我拦住一个医生，询问我母亲的名字。这时候，刘蓝出现，也穿着白大褂，戴着白帽子。她不等那个医生回答，就站了起来，跟她的同事说："这是我弟弟。"

刘蓝从架子上取过一个文件夹，把我拉到边上。她告诉我，我妈生病了，是一种罕见的功能性子宫出血。她说母亲生这种病应该很久了，却一直被当作月经不调来医治。她还说这种病可大可小，但母亲一直出血不止，导致昏厥不醒，只好在前两日做了子宫摘除手术。

"我爸知道吗？"我问。

"知道，手术是他签的字。"刘蓝像一个标准的职业医生般回答。

"可是，我妈，她打算生二胎的啊。"我脱口而出。

我已经知道子宫对一个女人的意义。

掉进罐子里的人

尤洋用力睁大眼睛，四周依旧是一片漆黑。或者说，不是漆黑，是混沌，就像天地没有剥离之前。

我一定是掉进了一只巨大的罐子。尤洋这么想。

尤洋听到妻子小欣的声音，透过这只巨大的罐子，远远地唤着：尤洋，尤洋……这才想起自己是有名字的，是叫尤洋。尤洋想应答，他想说：嗨，我在这儿呢！但他的喉咙发不出声音，好像有一股痰堵在那儿，任凭他怎么用力也说不出话。

他有些不甘心，试图去触摸罐子的四壁，比如敲打罐子，这样罐子外面的人就可以发现他了。但他很快发现新的问题——他的脚找不到着力点。他像踩在一团空气上，怎么蹬，也蹬不着地。他只好去挤压自己的喉咙，好把这要命的痰抠出来。但无论怎么用力，两只手只能抓住一团虚空。他吃惊地发现自己的左手和右手没办法相遇，或者说，他抓不到自己的任何部位。他突然绝望起来，发现世界只剩了自己，或者连自己都不剩了——他看不见自己，更抓不住自己。

他抓过好多东西。比如茶杯，这大概是他抓过最多的东西了。再或者是筷子、笔、报纸、书……当然，他最愿意抓的还是女人的身体，比如胸部。想到这里，黑暗的前方出现了一个巨大的躯体。这种感觉很奇怪，他似乎成了一个婴孩，匍匐在一只巨大的椭圆底下，像是仰视一只诱人的圣果。他想要伸手去抓握，但那只圣果太大了，他够不着，摸不到，像海市蜃楼般近在咫尺又远在天边。

椭圆的顶端是红色的，有一种惊世骇俗的红艳，像是涂满了鲜血一般。尤洋忍不住兴奋，很想看一看那具身体的上方，他觉得应该是一张女人的脸。是小欣？或者是苏苏？但他很快否认了。

但这只巨大的椭圆让他无法判断，它仿佛是一个无边的球体，甚至像地球那么遥远。乳房上纤细的绒毛，像是夕阳下的芦苇，清晰，透亮，好像风一吹就会从白皙的皮肤上飘起来。乳房之外都是巨大的黑洞，神秘到他不愿意去看见。这种感觉像极了小时候依偎在母亲的怀里，那时他的眼睛看不见其他东西，母亲的乳房便是他全部的世界。

是母亲的乳房吗？他觉得有些摇晃，像是已经钻进母亲的衣服，然后是一对巨大的乳房压了过来。

母亲是五十岁之后开始急剧发福的，所有的衣服都会被她撑破似的。尤其是那对硕大的乳房，仿佛随时会从薄薄的汗衫里面滚出来。想到这里，他几乎要窒息，在期待和疲惫中大口地喘着气。哦，母亲的乳房！哦，母亲的乳房。尤洋像是要说服自己。但他刚刚想到母亲的脸，那对硕大的乳房却倏忽不见了，四周又恢复了漆黑。尤洋觉得特别难受，像身体里有一件东西被抽离了一般。

尤洋是要去参加一个公司会议的，一个很普通的会。汽车不急不徐地开着，公路两旁的植物在缓慢的音乐声中哗哗地向后倒去。植物们好像是突然长大了，在五月的阳光下已经有了灼灼的样子。尤洋想，果真是夏天了。他掏出一包香烟，抽出一根到唇间，动作娴熟而又准确。点了烟，再往靠垫上一躺，这日子就慢下来了。他喜欢萨克斯音乐，这种乐器的声音低沉和缓慢，像情人间的倾诉一样暧昧。司机小钱年纪不大，却是一个老司机了，他把油门轻轻地压了压，黑色的奔驰像一只轻盈的燕子，在高速路上的汽车缝隙中钻来钻去。尤洋很享受这样的时候，他觉得自己成了隐身人，可以在这时间的间隙中随意穿梭。

还要多长时间？尤洋懒懒地问道。

大概俩小时吧，您困了就先睡一下。小钱对着后视镜望了望，显然是感觉到他的疲惫。

怎么能不疲惫呢？昨晚一宿他几乎都跟苏苏缠在一起。按说，在苏苏身边可以睡得很踏实。但他的身体却一次次把他唤醒，他像一个很长时间没吃饱饭的孩子，一下子看到可口的食物，就有些控制不住自己了。或者说，他心理上是睡安稳了，但他的生理上却没办法安稳。这似乎是一个很矛盾的概念，事实上一点也不矛盾。比如，和小欣在一起就是相反的状况了，他的心理上会整晚整晚不安稳，但生理上却是一点反应也不会有。不要误会，尤洋并不是一个花心的人。小欣手术之前，准确地说，应该是小欣刚手术之后的一年之内，他的眼里都还只是小欣一个人。但手术之后的小欣却不是之前的小欣了。之后的事情真的不能怪他，他还是愿意接纳小欣的，但作为男人，他的身体却是他没办法控制的。

手机响了起来，像是从萨克斯的乐声中突然蹿出来的。尤洋拿起手机，看到是母亲的电话，便立刻接了。

端午节回来吃饭吗？母亲的声音还是和从前一样，温柔之中带着一点霸道。从小到大，他知道母亲的问句仅仅是问句而已，她需要的其实不是答案，只是通知。尤洋说好的。母亲问几个人，尤洋说当然是三个，他和小欣，还有他们的孩子。母亲不喜欢小欣他是知道的，但她还是会接纳小欣，母亲是在用一种容忍的态度接纳小欣。孩子还没断奶时，母亲曾经盯着小欣的乳房看，眼神里像是藏了一种很深的仇恨。小欣曾经被母亲这样的眼神吓了一跳，她告诉尤洋说再也不敢在他母亲面前哺乳了。小欣和母亲真正的争吵是在孩子断奶的时候。那时孩子还不到六个月，小欣原想在周岁后断奶的，是尤洋坚持要提前。尤洋也说不清楚这是为什么，他只是不愿意儿子这么霸占着老婆的乳房，这让他不习惯，或者说让他不舒服，甚至让他尴尬。所以，他对小欣说给儿子断奶吧。但母亲不知道是尤洋的原因，她以为是小欣不愿意了，所以她不高兴，所以她突然就爆发了。母亲说小欣不配当她孙子的妈，她说男孩一定要吃足奶水，还说她奶尤洋就一直奶到六岁。这话说了一半，就让尤洋制止了。他觉得母亲让他难堪了。之后的事也证明母亲确实让他难堪了。小欣问，你真的吃到六岁？他恼羞地不理她。小欣又问，你母亲让你吃到六岁还这样丰满啊？他还是恼羞地不理她。小欣又说，难怪你这么迷恋……这话没说完，尤洋把一只杯子摔到了地上。

尤洋的父亲早早就去世了，是母亲独自抚养他长大。小的时候，他觉得只有母亲的胸部才是安全的。他哭闹的时候，不安的时候，母亲把衣服一撩，全世界就安静了。再长大一些，母亲不让他把头埋在胸前睡觉了，但他的小手还是一定要伸进母亲的衣服，去摸索那种让他心安的柔软。有一次，他刚刚睡醒，却找不到母亲，就爬起来走到客厅里。他看到母亲的衬衣敞开着，一个男人埋在她丰满的胸前。尤洋立刻大哭起来，仿佛全世界都离他而去了。男人仓促地离开后，母亲哄了他很久，把他的头按在敞开的胸口上他也停不下来。他是在赌气，赌气不要母亲的乳房，他是在用这种方式抗议自己的领地被别人侵犯。最后，在母亲的乳房之间，他重新确认了很久，才慢慢地安静下来。母亲一直没有再婚，而之后母亲的乳房，也确实只属于他一个人了。

"爸爸！爸爸！"罐子外面传来很清脆的童声。孩子，对，他有一个孩子。那是个男孩，叫什么名字来着？他有些想不起来，这真是一个讨厌的梦。无论如何，那是我的孩子呢，他一定会救我的。他开始期待孩子的营救。那孩子应该去打碎那只罐子，用脚踹，用石头砸！嗯，搬起一块大石头，就像司马光砸缸一样，哗啦啦一声，他就从罐子里滚出来了。尤洋也砸过缸，那是一只种满铜钱草的陶缸。小欣手术后喜欢种各种花花草草，种好了还不停地变化位置，好像无论摆在哪里都是不恰当的。那天，尤洋开会刚刚回来。他太忙了，公司每天开会，和苏苏一个月也才见一两次。但他却必须每天应付小欣的各种指令，比如接孩子，比如挪移那只种满铜钱草的陶缸。陶缸很重，一会儿放在客厅，一会儿搬到餐厅，一会儿搁在阳台。换到第三个地方时，小欣的口气就不好听了，说他脸色不好，说他不情不愿……他抢起一块养着苔藓的鹅卵石就砸了过去，陶缸嘭的一声，铜钱草就和里面的泥水流了出来，弄得整个阳台都是。

那个孩子不舍不弃地叫着爸爸。他想起来了，孩子叫尤亮，穿着蓝色的校服，剪着短短的平头，左脸有一颗黑色的痣，和尤洋一模一样。这么一来，那个声音好像突然重要起来，他的心里升起一种烧灼感，然后就有一种热乎乎的东西从胸口的位置开始升腾，慢慢地涌上来。涌到喉咙口，他似乎听到咕咚一声响，那股子东西在喉咙停顿了一下，又继续往上涌，直到涌进他的眼眶，然后顺着他的面颊落下来。他能感受到那种热，经过他的面颊，滚落下来。

爸爸！爸爸！尤洋！尤洋……那么多的声音，有男的，有女的……那些充斥着欣喜和悲伤的声音仿佛就要穿过罐子。他甚至因此看到一丝光亮，很远，很散，从罐子的高处落下来，落进他的眼睛。透过这束光，他看到了他的孩子，这真是一个瘦小的孩子。尤洋不禁后悔起来，后悔让小欣那么早断奶。自从断奶后，这孩子就一直往医院跑。每当一瓶瓶液体顺着管子流进他的身体时，尤洋就想，女人的乳房果然是水做的，这孩子没有喝够，就变着法地从这些液体里得到补偿。尤洋还看到了小欣，她好像刚刚跑步了，胸口一起一伏，透过她严严实实的上衣，尤洋有些绝望地看到一只钢筋扎起来的海绵胸罩。

那束光线越来越亮。尤洋又试图去看别的，比如他的手、他的身体，或者是那只巨大的罐子。但他看不见，除了光，他什么也看不见。过了一会儿，那束光逐渐暗了下去，像熄灭了一般，罐子里恢复了黑暗，或者说恢复了混沌。他不由自主地又伸手去抓，试图去抓住光亮，抓住罐子外面的声音。但他的手，什么也抓不到。

我在哪儿呢？他觉得自己成了一种会飞的物质，在疾速地飞。他的双手抓不到自己，这抓不到自己的感受实在太不好了。在以前，他一直觉得这双手能抓着别的东西才是最重要的。但现在，他发现抓住自己才是最重要的。

汽车突然慢了下来，幸好安全带绑在身上，他才没有从座位上滚下来。尤洋吓了一跳，这才发现自己竟是睡着了。

怎么了？尤洋问小钱。

前面堵车了。小钱说。

堵车就不太好了。不知道得在这车上多久呢。尤洋是那种喜欢把时间控制在自己手里的人。他可以不急不徐地做事，包括坐车，但怎么慢都是胸有成竹的，都是可以把时间控制在自己既定范围之内的。比如这次，他的计划是四个小时到省城，其实可以在三个小时赶到，但他愿意把时间拉长，拉成四个小时。这样，时间就会变得柔软，像女人一样。尤洋这样和小钱说。只是，这时间一旦不在他控制的范围内了，尤洋就会有些不舒服了，甚至会忍不住忙乱起来。

怎么好呢？他问小钱。

小钱说队伍不长，应该能及时通车吧。刚说了不久，车队似乎就动起来了，像一条巨龙一样，慢慢地加速。尤洋安心了一些。

苏苏真是一个好女人。尤洋的心思又活络起来。其实，尤洋很少留宿苏苏那里。苏苏在 Y 县，只有一小时不到的车程，尤洋基本都是过去睡个下午觉就赶回来。昨天因为要去省城出差，就找了个由头经过 B 县住了一宿。苏苏开始还不相信，以为尤洋又是抽空过来缠绵两三个小时就会走人。直到他在她怀里睡醒了还接着睡，才相信这个男人终于有一个完整的夜晚是属于她的了。一直以来，苏苏都觉得自己只是尤洋一个整理自我的地方。他疲倦了，难过了，生气了，甚至高兴了，都会过来，把自己埋在她的胸前。仿佛那里有一根定海神针似的，能让他平静下来，然后沉沉地睡去。

遇到苏苏其实是意外，尤洋从未想过要和别的女人发生什么。那天，应该是小欣手术后一年左右。是个周六，每个周末他都渴望好好睡一觉，但都无一例外地失败了。虽然没能睡着，他还是强迫自己躺到十一点，才在辗转中起床。早饭也没有吃，简单地洗漱之后，他就出去了。他记得是和小欣说出去加班。但他却没有去，径直去了万地广场。不知道怎么回事，他渴望人群可以淹没自己，所以常常一个人逃到这些热闹的商业区去。他在万地广场的人群中穿梭了很久，逛了几家女人内衣店，又去咖啡店喝了一杯浓咖啡，最后他去了电影院——他实在不知道去哪了。就在电影院的售票柜台前，他一眼看到了那个女人——她穿着一件薄棉的男式衬衣，下摆塞在一条泛白的牛仔裤里。说实话，无论穿着还是长相她都一点不耀眼，甚至有些普通。但他却一眼看到了她，从她走路的姿态里，他看到了她。女人果断地往柜台前走去，她的胸部——

他几乎可以看到轮廓的胸部，微微地颤动着。尤洋不自觉地跟在她的后面，他看到女人在电脑屏幕上选了6排3号。他没有犹豫，或者说根本没有看女人选的是什么电影，他在女人刚刚离开的页面上，选了6排2号，然后拿着电影票进了影院。电影比较文艺，好像是关于一个叫萧红的女人的电影，像纪录片似的，冗长而又无趣。但这又有什么关系呢？他隔壁的座位有一个女人，实实在在的女人，这个女人走路的姿态充满了女人味。他喜欢这种女人味，他甚至相信女人味是一种神秘的气息，像沉香一样，幽幽的，弥漫在她的周边……在这样的女人味里，他终于沉沉地睡去。

萧红的电影什么时候结束的，尤洋不知道。是女人扯了扯他的袖子，说："先生，电影结束了呢。"他才蓦地醒了过来，才知道他挡着她的道了。他立刻抬起腿，让女人过去，然后也站了起来。女人走得很慢，像是一边走一边想着什么。尤洋像机器人一样跟着她。后来的很多次他向苏苏描述时，都是这么说的，说他一定中邪了，完全不知道自己是跟着她的。直到她突然停下来，问他话的时候，他才意识到自己跟了人家很久。幸好他足够机智，他说，您是不是在区政府大院上班？她说不是。他又说，那您一定去过办证中心吧？她说去过，有什么问题吗？他说那就对了，我们一定认识，您是在哪儿上班的？她说她是Y县幼儿园的老师。哦，是老师，那就对了，是老师。女人有些莫名其妙，但还是给他留了电话号码。两个人就这样认识了。尤洋其实是一个不擅长和女人搭讪的男人，但那天却突然变得那么机智。在几个星期之后，他成功地把自己埋在这个女人胸前的时候，他跟她说这就是缘分，他注定要认识她，注定要和她有这样的肌肤之亲。

尤洋不喜欢黑暗，尤其不喜欢在黑暗里独自一个人醒着。小时候，半夜醒来如果摸不到母亲的乳房，他就会哇哇大哭。后来长大了，几乎到青春期了，他才用自残的方式逼迫自己离开母亲的乳房。但随之而来的是，他掉进了无穷无尽的黑暗。直到有了小欣，他才再一次找到光明。是的，光明。尤洋相信女人的乳房会生出一种光，只有枕着这样的光亮，他才是心安的。乳房，便是他黑暗中的一盏灯，他相信。就像在这只巨大的罐子里，只有那对偶尔出现的乳房是他的明灯，他依赖着，坚持着，紧紧地。

但小欣却拿各种东西戳他，戳他的脸，戳他的耳朵，戳他的鼻子，在黑暗之中……他忍不住想打喷嚏，但他忍住了。他开始厌恶小欣，她明明知道他经常失眠，还要在他耳边使劲地叫他："尤洋，尤洋……"有时候轻轻地叫他，有时候是用力地叫他，有时候像是很伤心，有时候却是在骂他……尤洋有些懊恼。他是多么想好好睡一觉。

自从手术后，小欣的欲望好像一下子被掀开了。他越来越相信女人之所以是水做的，是因为那一对乳房。她们一旦离开这样一对装满水的乳房，便不再是水做的了，所有的柔软和温暖好像同时失去了。小欣的欲望好像突然膨胀起来，她像一块石头一样要求他做爱，无休止地做爱，仿佛不做就不能证明他还爱着她。

手术之前的小欣多么好啊，就像她那对乳房——丰盈、柔软、温暖。每个晚上，尤洋都要把自己埋在那对乳房之间，那种感觉，就像埋在大海里，空旷而安全，有微微的潮汐声。身材小巧的小欣看上去并不丰满，去内衣店的时候，服务员凭目测甚至会递给她 A 罩杯的胸罩。但尤洋第一次看到她的时候，就从步态里发现了她的不同。小欣是 C 罩杯，尤洋果然没有猜错。但现在，小欣的乳房却没有了，早在五年前因为乳腺癌被完全切除了。切除之前，尤洋说只要小欣活着，只要小欣乳房底下的心跳依然蓬勃，尤洋说他不在乎生命之外的东西。但事实是，他再也接受不了这样的小欣，尽管他总是强迫自己去接受。每一次做爱，他不再像以前那样在她的胸前停留很久，他甚至不再触碰那个位置，每一次都要小心地避过，仿佛那里埋着一颗地雷。但最后，他的身体依然欺骗不了小欣，他没办法去完成，总是在关键的时候像潮水一样褪去。在以前，小欣的性事总是可有可无，一切的主动权都在尤洋的手里。尤洋说想，小欣就会把自己剥开，像一朵等待开放的鲜花一样。尤洋说累了，只想倚在她的胸前睡一觉，她就像母亲一样把他揽在她柔软的怀里。但现在的小欣却变得无比坚硬，她几乎每天都要折腾，尝试各种办法。比如，她在睡衣里面穿着昂贵的胸罩，假装那里还是坚挺的。但尤洋不行，在小欣的坚硬面前，他像雪花一样快速凋零。他对小欣说可能是自己老了。但只有他自己心里清楚，他要的不是那样一对凸起的视觉形象，他痴迷的是触觉，是那种柔软、温暖、光滑又充满弹性的触觉。

这些生活，是尤洋也始料未及的。有时候，尤洋也会想自己对不起小欣，想着要改变自己。但他做不到，连自己都无法拯救，又如何谈得上拯救别人？每个黑夜，尤洋心中只剩下无穷无尽的惊涛骇浪。噩梦连连时，他会不自觉地翻身去摸索，摸索小欣的胸部。但他摸到的只有小欣的睡衣——严严实实的棉布睡衣。手术后，小欣再也没有穿过丝质的低胸睡衣了。

尤洋掏出手机，打开微信，看到小欣发来的信息。小欣说，离婚吧。小欣还说，不要装着没看到了。这几年，这类信息小欣发了很多，像间歇性毛病一样，过个把月就得发作一次。但奇怪的是，他回家的时候，她却一句也不会提，好像那些信息从来不是她发的一样。尤洋也说不清楚自己是愿意离婚的，还是不愿意离婚的。

苏苏原本有一个男朋友，因为尤洋，他们分手了。按说，他应该要和小欣离婚，然后娶苏苏的。但他似乎是在等待小欣当面提出来，又似乎害怕小欣当面提出来。每次收到这种信息，好像约定好的一样，他不回复，回家后也装着什么也没收到。苏苏问过他，为什么不离？为什么不离呢？他清楚地记得小欣手术之后，医生让他过去，他一下子就万分惊悚起来，他害怕真的会从一个托盘上看到那样一对乳房——那样一对比自己身体任何器官都要熟悉的乳房。想着这些的时候，他觉得真正的小欣就藏在那对乳房里面，她早就死去。然后，尤洋就忍不住万分悲痛起来。

　　是尤洋自己想出来的办法，在小欣手术后的第三个月后。他是在看到儿子尤亮拿着一只气球灌水的时候，突然想到的。然后，他到街上买了很多没充气的气球。每一个夜晚来临的时候，他会把两只装满温水的气球放在枕边。在黑暗之中，贴紧两只气球不停地摇荡、摇荡……直到进入小欣的身体。尽管，不小心碰到小欣坚硬的胸部时，很快就会结束。

　　那段时间，他们的生活似乎格外安静。每天睡觉前，小欣默默地看着尤洋给气球装水，扎紧，然后裹进丝质的睡衣里面。尤洋看到，小欣看他做这些事的时候，目光是复杂的，既有期待，又有痛苦。但小欣却从未反对，甚至从未说话。她只是在每次完事后，把那两只装满水的气球撕破——她从不用剪刀或者别的什么工具，她都是用手撕——"嘭"地一下，气球在她的手里炸开，球里的水像司马光砸缸的水一样滚出来，然后，她把它们扔进垃圾桶。尤洋从来不看她撕扯气球，好像他的事一结束，气球便和他不再有任何关联。但他会不厌其烦地去买新的气球，要求也越来越高。他要专门挑选那种接近肉色的气球，他要用温度计把水温调到36.5度，他要把气球——准确地说应该是水球，控制在恰到好处的尺寸。尤洋装水的时候非常专心,用手掌去感觉它的大小,握一下,然后倒出来一点,或者装进去一点。

但这样的和谐也仅仅持续了三四个月。在一个漆黑的夜晚,尤洋把两只气球按在小欣胸前,完全沉浸其中时,其中一只装满水的气球突然破裂了,湿湿的水把两个人都浸透了。尤洋打开灯,把那只干瘪了的气球撕成了碎片。从此,两个人再也没有同过床。

有了苏苏之后,尤洋的生活变了一些。小欣似乎也变得不那么坚硬了,除了睡觉,他能接受小欣每天穿着空心的胸罩在家里走来走去。只是无论多忙,他每个月一定要去Y县找苏苏,他需要到苏苏那儿睡一个踏实的下午觉。

尤洋觉得有一些疲惫。不是乘车的疲惫,而是面对这样信息的疲惫。小欣的间歇性信息,会引发他的间歇性疲惫。他经常觉得从头到脚、从毛孔到骨头,全部装满这样的疲惫。在萧山服务区,他和小钱说,去吃点东西吧。吃了点快餐后,尤洋又去了趟洗手间,便又回到车上。看到小钱还没回来,他就拿出手机给苏苏打电话。每当这样的疲惫压过来,他就会想给苏苏打电话。苏苏却哭了。这通电话他一句话都没有说出来,只听苏苏说了四个字:再住一晚。小钱回来后,他便嘱咐说:三点之前赶到吧,明天还要过一下Y县。

午后的高速公路特别空旷,小钱把油门踩了再踩,车子精神抖擞地冲向省城。这是一个多好的司机啊。尤洋想。小钱应该早就知道他和苏苏的事,但他什么都没说。他觉得应该给小钱涨工资了。

车窗外的太阳似乎更明亮了,明晃晃的,隔着车窗的贴膜柔和了许多。周边的一切都在往后退,像是给他让路。尤洋觉得自己成了那位夸父,正在高速公路上奔跑、追逐。太阳也在奔跑,但没有车子快。有那么一个瞬间,尤洋觉得自己离它很近了,仿佛马上就可以抓到。只是，突然地，就碎了！整个太阳像那只突然炸了的气球一样，到处落满明晃晃的玻璃珠子。哦，不，是水珠子。透过这些碎了的珠子，尤洋看到了很多巨大的乳头——殷红殷红，像血一样。

分不出白天黑夜，更分不出日期时辰。这样一个无边的梦，尤洋实在不想做下去了。有时候，他还是会使劲地去抓自己，但多数的时候，他已经放弃了。还有的时候，他也会去喊，那种发不出声音地喊。黑暗里，他经常会觉得喘不过气来，他甚至放弃了挣扎——是没有人会去砸开这个罐子的！他这样想着。还有的时候，他觉得自己被关进《西游记》中的阴阳二气瓶，一时三刻，说不定他就化成水了。又或者，他已经是一滩水了，要不然他为什么抓不住自己呢？罐子外头的人说不定正拿着这个瓶子摇晃呢，叮叮咚咚，果然有水的声音，那妖怪就得意地笑了。

想到这里的时候，他又觉得自己根本不是在一只罐子里，而是在一只气球里，一只装满水的气球里。里面的水自然不是他装的，它们来自女人的乳房。这种感觉让他异常心安：在一只乳房里荡漾，还有什么比这更好呢？这么想着，他似乎要睡觉了。他多么累啊！在黑暗里失眠了这么久。每次，当他快要睡着的时候，那对巨大的乳房就会出现，诱惑着他，逼迫着他。他多么想枕在上面，好好地睡一觉，却没办法触摸到，只能仰视它，追逐它。哦，太阳。他想到他追逐的那只太阳。

他看到小欣了。这个无比坚硬的女人，两鬓已经斑白，她的目光里有一朵小小的火焰，越来越大。小欣，我收到你的信息了！他想这样告诉她。他决定告诉她的，面对面地告诉她，他收到这个信息了。小欣说，离婚吧。小欣一次又一次地说，离婚吧。他都收到了。他仿佛看到自己张大的嘴巴附在小欣的耳边，说，小欣，我收到你的信息了，我们离婚。然后他就流泪了。他不明白心里有个地方为什么变得很痛。小欣，我们离婚吧。他再次说！他一次一次地说！他声嘶力竭地说！但小欣听不到，她听不到他说的话。然后，他看到这个坚硬的女人，到处生出棱角，像刺猬一样。再然后，他看到这个坚硬的女人，她那长满棱角的双手，刺向了那只装了水的气球……

　　他开始摇摇晃晃起来，耳边好像有人在呼唤：尤洋，尤洋……他太想睡了，以至于分辨不出是谁的声音。他真的就要睡着了。他看到一只乳房漏水了，像气球一样瘪了下去。他看到那只巨大的罐子碎了，像司马光砸缸一样，无数的水滚了出来。但尤洋却没有滚出来，他变成一条失去水的鱼，挣扎了一番，终于沉沉地睡去了。

我叫郭美丽

听到郭美丽跳楼的消息，余小鹏心里骤然一惊。

郭美丽几乎每个工作日都要来一趟街道，在余小鹏这里絮絮叨叨说上很久。红衣服是她的标配，大红灯笼那种鲜艳的红。发福的身材配上红红的衣服，让她看起来更加臃肿。刚开始，余小鹏想象过她的年龄，心想着可能五六十了吧。直到看了资料，才知道她和自己母亲同龄，刚满四十八岁。

余小鹏无论如何想不到，这个红红的女人会从三层楼高的阳台上跳下去。所幸她落在了自家厨房的瓦背上，然后再从屋顶滑到院子的花坛里，这才免去了性命之忧。

樊大明在郭美丽跳楼的第二天就到街道找刘威东了，言语之间有些要挟的味道。大概意思是，如果满足不了他的要求，就把郭美丽跳楼的事闹到网上去。在以前，樊大明再闹也是收着的，就像一堆火被包在身体里，只是浑身涨得通红。但这次，这些火仿佛终于找到了出口，就像吹足气的气球突然被戳了一个洞，那些通红的火气"嗖"地一下就钻出来了。

樊大明最后是气势汹汹走的，好像街道上所有人都欠了他妻子一条命。

按樊大明的说法，郭美丽之所以跳楼是因为牛棚拆迁。

这样的原因让余小鹏十分担心。无论如何，郭美丽这户书面上的街道联系人是余小鹏。所以，看到樊大明愤怒的样子，他就忍不住有些紧张，好像郭美丽跳楼真和他有关似的。好在樊大明离开时没有找余小鹏，甚至看他一眼都没有，这让余小鹏暗自松了口气。

对刚刚毕业的余小鹏来说，他还是第一次碰上这么大的事。白泉村的拆迁刚刚启动时，包括樊大明户在内的五户是分给余小鹏的。也就是说，前期的工作，收集资料、查询档案什么的，都是余小鹏和他们家联系的。一套程序走下来，另外四户顺利签约了，只剩下樊大明家迟迟未能签约。

他们家的矛盾焦点是牛棚的补偿问题，樊大明提出要按住宅予以补偿。

牛棚的产权证余小鹏看过，产权人只写了郭美丽的名字，用途栏清楚地写着"牛棚"二字。多方调查的结果也是牛棚，只是近两年租给了刘芳芳才住了人。房子的用途不同，补偿的数额也不同，按住宅算能有五六十万，按牛棚算却只有几万。因为数额相差太大，夫妻两个怎么都想不通。他们提不出其他的佐证，只好天天磨着刘威东。刚开始是樊大明过来，拍过桌子也塞过香烟。余小鹏记得，有一次樊大明拎着只黑色塑料袋进了刘威东办公室，出来时腮帮子鼓鼓的，脸涨得通红，还把那只塑料袋用力砸到地上。然后，几条中华烟就掉了出来。他气哼哼地抬起脚要踩上去，中途却收住了。他默默地蹲了下来，把地上的香烟装进塑料袋……余小鹏看到，他起身的时候用力擦了擦眼角。

那次之后，樊大明就来得少了。然后，郭美丽就成了街道办事处的常客。

"我叫郭美丽！"她每次推开玻璃门，脸上都会挂着讨好的笑。郭美丽和樊大明不同，她从来不找刘威东，甚至碰到刘威东的时候，还会怯生生地躲开。她要找的人似乎只是余小鹏。余小鹏注意到，这个时候她的眼神是发散的，是望向所有人的，一副打扰到大家非常抱歉的表情。所有的人也会齐刷刷望向她，然后转向余小鹏揶揄道："你的郭美丽来了！"

她并不介意别人的目光，而是径直走到余小鹏跟前，弓着背怯怯地叫了声："余同志！"

这让刚参加工作的余小鹏有些惶恐。在街道办，来办事的人大多是不太搭理他这个小年轻的。他们进门后都是直接略过余小鹏，东瞅瞅西看看，然后嘟囔一句"人都不在啊"——好像余小鹏不是人似的。余小鹏常常感觉自己是透明的，是可以忽略不计的。就连樊大明，对余小鹏也只是刚开始时表现得十分尊重。后来，他看到余小鹏拿不了大的主意，就慢慢对他视而不见了。他知道决定权不在他这个毛头小伙身上，街道办的分管副主任刘威东才是拿主意的人。所以，他就常常越过余小鹏这个联络人，直接去找刘威东了。只有在郭美丽这里，他好像是一个十分重要的人似的。

"那是我的嫁妆呢！"她总是这样开头。

余小鹏给她倒上一杯水。她立刻受宠若惊地再三感谢，然后开始滔滔不绝地诉说。

"那真的是住着人的呢。"她沉默一小会儿，会这样补充道。

"唉，都怪我，是我太没用了。"说这话时，她的表情是哀伤的，或者说是无奈的。

她每次都能说上很久，还总是习惯性皱眉头，双眉之间挤出几道深深的沟壑。她说话时快时慢，好像只是自言自语一般。余小鹏听得不耐烦了，就会又搬过来一张椅子，打发她去边上的空位坐。她也不会死缠烂打，挪到空位后安安静静地坐着。偶尔，她还会问余小鹏借上一支笔、几张纸，然后坐边上认真地写上半天。她总是写一张揉一张，好像小说家找不到思路似的，一遍遍不停地撕，又不停地写。临下班时，她会把满桌子的纸团丢到垃圾桶里，再把其中一张写满字的纸叠好，然后郑重地交给余小鹏。

"余同志，我家牛棚的问题就拜托您了。"她低着头，有点怯怯的样子。

余小鹏接过那张纸，当她面打开扫了一眼。她的字并不难认，有点大，但还算工整，只是意思表达有点词不达意。

"我的字写得不好。"她又笑了笑，怯怯的。

"挺好的，我会交给领导的。"余小鹏也笑了笑。

"余同志，谢谢你了。"她把笔递过来，对着余小鹏鞠了个躬，红红的长袍也跟着拖到地上。

每当这样的时候，余小鹏就会发窘。他也拐弯抹角告诉过郭美丽，每天找他是没用的。他心里是希望她能像她的丈夫樊大明一样，直接去找刘威东。但郭美丽好像一点也没听进去，照例对着他反反复复地说着同样的话。

但是，这样的郭美丽，竟然会去跳楼。这让余小鹏百思不得其解。

二

樊大明被警察带走了，郭美丽跳楼的事立刻变得扑朔迷离起来。

据说是村里一个老人，正好看到了樊大明和郭美丽二人在阳台上吵架，推搡之间郭美丽就掉下去了。这个消息如同响雷一般，立刻震得整个白泉村的女人都在窃窃私语。

"男人嘛，再老实也是男人。"

"想娶相好的，离了就是了，为什么要把人推下去？"

"刘芳芳那个妖精能让一半资产被郭美丽分去？"

…………

在白泉村，几个女人凑一起就什么秘密也藏不住了。余小鹏原本不想听这些女人嚼舌头的，但听到和樊大明有关，还是忍不住竖起了耳朵。

刘芳芳这个人，用时下流行的话来说，应该算是樊大明的绯闻女友。当然，对余小鹏来说，她还有一个更为重要的身份——樊大明家牛棚的承租户。

牛棚是一间远在村口的矮房，二十多平方米，层高不足两米三。房子虽小，还是被隔成了套间。装了卷帘门的外间是理发店，左面是用粉色布帘遮拦起来的洗发区，右面是敞开的理发区。多数时候，刘芳芳都坐在理发区的圆凳上，有时在涂指甲，有时在画眉毛。哀怨的流行歌曲中，已逾不惑之年的刘芳芳有些妩媚妖娆的感觉。她面前那张可升降的理发椅，只有在傍晚或者晚上的时候才会坐着男人——白泉村的女人是从来不去芳芳理发店剪头发的。理发椅对着的墙壁上装着一面大镜子，从店门口左侧看过来，刘芳芳、理发的男人还有粉色的帘子都会悉数落在镜子里。路过的女人，就会悻悻地盯着镜子里的人，仿佛从中能瞧出什么秘密。

套间的里面便是刘芳芳的卧室了。理发店和卧室之间，也隔了一块粉色的帘子。在白泉村女人的眼里，这块帘子的后面是一个神秘的所在。女人们相互探问，仍然不知道帘子后面的摆设。她们也问过女房东郭美丽，但惜字如金的郭美丽只说了一个字——床。女人们倒像是捕捉到了重大的信息，立刻对这个字发挥了巨大的想象，仿佛那是一张与众不同的床。

白泉村列入城中村改造计划之后，余小鹏倒是多次进出这间神秘的卧室。里面的陈设却是十分简单，除了一张床，还有一张桌子和一个双门衣柜。那张床想必会让村里的女人十分失望，不过是一张一米二宽的简易木床，被褥倒是预料中的粉色。和外间的明媚比起来，卧室的光线很不好，只有水泥墙上角位置有一扇小窗，窗上也挂了一块粉色的窗帘。和卧室简朴的摆设比起来，几块粉色倒显得十分突兀。

卧室的最里面还有一扇小门，那是樊大明为了让刘芳芳有个烧饭的地方专门开出来的后门。门外是一棵梧桐树，树那边是一条人工河，河外便是空旷的田野了。后门左侧墙根的位置搭了一米开外的铁皮架，底下便是刘芳芳简易的厨房了，灶上偶尔会响起高压锅噗噗噗的响声。风吹日晒之下，那只单孔煤气灶也早就锈迹斑斑了。

樊大明作为房东，自然是常去芳芳理发店的。当然，大部分时候他是去收房租——这话是郭美丽说的。村里的女人说，美丽啊，你家大明在理发店呢。郭美丽就笑笑，又去收租了呢。所以，村里的女人都说郭美丽傻，收租哪能天天去呢。当然，樊大明自己的说法就比较多了。有时是去收租，这当然是最重要的，况且这房租也不一定能准时收上来，常常需要去很多趟才能收上来。只是，对村里的女人来说，这房租到底是用什么方式收的，又是另外一桩悬案了。樊大明还需要经常去修补房子，房东帮承租户修修补补确实挺正常的。而且这修补的事，就不仅仅是在外间的理发店里，还需要去里间的卧室了。

这房子太旧啦，不是屋顶漏水，就是电线短路。刘芳芳常常和理发的男人抱怨。

刘芳芳长得一点都不漂亮，这是村里女人一致的看法。她的五官确实挺一般，眼睛甚至是极小的，一笑起来就成了一条缝，弯弯的，窄窄的，和狐狸精一模一样。村里的女人这样描述。她的皮肤也不白，黄黄的，吃不饱饭的样子。那张圆脸看上去倒是挺白的，廉价的粉底霜抹了厚厚的一层。她全身上下最好看的是那张涂着粉色唇釉的唇，说话的时候两片粉亮的嘴唇一张一翕的，男人们的骨头立刻就酥了。

那些男人肯定是被那张嘴勾去魂的，村里的女人都这样说。

刘芳芳是村里的女人讨论得最多的话题。她们不厌其烦地讨论这个半老徐娘到底有什么魔力，能让白泉村的男人趋之若鹜。最后的结论是，这个女人长得丑，所凭的只是媚术。比如粉亮的嘴唇、粉色的指甲、比蝴蝶还招摇的笑声……

至于现在，她们还得出了一个结论：郭美丽的悲剧，是因为樊大明的魂被刘芳芳勾走了。

不过，现在的情况倒像是刘芳芳的魂也跟着樊大明被警察带走了。白泉村的人都知道，这个刘芳芳最在意的就是钱。不论旁人怎么说，也不管这牛棚是不是要拆迁，她的理发店照样每天准时开门营业。但郭美丽跳楼之后，那扇卷帘门就再也没有打开过。有人偶尔会看到她在后门外烧菜，远远地看起来也是神情恍恍惚惚的。

余小鹏想上门去了解一下情况，也是吃了个闭门羹。郭美丽坠楼事件发生以来，余小鹏就试图去了解真相。一个原因是他对郭美丽有些同情，还有个原因是他不相信郭美丽会因为牛棚补偿的事跳楼。但刘芳芳没有开门，她说这几天身体不太好，以不方便会客为由一口拒绝了他。

村里的人说，她每天躲在牛棚里面，必定是心虚了。

三

樊大明和郭美丽的事，余小鹏是听村主任说的。

两个人原本就是同村的，却不是什么青梅竹马的爱情故事。

郭美丽初中毕业后就辍学了，之后和一个城里的男孩谈起了恋爱。但后来不知道怎么回事，那男孩突然去了外地，怎么也联系不上。刚满二十岁的郭美丽却怀孕了，这个女人还一根筋死活不肯堕胎。她认定那个男孩会回来，会和她结婚，和她一起养大肚子里的孩子。结果自然没有遂她的愿，她的男孩一直没有出现。等到肚子显怀了，她才跑到城里直接找到那男孩的家。男孩的母亲是个狠心的女人，瞧都没瞧她的肚子，几句话就把她噎了回来。后来的事，白泉村的人都不太清楚，只知道郭美丽的肚子究竟还是扁下去了。

郭美丽未婚怀孕的事，村里的人明面上什么都不说，私底下其实都在窃窃私语。女人名声坏了其他再好也没用，郭美丽到了三十岁还是没能嫁出去，这才有人撮合了她和樊大明。樊大明身高不足一米六，父母早逝，还要供弟妹读书，一直找不着对象。他琢磨着郭美丽长得还算好看，旁人一撮合便一口应了下来。郭美丽这边，也因为知根知底，知道樊大明是村里有名的老好人，便也答应了。说亲时，郭美丽的父母觉得女儿究竟是怀过孩子的，担心樊大明嫌弃，和说亲的人提过一嘴，说如果成了嫁妆会丰厚一些。但真到成亲的时候，郭美丽的父亲却说家里没钱，还有个弟弟要娶媳妇，反正同村，就把那个牛棚当作嫁妆好了。为这事，听说郭美丽和家里闹过，意思是父母重男轻女，给个废弃的牛棚就把她当包袱一样丢给别人了。樊大明心里也有气，却也不好发作，毕竟也不好把怀过孩子的事拿到明面上说。

村主任说，这许多年来，两口子虽然常常会拌个嘴什么的，但也算相安无事。直到两年前，樊大明脑子突然开窍了，想到把这牛棚粉刷一新拿去出租。能出租换点钱原本也是好事，可偏偏就租给了刘芳芳。

刘芳芳可不是省油的灯，她一来就把白泉村的风气都给带歪了。村主任摇着头说。

从前，白泉村的男人干完活儿都回家陪老婆孩子，但刘芳芳来了之后，一个个就整天琢磨着往理发店凑，就是不理发的，也总要凑边上说几句荤话才能过瘾似的。

村主任一副语重心长的样子，言下之意是刘芳芳祸害了一村子的男人。当然，最让他痛心疾首的，就是樊大明了。

多老实的人啊，也禁不起诱惑。村主任这样总结。

"被抓住现行了？"有同事问道。

"那倒没有。"村主任说，"但是，你是没瞧见樊大明那个热乎劲儿，对那女人是百依百顺嘘寒问暖的，对他老婆倒是没一句好话。那女人也一点不避嫌，整天大明哥大明哥地叫，听得别人都能起一身鸡皮疙瘩。"

"这也不能说人家就是有这档子事啊！"刘威东笑着说。

村主任眨巴下眼睛，像白泉村的女人那样小声地说："那牛棚的外间，就是理发店，谁都可以去闹腾，甚至摸上几把都是可以的。但是，牛棚的里间，就是那条粉色帘子的后面，却是谁也不许进去。全村只有樊大明是个例外，不但可以自由进出，一进去还能待上很久。"

按村主任的说法，夫妻二人的关系就是从那个时候开始恶化的，他们家也经常会传出噼里啪啦摔盘子的声音。村主任说，郭美丽看起来很傻，实际上却是不傻的。她必定早就看出二人之间的问题了，但她又能说什么呢？她自己就是一个不检点的女人，当初是没有结婚就怀了孩子的，又有什么资格去要求她的男人规规矩矩呢？

"原本一个装聋作哑，一个偷偷摸摸，就可以把日子过下去。

只是，谁知道会拆迁呢？"村主任的意思是，拆迁让樊大明的身价高了，原来只是逢场作戏的刘芳芳保不准就真的看上樊大明了。村主任的分析让余小鹏有点不舒服。郭美丽只是婚前经历了一次失败的恋爱，就被扣上不检点的帽子了。而且，还把悲剧的根源归结到拆迁。

樊大明是全村公认的老实人，或者说是一个老好人。平日里，樊大明的话不多，一张黝黑的方脸上总挂着憨憨的笑。他从未和村里的人红过脸，遇事都抱着吃亏是福的想法，嘿嘿一笑就算过去了。他那辆养家糊口的教练车，村里的男女老少几乎都坐过。但凡谁家有个什么急事，只要招呼一下，他二话不说就会把车开过来，就像白泉村二十四小时在线的专职司机。

不过，酒后的樊大明却是另外一个人。他特别喜欢招呼别人到他家吃酒，村里好酒的人几乎都到他家吃过酒。他热情地给人倒酒，一遍一遍地介绍这酒用了什么米、放了几斤水。吃酒时，他黑黑的脸会泛出红红的光，他的五官也会随着唾沫星子四处溅开而变得异常生动。他一边喝酒，一边从驾校徒弟说到国家大事，再说到国际形势。他指挥着郭美丽烧菜，指责那些菜是淡了或是咸了，很有一家之主的威风。

樊大明在郭美丽面前是傲慢的，甚至是不可理喻的。有人曾经见过樊大明把一盘刚烧好的菜泼在地上。郭美丽什么都没说，只默默地拿过扫把和畚斗过来清理。樊大明还把一只红色的热水瓶砸到地上，"呼"的一声，滚烫的开水四处跳起来。家里的樊大明和外面的樊大明完全不一样，他就像二寸的炮仗，火一点就会炸开来。

村主任说，怀过孩子加上用牛棚抵了嫁妆，这两件事让郭美丽永远矮了樊大明一截。

四

郭美丽的女儿樊星突然找到余小鹏办公室。

那姑娘和郭美丽长得一模一样,把余小鹏吓了一跳。怎么说呢,那种感觉就像接力赛似的,一个郭美丽刚刚倒下,另一个郭美丽又站起来了。

郭美丽跳楼之后,街道是有些担心会引发舆情的。但警察把樊大明带走之后,大家悬着的心又有点放下来了,说明这事是家事而不是公事。让余小鹏没想到的是,才清静没几天,郭美丽的女儿就过来了。

樊大明和郭美丽有两个孩子,女儿樊星职高毕业后在莲城广场的西部餐厅当服务员,儿子樊宇在省城的一所二本大学就读。余小鹏之前去郭美丽家走访时,好几次都碰到过樊星。只是那姑娘基本是头也不抬的,躲自己房间里玩手机。在余小鹏的眼里,她不过就是郭美丽家的一个孩子。

但现在,这个孩子和他家大人一样,在他面前喋喋不休。

"小哥哥,那牛棚真的是住人的呢!"樊星认真地说。

余小鹏这才注意到孩子已经不是孩子了,而是和他差不多大的年轻人了。她穿着一件宽松版的T恤,胸前印了一只鲜艳的红唇,松垮的牛仔裤大腿处挖了一个大洞。

"你看,我妈都被逼得去跳楼了。"樊星眼里闪着泪光。

"你爸妈现在怎样?"余小鹏有些同情这个姑娘。和自己差不多年龄的,家里突然出了这样的事,心里必定是难过的。

"我妈还在医院,我爸……还在里面。"樊星的眼泪落了下来。

余小鹏不太会安慰人,只是实事求是地和她分析牛棚的具体情况。他心里的想法是,年轻人之间应该好沟通一些,说不定可以通过樊星把工作做通。

但樊星显然是没有听进去，她似乎沉浸在自己的世界里。

"那牛棚……"她吞吞吐吐地说，"也是……也是，我的嫁妆呢。"

"你的嫁妆？"余小鹏以为自己听错了，"不是你妈的嫁妆吗？"

"是我妈的嫁妆，但以后就是我的嫁妆了。"樊星笑呵呵地回答道。

"我都被你说糊涂了，到底怎么回事？"余小鹏起身给樊星续了开水。

樊星这才开始絮絮叨叨说起来。事情的起因是樊星怀孕了，男朋友就是她工作的西部餐厅的厨师。西部餐厅余小鹏是知道的，这是莲花城近年来刚兴起来的网红餐厅。余小鹏去过几次，知道那里不仅能吃到正宗的新疆美食，还有许多融合了莲花城饮食习惯的佳肴。樊星说她男友厨艺非常好，人也踏实，但因为来自新疆，在莲花城没有片砖半瓦，所以希望她能跟他回老家结婚。但樊星不愿意去那边，一是新疆实在太远，二是男友的厨艺虽然好，但如果回老家做新疆菜就不稀罕了。所以，她便想打掉肚子里的孩子，未来的事不打算多考虑。

但郭美丽死活不肯。用樊星的话来说，母亲听到这事就像变了个人，差不多一哭二闹三上吊，所有的法子都使上了。她不准樊星打掉孩子，还要求樊星必须马上和男友领证结婚。但樊星却不想这么随便地就把自己嫁了。她希望在莲花城有套婚房，小两口可以从容地结婚，然后生子。厨师男友也对莲花城的房价心生恐惧，一心只想赚点钱回老家。

"你妈，是因为这事跳楼？"余小鹏小心翼翼地问。

"不是……"樊星的声音突然低了下去，"我妈——我妈说，未婚怀过孩子的女人会被人嫌弃一辈子！"

余小鹏不知道该说什么了，他想到了郭美丽年轻时的遭遇。

"……我真的不知道该怎么办了……"樊星低头摸了摸肚子，和刚来时的样子判若两人。

"但是，这和牛棚又有什么关系呢？"余小鹏觉得他们的谈话似乎有些跑题了。

"这牛棚，就是我妈为我争取的！我爸最后同意，无论这牛棚赔到多少钱，都归我！"樊星的声音低了下来，"我妈让我用这个钱和温于兵在莲花城买个房子，然后结婚，生下孩子。"

温于兵是她厨师男友的名字。她开始轻轻地涩泣，全然不像刚进来时的样子。

余小鹏把抽纸递了过去。樊星扯过一张，濞了一把鼻涕，却越哭越伤心起来。抽纸被一张一张地抽出，然后揉成一团团扔进了垃圾桶。从她断断续续的叙述中，余小鹏才了解到其中的曲折。

在樊星的印象里，父亲的脾气确实不好，会因为学习的事打骂弟弟，会对母亲突然暴跳如雷。但父亲对她却是一直很好的，从小到大几乎没有骂过她一句，打她更是从来没有的事。但这次父亲却打了她，结结实实地打了她两个嘴巴子。当"婊子""下贱"这些恶毒的字眼从父亲的嘴里蹦出来时，她不敢相信这个人是自己的父亲。她说，父亲看她的眼神，分明是一个仇人，是鄙视，是仇视。她说就在那一瞬间，二十多年血脉亲情仿佛立刻被碾得粉碎了。

让她更为吃惊的是母亲。这个叫郭美丽的女人使劲拽住了自己的丈夫，像是要用自己的生命挡住女儿所有的罪孽。樊星说她从来不知道母亲会有这么强大的力量。在她成长的二十多年里，母亲是从来不和爸爸吵的，每次爸爸声音稍微高一点，妈妈就大气都不敢出。她眼里的母亲，哪怕是父亲把开水瓶砸在她的跟前，她也只会默默地去拿过扫帚。

　　但这一次，母亲却像是要把从前积蓄的力量都一齐迸发出来似的，好像这么多年的沉默都是为了应对父亲这一刻的发怒。樊星几乎忘记了悲痛，她盯着那样的母亲，看到了母亲懦弱的眼睛里凝聚了坚定。

　　她说，星星肚子里的孩子不能打掉！

　　她说，星星必须要嫁给那个厨师！

　　她说，拆迁的补偿款必须给女儿一部分！

　　那一晚，樊星像梦游一般看着不真实的母亲，从声嘶力竭到坚定不移。

　　"好！果然是你的好女儿！既然这样，这牛棚就归你女儿！"父亲恨恨地说。

　　父亲离去之后，母亲像是突然恢复了正常似的，又变回那个懦弱的郭美丽。她抱住了樊星，无声地抽泣起来。

　　"这事，是发生在你妈妈坠楼的那个晚上吗？"余小鹏突然想到这个问题。

　　"不是！不是！"樊星变得有些歇斯底里，"求你了，让我的牛棚多补点钱，否则，否则我就真的只能打掉肚子里的孩子了。"

五

　　刘芳芳去了派出所，让郭美丽坠楼的事更加诡异起来。

　　她去派出所之前，去找了郭美丽。据说这是她第一次去找郭美丽，以前有什么事找的都是樊大明。村里的人不知道两个女人具体是如何说的，只听说两个本该是情敌的女人在病房里面说了许久。

按刘芳芳的说法，是她告诉樊大明，牛棚的事可以假装跳楼把事情闹大。她不知道为什么最后是郭美丽跳了下去，而不是樊大明跳下去。她的意思是，樊大明是不可能把郭美丽推下去的，他们两个无论谁跳下去，肯定都是自己跳下去的，都是为了牛棚的事。

"你为什么要帮樊大明开脱呢？"警察问。

"不是开脱，是还原事实。"刘芳芳镇定地说。

刘芳芳说樊大明是一个好人。全村的男人之中，只有樊大明从来没有轻薄过她。相反，樊大明一直待她像亲妹妹，只有关心和尊重。逢年过节时，樊大明会给她送来一袋苹果，或是一箱牛奶，或是一刀猪肉……她说樊大明虽然经常到她的屋里来，却只是帮她修电路、修摇晃的柜子、修电风扇什么的。他干活时几乎不说话，甚至没有在她粉色的床单上坐上一坐。

刘芳芳还说，村里那些嚼舌头的话信不得，樊大明和郭美丽是恩恩爱爱的，和她刘芳芳的关系更是清清白白。她还举了个例子，说有一次交不出房租，她便提出要帮樊大明洗头。但樊大明没有接受，她的手刚碰到他的头他就逃开了。

"他是一个正人君子。"刘芳芳这样评价。

但是樊大明却矢口否认跳楼的事和刘芳芳有关。他说刘芳芳只是一个普通房客，他不可能和她讨论这些事。他还说平日对她的关照，只是觉得她一个女人孤身在外不容易，并没有其他特别的情感。

"她不是水性杨花的女人！"他这样告诉警察，虽然警察没有问他这类问题。他还说人是不能看外表的，有的人看上去风骚得很，骨子里却是干净的；而有的人看上去干干净净的，内里却是脏的。他说刘芳芳只是因为生活所迫，不得不装着样子应付那些男人。警察发现，这个并不健谈的男人谈起刘芳芳时，几乎停不下来，而且他的眼里是闪着光的。

警察还到村里调查刘芳芳和樊大明的关系，得到的却是众口一词的说法。所有的人都说，这两个人必定是有不正当关系的。但所有的人都没有直接的证据，甚至没有一个人看到他们有过亲亲我我的行为。

说他们之间是清白的，只有郭美丽。

"刘芳芳和那么多男人好过，他看不上的。"这是郭美丽的解释。

这话传到街道办之后，所有的人都奇怪郭美丽的自信从何而来。在他们的印象中，郭美丽是一个木讷、胆小、羞涩的女人。而这样的女人，应该最容易胡乱猜疑。但郭美丽却坚定地认为樊大明是看不上刘芳芳的，这让所有的人都非常不解。

郭美丽还帮着刘芳芳替樊大明开脱。

"是我自己跳下去的！"郭美丽喃喃地重复着这句话，像以前一样絮絮叨叨的。

无论警察如何提问，她都一点不关心刘芳芳和樊大明之间的事。和以前比起来，她似乎只是从纠结一件事变成纠结两件事。她一会儿强调牛棚的事，说那是住人的，是她的嫁妆；一会儿又说樊大明没有推她，真的只是她自己跳下去的。警察说她躺在病床上，脚上打着厚厚的石膏，但眼里看不到恨，甚至看不到丁点责怪。她只是不停地哀求，哀求警察放了樊大明，哀求警察给她的牛棚赔更多的钱。

警察把这些事告诉刘威东，是想了解郭美丽主动跳楼的概率到底有多大。刘威东分析认为不太可能。首先从夫妻两个的性格来看，他们不是那种极端的人。其次是涉及的利益只是附属用房，在他家房屋中占的份额很少。还有就是，有关部门对牛棚的处置确实是有理有据的，不存在含冤受屈的问题，只是房主接受这个事实需要一个过程。

那位警察还说，在郭美丽眼里，他这个警察似乎是万能的，能替她把樊大明放出来，也能替她摆平牛棚的事。余小鹏听了却觉得不稀奇，他完全想象得出郭美丽在警察跟前絮絮叨叨小心翼翼的样子。

但再次看到郭美丽后，余小鹏却发现，现在的郭美丽似乎变得和以前不一样了。她原本游移不定的眼神仿佛突然变得坚定了。余小鹏这才有点相信樊星的话，必定是有什么改变了这个女人。

村里的人说，郭美丽为了钱，都可以和情敌串通一气了。尤其是那个看到他们在阳台上推搡的女人，几乎是恨铁不成钢的。她到处说郭美丽这种傻女人，就是被人害死了，做了鬼还得帮人数钱。

派出所最后没有采信刘芳芳的证词，樊大明依然没有放出来。

六

余小鹏看到朋友圈有人转发劳动技能大赛的新闻，前五名被评为莲花城工匠，享受十万元的住房补贴。余小鹏马上想到了樊星，他的厨师男友如果能得到这笔补贴，再加上他自己的积蓄和牛棚的补偿金，或许就能把买小套二手房的首付给凑上了。

他立刻给樊星打了电话，然后加了她的微信，把大赛链接发给她。樊星有些怀疑地问他，温于兵能行吗？余小鹏说试试不就知道了？

余小鹏希望温于兵能赢，并不是因为自己有多热心。他只是发现樊星变得和她母亲越来越像了。每次到街道办找余小鹏，也像她母亲那样重复说着："那是我的嫁妆呢！"这个穿着时尚的女孩，眼神变得越来越呆滞，说话也变得越来越胆怯。同事们看到她来了，会说，瞧，那个小郭美丽来了。

余小鹏就忍不住担心起来，总觉得这母女之间除了血缘之外，是不是还被什么东西绑着？

所以，他才管了这么一档子"闲事"，和他工作完全无关的事。

或者，他还有一些私心，想着樊星的问题解决了，这牛棚的事说不定也就解决了，还有就是一大一小郭美丽的絮絮叨叨也就彻底解决了。

但他毕竟是无心的，以至于大赛结束了都没注意到，直到突然接到樊星的电话。

"他赢了！"余小鹏接通电话时，只听到一个清脆的声音。那是一个女孩子的声音，完全不是前几日到办公室找他的樊星的声音。他没有存樊星的电话，所以樊星叽里呱啦说了一大通后，他才知道打电话过来的是樊星。余小鹏也高兴，事实上他没料到自己会这么高兴。他居然说，那太好了，要庆祝一下。好似樊星和温于兵是他的好朋友一样。电话那边的樊星并未发觉异常，也说必须的，要请他到西部餐厅吃饭。他这才想起电话那边的人只是他的工作对象，准确地说，是他工作对象的家属。

但余小鹏还是应邀去了西部餐厅。刚开始他有点不安：接受工作对象请他吃饭是犯了大忌。刘威东再三强调过，被征收户请吃个便饭也是不行的。但他架不住樊星充满喜悦地再三邀请，那个声音是他所不熟悉的，是让他十分愉快的。怎么说呢，大小郭美丽用那种卑微的声音在他耳旁盘旋了那么久，突然变成这么一种清脆而又爽朗的声音，就像明亮的阳光突然照进阴沉数月的天空，瞬间驱走了所有的阴霾。

西部餐厅门口一左一右摆着十来只花篮，门顶的电子显示屏滚动显示着一串宋体红字：热烈祝贺本店大厨温于兵荣获技能大赛季军，被授予"莲城工匠"称号。让余小鹏意外的是，樊大明和郭美丽也来了。

樊星开玩笑说父亲是母亲和她一起去解救出来的。

原来，前几天郭美丽在女儿的搀扶下走进派出所，终于把坠楼的真相说清楚了。

那天夫妻二人确实在阳台上起了争执，争执的内容却是关于女儿怀孕的事。郭美丽一反以前的逆来顺受，歇斯底里地拽着樊大明，说不给钱就去跳楼。樊大明恼怒之下，嘟囔了一句，跳了更好。郭美丽就真的跳下去了。

之后的樊大明自然是后悔的，但他马上想到可以利用这个事去要挟街道办，作为牛棚谈判的筹码，便教唆郭美丽和他一起说谎，说这样就有钱了，女儿就能结婚了。让他想不到的是，两个人拉拽的过程中，竟然被村里的人看到了，还误以为是他把郭美丽推下去的，这才变得说不清楚了。

樊大明忏悔地说："人果然是不能贪心，一贪心就会招来厄运。"

郭美丽仍然穿着红红的衣服，不停地拉扯衣服，问女儿自己的穿着是不是得体。女儿笑嘻嘻地说："好看的呀！我妈一直是很好看的呀。"郭美丽便红着脸低下了头，说不好看，不好看呢。

余小鹏发现同样扭捏的郭美丽，看起来却是和之前不太一样。

不知道怎么回事，余小鹏突然想到刘芳芳，前几日他去牛棚时，发现刘芳芳正在整理东西准备搬走了。她似乎有些伤感，和余小鹏说这是她停留最久的一个地方了，她说她真想在一个地方安心住下来啊。

大盘鸡是温于兵亲自端出来的。

余小鹏是第一次见到这个小伙子，长得挺精神的，和别的厨师不一样，他头上戴了顶金色的厨师帽。余小鹏注意到，帽子上写着四个小字：莲城工匠。他脸上带着西部小伙特有的憨笑，执意要敬余小鹏一杯酒。西部餐厅的老板也走过来，说要和温于兵一起敬他。余小鹏这才知道，温于兵虽然做着厨师的活，却不是他们餐厅的大厨，最多只能叫副厨，所以技能大赛老板没有建议他参加。但没有想到的是，温于兵却成了一匹突然蹿出的黑马，为店里赢得这么大的荣誉。

老板和温于兵走了之后，樊星小声地说，温于兵已升级为大厨，工资也涨了一大截。

樊星说："余同志，您就是我们的贵人！"

看着活泼开朗的樊星，余小鹏发现她和旁边的郭美丽又一点也不像了。

红
痣

方小易披着雨衣，戴着头盔，站在他的"小螳螂"上，往城东方向疾驰而去。他喜欢这种飞翔的感觉。小的时候，他就幻想自己成为蝙蝠侠，只要张开翅膀一样的披风，就可以自由地飞。就像现在，宽大的雨衣被迎面扑来的风雨撑得鼓鼓的，果真就飞起来了。

云雾山庄靠近城东的南明山，这里停车方便，客人为图省事，总爱开车过来。山边的云雾缠得他们几乎忘了现实的生活，总是喝得酩酊大醉，才能晕晕乎乎想起拨打他们的电话。哦，他们，就是方小易他们。方小易很满足自己现在的职业——代驾。离开金水镇政府，方小易在酒精里泡了半年之后，终于脱胎换骨成为一个凡人，开始了这种白天睡觉、夜晚穿越的小城生活。

客人是一个中年男子。他打着一把大大的伞，护送两位时尚的年轻女人坐上了后排车座，才把车钥匙递到他手里。"看样子喝得不是很多"，方小易一边想着，一边把"小螳螂"折叠好，搁在大奔的后备箱里。这种车子他轻车熟路，在金水镇那会儿，他的座驾就是这种车型。

"两位美女住哪里？"中年男人回过头，殷勤地问两个女人。

一个住城北，一个住城西，等于要把青元城绕上一圈了，方小易不禁皱了皱眉头。路上，女人在后排不停地说笑，加上酒精的刺激，笑得整个车厢跌宕起伏。方小易忍不住又想起女儿方舟：她现在该有二十五岁了吧？也会和这些男人去喝酒吗？她到底在哪里？

方舟是在五岁的时候走丢的。那一年，方小易还只是一名普通科员，女儿方舟便是他和妻子的全部。直到现在，方小易只要一闭上眼睛，就能清清楚楚看到小方舟圆圆的脸蛋，光洁的额头上有一颗红红的痣。算命先生曾说这颗痣不好，还说"额头有痣、前途有事"，化解之法便是用额前的刘海盖住。方小易不信这一套，这分明是一颗"美人痣"，算命先生偏要说些歪理出来。但女儿丢了之后，方小易就突然信了。他相信是那颗红痣的缘故，因为他的固执，没让女儿剪出刘海把那颗红痣盖住，才把女儿丢了。之后，方小易不再是无神论者，总喜欢拜个庙、问个卦什么的，只要谁说女儿可能在哪里，夫妻俩就会立刻去那里查个底朝天。有一回，就是当年说女儿红痣长得不好的算命先生说，他和闺女的缘分会在断了十到二十年后重新续上。他心里又升起了希望。

方小易在女儿丢了十年后当上副乡长。接到组织部任命的文件时，他突然想到那位算命先生说的这个时间。十年，或许所有的霉运就要过去，一切都要好起来了。之后，果然顺风顺水，从副乡长，到副书记，到乡长，到金水县第一大镇金水镇镇长，他只用了不到五年的时间。只是，女儿方舟却没有出现。在他的治理下，金水镇从一个落后的江南小镇发展成 4A 级旅游区的特色小镇，方舟还是没有出现。

"到了，到了！"中年男人大声嚷着，打断了方小易的思绪。

两个女人都下车后，车厢里瞬间空寂下来。中年男人开始抽烟，他打开车窗，任由若有若无的雨丝飘进车内。他似乎有些疲惫，又有些伤神，以至于开进了他所在的小区也没有发觉。方小易连续问了两遍车子停哪儿，中年男人仍然没有说话。第三次问时，方小易关了车上的音乐，尽量礼貌地问："先生，请问车子停哪儿？"中年人这才反应过来，指了指左边。方小易停好车子，接过中年人递过来的一百元钞票，正准备找零时，中年人摆了摆手。今天运气好，碰到的都是大方的主儿。

方小易又站在了"小螳螂"上，开始"飞翔"。往哪儿飞呢？方小易没有想过，其实也用不着想，他只是一边飞一边等待兜里手机的召唤。"飞"的时候，他又想起柳韵，想起她眉梢上那颗红红的痣。他的心就会一阵一阵撕裂开来。

柳韵是在他升任金水镇镇长的第二年出现的。他记得十分清楚，那天办公室主任领着一个丫头走近他的办公桌，他一抬头，就看到了那颗红痣。他立刻盘算起时间，正好十七年，和算命先生说的时间正好吻合。直到女孩离开，他才醒悟过来，要调取女孩的资料。女孩叫柳韵，刚刚通过公务员考试分配至金水镇担任会计，年龄是二十五岁，比方舟年长三岁，籍贯是温州。方小易又通过温州的朋友查访女孩的出生记录，甚至查了她的血型。他有些失望，除了那颗红痣，这女孩和女儿方舟很难联系起来。

但方小易对女孩的关照却格外多了些，这不太符合他一贯的工作作风。向来，他是不苟言笑的，甚至是铁面无私的。在市区领导的眼里，方小易是出了名的不近人情。但他对柳韵不一样。他会不自觉地去看她，目光中会流露出一些柔软，甚至会盯着她那颗红痣发呆许久。好多次，柳韵发现了他在看她，不好意思地别过头去。柳韵的额头和方舟一样，光洁，饱满，敞亮。她还把所有的头发——包括额头的头发，全部捋到后脑勺扎成一小捆，这让方小易特别不舒服。那颗红痣，和方舟一模一样的红痣，怎么可以这么招摇地裸露在外呢？他多次忍不住半开玩笑似的提醒柳韵："小姑娘得留个刘海哦，额头太光不好看呢！"柳韵总是红着脸笑笑，不说好，也不说不好，额头还是一如既往的光洁。方小易就想着，这小姑娘和他当年一样固执呢，这可是一颗会招灾的红痣啊。

方小易喜欢看到柳韵，喜欢柳韵在身边的那种感觉，特别是柳韵怯怯地唤他"方镇长"时，他几乎觉得那是叫他"爸爸"了。小姑娘的声音有点稚嫩，甜甜的，细细听起来，和方舟小时候叫他的声音还真有点相似。就连饭局，方小易也愿意带着柳韵，名义上是财务人员结账方便点。有几次，酒喝得有些高了，他就盯着柳韵看，盯着那颗红痣看，慢慢地，柳韵的样子就模糊了，就成了方舟小时候的模样了。然后呢，他就会生气："剪！听到没有？女孩子得把刘海剪下来，懂吗？"

　　方小易某天的最后一个客人，是一个女人。这个女人大概三十多岁，是一群男人把她抬进红色宝马的，他们说了一个地址，说到了那儿自会有人接应，就散了。方小易刚刚启动车子，女人就开始哭了。自从入这行以来，这类女人他看得多了，他没有理会。女人几乎把一盒纸巾抽光了，她一会儿放肆地哭，一会儿夸张地擤着鼻涕，一团团纸巾塞满了副驾驶座旁的车门。哭着哭着，女人突然说："停车！"方小易以为女人要吐了，连忙把车子靠边停下。女人打开车门，却没有去吐，摇摇晃晃直接到方小易这边来："你下去，我自己开。"

　　方小易说："您喝酒了，还是我来开吧！"

　　女人却开始咆哮了："你们男人，都这么看不起女人？我能开车！我会开车！没有男人，我也会开车！"说罢，就过来扯方小易。

　　方小易被扯得有些烦躁，正犹豫着该怎么处理时，女人却蹲在路边哗哗吐了起来。方小易抽出几张纸巾递了过去，然后坐进车内，任由女人自己吐个够。女人吐了一会儿，站了起来，脚下有些飘，方小易只好打开车门去扶她。没想到女人却抱着他大哭起来。方小易有些懊恼自己的外套又被弄得满身酒味，生气地把女人塞进车厢。

这么一折腾，到了指定的小区，已是迟了半个多小时。说好接应的人没有看到，方小易只好拨打前面叫他的电话。电话那头响起一个男人的声音，很不耐烦地说是几幢几零几，让方小易帮忙弄上去，钱不够他再用微信支付他。方小易觉得很是晦气，却也没有办法。当他把安静下来的女人扛进屋，女人却再一次抱住他："留下来，陪陪我。"

这声音，让方小易有些猝不及防。

那晚饭局后，他送柳韵回去时，她也是这样醉醺醺地拉着他说的这样的话。当时，他在心里说，这个女孩需要照顾，这个女孩是他的女儿。但是，他真的不知道事情为什么会发展成那样。他只记得，柳韵的两只手紧紧箍着他的脖子，她短短的上衣往上缩了一截。他不记得他的手怎么就碰到了她的腰肢，只记得她的腰很滑很滑，滑得他忍不住轻轻抚触起来。柳韵的身子真烫啊，像是刚出屉的包子，冒出腾腾的热气，这热气把他的整个身体都缠得紧紧的，让他变得僵硬，甚至无法动弹。当柳韵把她滚烫的唇贴到他唇上时，他再也控制不住自己，发了疯般地剥开她所有的衣服，拼命地撕咬她。是的，是撕咬，仿佛不这样他就会停下来一般。但他还是停了下来，当他的唇再次回到她的唇时，床头刺目的灯光，突然照亮了她额头的红痣。刹那间，他身体里所有的液体就被抽离了。

这个女人，和柳韵那天的话一模一样，连醉眼蒙眬的样子都一模一样。不同的是，女人开始剥他的衣服。有多长时间没碰女人了？方小易对这个问题似乎没有去注意。也或者，他是把不找女人作为对自己的一种惩罚。但这一次，方小易没有拒绝。现在的他，已经没有家，或者说哪里都是家。女人比他想象得好很多，很温柔，也很狂野。

每个夜晚都是相同的，睡在哪里不一样呢？

第二天，方小易醒来时，女人已经穿戴整齐地坐在餐厅吃早饭。

方小易穿好衣服，对女人笑了笑，就准备开门走人。女人却叫住他："吃过早饭再走吧。"方小易原想说不用，女人已经盛好一碗稀饭放在餐桌上，他只好收住脚步，到餐桌边坐了下来。这样的早餐似乎有些尴尬，女人不说话，方小易也不说，只听到彼此喝稀饭的声音。以前和妻子吃饭时却不是这样的，虽然他们也是两个人——女儿走失后，就只有他们两个人了。妻子每天总要说很多话，说哪里哪里又有走失的孩子找到了，说哪个地方可能会有线索，说她又加了一个寻找失踪孩子的群。妻子总是固执地认为女儿方舟会回来的，这种情绪也影响到方小易。他们都觉得方舟只是去了另一个地方长大，过几年就会回来的。

女人吃罢饭，说："你给我一张名片吧，下次喝酒后还可以找你代驾。"方舟摸出一张名片，上面只有代驾公司的名称和他的电话号码。他把名片搁在桌子上，就头也不回地走了。

方小易回到一个多月前租住的小公寓里，像往常一样，打开笔记本电脑，开始查看各类寻亲网站的消息。每一天，网站上都会增加很多失踪孩子的消息，这些消息像一道道麦芒一样刺痛着他。他不明白，既然成了亲人，为什么又会被分开？他更不明白，亲人分开后，要重新相聚为什么这么难？他又打开 QQ，无数个寻亲的群就跳了出来。面对网站和群里的各种消息，他习惯了麻木，却不会因为麻木放过任何一条消息。

离开金水镇政府后，他和妻子办完离婚手续，房子和所有存款全部留给了妻子。他只带了笔记本电脑和一个拉杆箱离开了金水县。第一站是温州，他用他的"小螳螂"开始了另一种生活。在温州的时间最长，足足半年时间。他悄悄去了柳韵的老家，偷偷地看了她的父母，柳韵的母亲和柳韵几乎一模一样，这似乎让他心安了很多。他把这半年赚到的所有积蓄搁在一只大信封里，塞进了柳韵父母家门口的邮箱。之后，在一个寻亲网站看到一条消息后，他就前往另一个城市了。

莲花市是他离开金水镇后的第六站。他到这里来的原因是：莲花城的一个本土论坛上，出现一则寻亲启事，一个女孩在寻找自己的亲生父母。女孩的出生日期和方舟非常接近。但寻亲启事出来后不久，女孩却把帖子撤了，他只能凭着寻亲群的截图在小城慢慢寻找这个女孩。

方小易骑着他的"小螳螂"来到网吧，老板显得很不耐烦，直到他拿出一沓人民币，才同意让他查看网吧的监控视频。通过反复对比，方小易终于可以确定发帖的是一个扎着马尾的姑娘，只是姑娘的头始终低低的，他看不到她的额头。

柳韵也喜欢扎着马尾，走起路来，后面的马尾就一跳一跳的，那颗红痣固执而醒目地停在她的额头上。他总是想：柳韵遇到他，或者就是因为那颗红痣。还有他的小方舟，当年若是听从算命先生的话，用头发盖住红痣，必定不会招来霉运，走丢了吧？

那个夜晚之后，方小易尽量和柳韵保持距离。虽然很是自责尴尬，但他还是有些庆幸没有最后伤害到柳韵。但柳韵却总是找各种借口到他办公室，一会儿是要他签字，一会儿是要递送报表，每次她都用哀怨的眼神看着他。方小易不知道该如何解释自己那晚的行为，只是硬着头皮提了一下："柳韵，那天我酒喝多了，如果做错什么，你不要放心里去。"但柳韵却什么都不说，只拼命地咬嘴唇，照例一次次地找各种理由到他办公室。有一次，方小易接过柳韵递过来的票据，签完字就头也不抬地递回去。柳韵却不肯走开，方小易也不敢催促。她迟疑了好一会儿，才吞吞吐吐地说：

"方镇长，没人时，我可以叫你小易吗？"

"不行！"他几乎是动怒了！抬起头从椅子上霍地站起来，盯着她，却看到她额头剪出了厚厚的刘海，那颗红痣被藏在里面，什么也看不到。他的怒气顿时消了，不由自主地伸出手去碰了碰她的额头："嗯，这样剪着好。"柳韵的眼泪就滚了下来："方镇长……"就哽咽得说不出话了。方小易自知失态，连忙叫她回去，说下班后约她吃个饭，和她好好聊聊。

那天吃饭时，方小易不再是柳韵的上司。他只是一个父亲，他把女儿从小丢失的事和柳韵说了，还特别说了那颗红痣。他向柳韵忏悔，说他酒后失态，请求她原谅。柳韵没怪他，她说是自己一直误会了方小易的意思，如果说有错，也是她的错。柳韵也说那颗红痣，她母亲也问过算命先生，说她额头的这颗痣，叫"福星高照"，额前千万不得留有刘海，特别是不要剪齐整厚实的刘海，这在相学上称为黑云罩顶，会挡住运势，再高的福星也会被罩住。正因为如此，方小易或严肃或开玩笑地说她应该把刘海剪出来时，她才没有理会。直到方小易不再答理她，才顾不上母亲的交代，剪了齐整厚实的刘海，把红痣彻底盖住了。那个晚上，柳韵还告诉他自己是 O 型血，而方小易是 B 型血，他妻子是 AB 型。显然，柳韵不可能是他的女儿方舟。方小易看着额头上已经看不到红痣的柳韵，有些失望，又轻轻地松了口气。

这个晚上，生意有些清冷。方小易没有站在"小螳螂"上"飞"，而是独自站在瓯江的紫金大桥上抽烟。桥的上面，是闪烁的夜空，星星点点，像无数看透尘世的眼睛。桥的下面，是奔腾的江水，也是星星点点，却在不停歇地流动。时间去哪了？方小易想到这个当下颇为流行的问句，他问自己，然后狠狠地抽了一口烟，把烟卷丢进了江水。

到十点多，他才接到第一单生意，是白云山山脚的明月斋，一个离城区有些远的山庄。他骑上"小螳螂"飞到明月斋时，明月正浩然地挂在空中，一对男女相拥着站在那里。男的把车钥匙递给他后，就拥着女人钻进了车里。方小易发动了车子刚开出去不久，就听到车子后面发出异响。"又是一对迫不及待的男女"，他瞄了一眼后视镜，用力踩了一脚油门。目的地是一家四星级酒店，方小易以为车子应该是停在这里了，却听到女人抽泣着下了车。关上车门后，男人冷冷地对方小易说了一个小区的名字，就再也不说话了。

对这些事情，方小易早就见怪不怪了。代驾师傅聚一起时最大的乐趣就是讨论各种酒后乱象，但方小易没这兴趣。每个人的心底，都会有一些原始的欲念，只用"好"或者"坏"去概括一个人实在是太幼稚了。就像他自己，他从来没觉得自己是坏人，但最后，他成了一个坏人，而且是一个所有人都公认的坏人。也或者，去认定一个人的好与坏，是"好人"才有的资格，你既然已经是坏人了，你的认定也就没有任何意义了。

妻子曾经以为他是好人。因为习惯性宫外孕，剖腹产时，妻子就顺便做了绝育手术。女儿走失后，她曾经无数次要求和他离婚，好让他可以有再生育的机会。但他都拒绝了。他不是为了脸面，更不是为了乌纱帽，而仅仅是因为爱妻子，他不想失女之痛让妻子独自一人去承担。也正因此，他获得了"好人"的称号，无论是妻子的娘家人，还是同事、朋友，都说他是好人。

他是从什么时候开始成为坏人的？他使劲地回想。是从女儿走丢的时候？是从柳韵出现的时候？是从柳韵抱着他的时候？不，他方小易，从来就是一个坏人。

大约十一点半，电话响了起来。一个女人的声音，让他去某个酒吧。方小易到了酒吧才明白过来，是那天晚上开红色宝马的女人。女人今晚没有大醉，她递上车钥匙，很自然地坐在副驾位上。方小易只微微诧异了一下，就接过钥匙上车了。两个人没说话，方小易也不问，熟门熟路地把车开到她家楼下，把车子停好。他正准备去后备箱取他的电瓶车时，女人递过钱，呆呆地说了一句："今晚住这儿吧。"方小易微微愣了一下，接过钱，取下电瓶车，然后把车钥匙往车盖上一搁，站在他的"小螳螂"上，头也不回地就驾车走了。

　　第二天晚上将近深夜一点，女人又拨了他的电话。方小易原想不接，可想想这么晚了，一个女人在外毕竟不安全，就接了。女人还是在那个酒吧门口，照例是一身的酒味。下车时，女人还是说了那句话："今晚住这儿吧。"方小易淡淡地说了一句："以后还是早点回家，不安全。"女人就哭了。方小易没有看她，和昨天一样，站上他的"小螳螂"走了。

　　之后连续几天，方小易的最后一单生意都是这个女人。女人倒是没再说那句话，只是每次都会呆呆地看着他离开。他当然一次也没有回头，只瞟到她路灯下的影子拉得很长很长。

　　这样的情况大概持续了两三个星期，他似乎成了这个女人的专职司机。但是，有一天晚上，方小易等到深夜两点了，女人的电话还是没有打过来。他不由得有些担心起来，几乎想要把电话拨过去。但又想，自己只是一个局外人。在她的生活里，他什么也不是。况且，每个人的日子都是早就设好的局，局外人又如何去化解？方小易自己的日子都缠绕成一团解不开的线团了，不是吗？

　　方小易踩在"小螳螂"上，在莲花城的黑暗里漫无目的地晃荡。有时候，他觉得自己就是一个游魂，在这夜幕下穿梭，散不开，化不了。骑着骑着，他竟然到了那家酒吧门前。酒吧已经关门，那辆红色宝马孤零零地停在门口右侧，格外醒目。他忍不住四下找寻，终于在路灯下的长椅上，看到一个孤寂的影子。女人斜靠在长椅上，已经睡着了。她的眉头紧锁着，一只手提包紧紧地抱在怀里。仿佛抱着一个孩子，又似乎是害怕遇上什么坏人。方小易叹了口气，轻轻推了推女人。女人显然喝多了，只是动了一下，把头歪向另一边，又睡着了。方小易无奈地取过她的包，掏出车钥匙，按了一下中控锁。宝马的车灯闪了闪，他打开车门，把女人塞进车厢。

到了住处，方小易把女人抱进她的房间，一把扔在了她宽大的床上。女人终于有些清醒过来，睁开眼睛对着他呵呵地笑了起来。方小易正懊恼自己违反了一贯坚持的职业原则，看到女人这个样子，更加气不打一处来。

"你这样活着，还不如死了好！"他恶狠狠地骂道。

正要甩门离去，女人却又呜呜哭了起来。方小易收住脚步顿了顿，还是转身去了厨房。这是一个什么样的家啊，所有水瓶是空的，冰箱也是空的，一杯热水也找不到。他只好插上电热水壶烧水，一边烧着，一边想着他和妻子的家。那时，他们家多温馨啊！妻子是个贤惠的女人，家里的冰箱永远放着新鲜果蔬，只要他一回家，热菜热饭就能够瞬间变出来。但眼前这个女人，除了糟蹋自己，什么也不会。他烧好开水，倒了一杯，端到她的卧室。女人没有躺在床上，她正蹲在卫生间里呕吐。方小易有些厌恶地扯过一条毛巾递过去，女人抬起头说："谢谢，你怎么在这儿？"

他懒得回答她，只说："开水搁在床头，我走了。"

女人突然拦到他面前，非常霸道地说："别走，陪我！"

方小易不理会她，继续往前走，女人就抱着他哭了："为什么丢下我？你们为什么都要丢下我？你知道一个家只剩下一个人有多凄苦吗？你知道说话连个回声也没有的房子有多安静吗？……"

方小易呆呆地站着，任由她抱着，眼泪却不知不觉流了下来。方小易说："我们一起住吧。"女人点点头。

方小易从派出所出来时，已是晚上六点多。他在快餐店匆匆吃过饭，就开始准备接活儿了。

那天之后，女人每天夜里十一点半会准时打电话给他，让他去帮她开车。她有时候并没有喝酒，但她似乎愿意每天用这样的方式和他一起回家。他开着她的车，她的车载着他和他的"小螳螂"。到家时，她照例会递过来五十元代驾费，他也不推脱，接过钱和她一起上楼，一起睡觉。再后来，他干脆退了自己住的房子，拎了手提电脑和拉杆箱住进她的家。她没问他的名字，而他，也没问她的名字。他们对彼此的称谓都是通电话时的称谓——喂。这真是一种奇怪的关系，他们每天一起回家，一起睡觉，甚至一起做爱，却几乎不说话。有时候，方小易觉得这像搭积木，他们两个人，只是临时搭在一块儿罢了，随时可以散了重新搭上另外的积木。

派出所那边传来消息，说已经锁定发帖女孩就是市区某所学校的学生。方小易有些开心，又有些担心。万一女孩是方舟，他终于可以心安了。可却又似乎有更大的不安：他不知道如何安置这个随时可能找回的女儿，更不知道如何还她一个健全的家。而女孩如果不是方舟，那就意味着他将重新出发，去另一个地方，离开这个不知道名字的女人。

这天第一单生意是城郊一个比较偏僻的茶楼。客人是一个年近五十的男人和一位二十几岁的女孩。刚开始，他以为女孩是男人的女儿，看到他们一起坐进了后排才反应过来：这是一对情侣。

他突然觉得有些不安起来，那女孩，扎着马尾，分明就是柳韵。他不由得看了看后视镜，女孩正低着头，男人轻声安慰着："乖，你先回家，明天下班后我再过来接你。"女孩似乎在抽泣。男人又沉默了一会儿，像是做了重大决定，突然对方小易说："去莲花大酒店。"方小易一下子懂了，他忍不住有些咬牙切齿起来。这个老男人，这个像他一样老的男人，这么晚了竟然带女孩去酒店。他想说不，却说不出口。他突然想到，他方小易是和他一样的。他只觉得胸口一阵阵紧了起来，什么也说不出口，握着手里的方向盘，就往那个酒店的方向驶去了。

柳韵是突然说要认他当干爹的，但他不喜欢这个称呼。在今天这个社会里，这个称呼给人太多联想。但柳韵说得情真意切，说她既然脑门上有和他女儿一样的红痣，就说明他俩有父女缘。方小易想了想，说："你做我侄女吧，以后你就是我的晚辈。"柳韵很开心地同意了。之后，他们的关系似乎明朗起来。方小易想着，这是自己的晚辈，是侄女，也就慢慢放下了那个晚上的尴尬，逐渐认定这是女儿用另一种方式回家了。而柳韵似乎也越来越进入角色，没人的时候，时常会撒个娇什么的，就像一个初中生那样可爱。

但无论如何，方小易是金水镇的一镇之长，他很注意分寸和影响。他尽量和柳韵保持距离，尽量用看一般下属的目光去看她。虽然他的心里，总是把她和女儿方舟重叠起来；在夜里想着女儿时，也会用柳韵来慰藉自己。

但事情的发展，却由不得方小易控制。他去滨海一个友好结对乡镇考察旅游时，办公室竟然把柳韵安排进了考察组。他当时发了火，责问办公室把一个内勤人员安排进来做什么。办公室主任解释说，这次考察涉及要项目、要资金，会计柳韵一起去方便点。

方小易只好不再说什么。

对方把住宿地点安排在了海边，住下后，考察组一行五六个人去了海边冲浪。冲浪结束后刚刚回到酒店，柳韵电话就打进房间了："叔，我还在海边呢，海上的乌云一块一块的，太阳还是钻出来了，很是壮美呢，你快出来看看吧。"方小易皱起眉头让她说话注意场合，并说不去了，就把电话挂了。过了很久，应该已经很晚了，方小易正看着电视，他的手机响了，又是柳韵，他想不接的，柳韵却不依不饶地拨打。方小易只好接了："方镇长，我还在沙滩上，天很黑，我怕。"方小易看看外面，海浪一阵一阵地号着，天空没有一丝星光，低低的雷电像是被什么东西压着，在云层里使劲地翻滚着，时不时在天边挤开一条明亮的缝隙。方小易想了想，还是趿了塑料拖鞋走了出去。

远远地，方小易就看到了柳韵的影子，孤零零地坐在沙滩上。方小易缓缓地走到她身边，轻声说道："回去吧。"

"叔，陪我坐会儿！"柳韵头也没抬，一动不动地望着大海。

方小易在她身边坐下。

柳韵把头往方小易身上靠去："叔，我想那个晚上。"

方小易蓦地站了起来，大声喝道："不可以！"

柳韵也立刻站了起来，站在他面前，紧紧地盯着他："为什么不可以？我不是你女儿！不是！你看过我的身子，你亲过我的身子，为什么不可以！"

方小易无力地瘫软下来，蹲在了沙滩上。

不知道过了多久，柳韵突然脱了外套，拉着方小易的手："走，我们游泳去！"

方小易莫名其妙地就跟着她走向大海了。柳韵的泳姿很漂亮，在岸边影影绰绰的灯光下，穿着红色比基尼的柳韵像一条火红的美人鱼，在海浪里恣意地游动。她夸张地笑着，高亢的笑声跟着低沉的海浪声、浑厚的雷声一阵一阵碎裂开来。她游到方小易的身边，脱了方小易的 T 恤，抓着他的胳膊，往大海的深处游去。说实话，幽暗的大海也可以很美，像一个睡梦中辗转反侧的女人，在交错的光影下，尽显各种婀娜的体态。海边的雷电持续翻滚着，有些沉闷，像是一个想要咆哮却极力克制的男人，又像是一曲沧桑而又内敛的摇滚乐。大海在夜幕中格外宽广，方小易分不清楚哪里是海，哪里是天。远处此起彼伏的闪电并不张扬，倒像是绚烂的霓虹灯，有些腼腆，又有些迷幻。方小易渐渐忘记了自己，他也融入了大海，和柳韵一起飞翔。是的，是飞翔，无拘无束，只有他和她在飞翔。两个人像飞鱼一般，在近乎温柔的海浪里穿梭，直到浑身没了一丝气力方才罢休。他们仰面向上，浮在海面上，看着缤纷的天空，听着低沉的雷声，和着缓慢的潮汐声，世界只剩了简单。

突然，柳韵转过了身体，整个人贴在方小易身上。方小易只觉得脑海里闷了一下，什么也没想，什么也不愿意想，就抱住了柳韵。这是一条怎样的美人鱼啊，在夜光下，她的肌肤像被施了魔咒一般，方小易没办法摆脱她的缠绕。他扯开了她的比基尼，他再一次看到了一个少女的胴体在夜色里闪烁发光。他把头埋了进去，他愿意把自己这样一直埋进去，埋进她的身体，埋进她的每一个细胞。柳韵伸出手轻轻抚摸着他的脸，她的脸越凑越近，她轻轻唤了一声："小易。"方小易却如同听到一声炸雷，也或者真有一声炸雷，裹在黑云里的雷电，像是突然炸开了。一道雪白的闪电，撕裂了天空，也撕碎了大海。方小易看到了！看到了柳韵额头那颗红痣！她湿漉漉的刘海滑向了一侧，她饱满的额头上，有一颗醒目的红痣。方小易大叫了一声："不——"

直到现在，方小易还是不能确定柳韵是怎么死的。是因为自己突然跑开了，她溺水了吗？还是她对他完全绝望了，自杀了？第二天早晨，救援人员把她捞上来时，她依旧一丝不挂。方小易看到她乌黑的刘海沾满了沙砾，额头的红痣仿佛更加硕大了。他突然想到她和他说过，她母亲说她不可以剪刘海的，否则她的命格就会发生变化。同样的红痣，在不同的人身上，为什么就会有不同的命数和劫难呢？他还看到红色比基尼和自己的 T 恤，零乱地散落在沙滩上，像是一个个旁观者，又像是一个个见证者。

公安人员最后证明柳韵不是被他所杀，但丑闻迅速蔓延了整个金水县。妻子没有说什么，只是委托律师递上一份离婚协议书。

现在，一切都过去了。每个夜晚，方小易站在"小螳螂"在黑暗里穿梭时，就觉得自己在飞。飞起来时，他就仿佛看到了柳韵，又似乎看到了方舟。这个时候，他的唇角就会露出浅浅的笑。过了些日子，派出所那边消息传了过来，网吧发帖的女孩找到了，只是额头上没有红痣。方小易到了女人家，开始收拾东西，他该去另一个地方了。

女人绕到他的背后，轻轻地抱住他，说："我们生个孩子吧。"

旗袍

一

刘细女撑着拐杖，吃力地站了起来，她看了两边的砖房一眼，叹了口气，摸索着爬上几块石板垫起来的台阶，走进自己的矮坯房。窄窄的阳光从窗格子斜下来，让阴暗的矮房敞亮不少。矮房的中间挂着一块蓝布帘子，帘子的里头算是卧室，刚刚摆下一张床。床尾塞着一只大红马桶，床头是一只雕花大柜。帘子外面就算是厨房了，一张小方桌，两把旧椅子，还有一个老式橱柜。这屋里的东西除了电饭锅，都是老房子腾出的旧物。刘细女倒是喜欢这些旧物，看到它们，总能想起一些人、一些事来。经常地，一个人摸着某个旧物，她就能出神个半天。

这会儿，刘细女却没有理会这些旧物，只是倚着它们缓缓走到雕花大柜跟前。她把身子支在柜子上，然后腾出右手打开柜子的左上门，吃力地摸索着什么。终于，她扯出一条红色条纹的床单。这是她跟老伴到南京的第二个年头买的，当时不知道有多鲜亮。刘细女细细打量起这张床单，沿着布边，摸索着，有些不舍似的。许久，她像是下了什么决心，抬起手抓着床单布使劲一扯，"刺啦"一声，床单布就碎了，无数粉尘就飞了起来，沿着架在屋里头的那条阳光，慢慢攀爬，散开……刘细女抬头看了看，有些不甘，又扯住撕下的布条一拉，很快，布条又断了，泛起一团粉尘。刘细女叹了叹气，哆嗦着站了起来，把碎了的床单塞回柜子，又开始翻找。先是一件对襟布衫，她用手丈量着，摇了摇头，又塞了回去。接着又是一件灯芯绒外套，她还是塞了回去。如此反复，终于看到一件长袍，她费了好大劲才把长袍从箱底拽了出来。长袍是藏青色的，叠得非常齐整。她小心地把它展开，铺在床上，试图去压平袍子上的皱褶。这些皱褶把袍子分割成几块方格子，她细细地抚着，却怎么也抚不平。抚着抚着，刘细女就开始恍惚了，仿佛看到穿着长袍的老伴站在跟前，还是年轻时那般模样，高高的，直直的，方形的脸上戴着一副金丝眼镜。老伴对她微微笑着，好像还招了招手，示意她过去。

"这死老头，总这样不见老！"她一边喃喃地说着，一边揉了揉眼睛。

"唉，你也不穿了，是不？当年，要不是我要把这件袍子留下，老大媳妇早拿它改了孙子的衣裳喽！"她比画着，往房梁看了看，准备起身去取剪子。想了一会儿，还是像刚才一样，抓着长袍轻轻扯了扯，"刺啦"一声，长袍像刚才的床单一样，碎了，沿着褶子，碎得很是齐整。

"不中用，都不中用了哦！"她摸了摸眼睛，不知道是迎风流泪还是什么缘故，眼角又湿了。

二

有七八个年头了吧？那会儿，老大在老宅的地基上起了三间宽敞的小洋楼。老二不甘示弱，紧跟着也在隔壁的自留地上盖了两间精致的砖瓦房。两幢小楼的拔起，在村里有些扎眼，左邻右舍无不说她福气好。只是，夹在两座新楼中间的矮坯房，就显得格外寒碜了。"大约是养牲口吧？"刚开始，她这样寻思着。可不久，老大就找她说话了："娘啊，我们兄弟商量了，您一把年纪，还总替我们烧饭带孩子什么的，太受累了。这不，我们给您单独盖了一间，夹在我们弟兄中间，也好有个照应，您也乐个清静，是不？"她只记得当时自己什么话也说不出来，两片嘴唇直哆嗦。

新矮房里的光阴，并没有比旧房子的光阴快一些。多数时候，她还是喜欢坐在对门的条石上，那里左边能看到老大家的大门，右边能看到老二家的大门。儿子媳妇都出去干活时，她会走近他们的大门，摸摸那一碰就会哐当响的卷帘门。说实话，她总觉得这薄薄的铁皮不牢靠，哪有厚厚的大木门结实啊！推搡几下，确定旁人进不去了，她又往门旁大窗子的茶色玻璃里头使劲张望几下，这才缓缓地走开。这个时候，如果有旁人看到，她就有些不自在，总要解释一句："得瞅瞅这门关好没有。"旁人听了，总得说："大娘，这铁皮做的门您就放心好了，小偷进不去。"再往后，旁人见得多了，就说："大娘，又来检查您儿子家的门啦？"

那会儿，孩子们一放学，都直接蹦到她屋里来，奶奶长奶奶短的。她就开始忙活了，又是煮鸡蛋，又是热牛奶，小孙子平平还总赖在矮房不肯回去。"唉，现在连平平都长大了"，她叹着气。平平是她一手抱大的，不过，哪个不是她一手抱大的？想到孩子，她皱皱的脸上就会牵扯出一些笑意来。只是孩子们现在很少进她的屋子了，就是平平也不大愿到她屋里来，说里头太黑，还有一股子味道。大孙子大孙女们每次回来，总把牛奶饼干什么的往门口一撂说："奶奶，我们来看您了！"就停在门外了。她喜欢看到孙辈们给她买的东西。若是吃的，每一个都得拿到门口细细地吃，还总挑着邻里们收工的时间，遇着一个人，便说："喏，这是我大孙子给买的，营养好着呢。"大孙女还会给她买衣服，特别是去年买的那件羽绒衣，又轻又暖和，只是拉链她用不习惯，总得挪到门口，请旁人帮忙拉一下，旁人都得边拉边问一句："孙女买的吧？"她话匣子就打开了："这叫羽绒衣，可贵呢！"旁人听得多了，不问了，她就自己嘟哝上半天。好在邻里们都实在，每次听她念叨孙辈们时，也总会附和说："您的福气好啊！"她就觉得自个儿福气真的很好了。

三

老伴去了之后，刘细女就经常翻出那件旗袍，时不时地晒一晒、摸一摸。还有那张照片，也总得反复瞧了再瞧。瞧着瞧着，她就回到了十九岁。那是一个冬天，春节过了没几天，贴在木门上的对联还红红的，没丁点褪色。他穿着一身长袍经过她村子，特别单薄的样子。他问母亲要了口饭，又要了张床。住了大概四五天吧，他从口袋里掏出一只怀表递给她母亲，请求让刘细女跟他走。母亲原是不同意的，但她却相中了他鼻梁上的金边眼镜，相中了他拿出小本子写字的模样。

第二天，她就跟他走了。这一走，就走到了南京。他把她安置在一个朋友家，又带她去理发店做了个卷发，然后不知道从哪儿拿出这件白缎子的旗袍，让她穿上试试。那旗袍穿在她身上出奇地合身，就像是裁缝依照她的身段做的。他坐在椅子上，一边抽着烟，一边看着她，很久很久，没说一句话。她有些兴奋，又有些隐隐的不安。那日的自己，从里到外都陌生得很。

到南京的第二年，他们才寻了个住处。他说："我们结婚吧。"然后，他买了红条纹床单。她剪了一对喜字，桌子上再摆上一对红烛，果然就红红的，和别人家的结婚一个样了。他又说："我们去照张相吧。"他穿上藏青色的长袍，又嘱咐她穿了白缎子的旗袍，一起去了照相馆。

她恍惚记得，他们家是在夫子庙边上的一个弄堂里头。平素，她除了去买菜，大多数时候都在家里。他嘱咐她少出门，她就尽量不出去。她知道他是一个做大事的人，尽管只是一个排字工人。老伴每天都很忙，大部分时间都在印刷厂，但也经常出门。每次出门总是很久，还得交代她许多，她听了就会无端地开始害怕，直到他安全地回到她面前，才把心放下。后来，他突然就带着她和出生不久的老大回老家了。匆忙间，她只用床单裹了几件常穿的衣服和孩子的物件，就回来了。

母亲对他们的回家自然是欢喜的，但眉眼处却有很多担忧。父亲也问过她，他在南京究竟做什么。"他只是一个排字工人，是个好人。"每次，她都这么回答。后来，他被揪到村里的戏台上批斗时，她也是这么说的："他只是一个排字工人，是个好人。"他们要求她和他划清界限，说他是一个特务时，她还是说"他是个好人"。

四

大约折腾了一上午，刘细女才找出那件旗袍。旗袍白得有些灼目，几朵金色丝线绣出的小花像是从旗袍上开出来的真花。刘细女的衣服大多是蓝色、灰色的，年轻那会儿她也穿红色、紫色的，却单单很少穿白色的。

把旗袍细细地摊开，铺平，照例是摸上半天，好像每一根丝线都连扯着什么似的。过了许久，她拽起旗袍，开始拉扯，先是轻轻地，再是用力地，往两边拽。可无论怎么拽，旗袍也没有破，像是故意和她抗争什么似的。

"呜，真好，真好……"

她一边自言自语，一边取过床头柜上的大剪子。大剪子明晃晃的，窗格子漏进来的光，刚好打在上面。她打了个寒噤，像是被剪子戳中了一般。停了一会儿，她才铆足劲儿把大剪子掰开。豁了好几道口子的刀口，对准了旗袍边上的开衩——她要从这里把旗袍剪开。这样，旗袍就很长了。她抬头看了看矮房屋顶低矮的房梁，似乎有些满意，又把目光收回到剪子和握着剪子的手上。她的两只手有些颤抖，骨头和青筋在贴紧了的皮肤下格外清晰。她努力使劲，却又使不上劲。过了许久，她几乎气喘吁吁了，额头上沁出些许汗珠子，但剪子，还是没有合上。

这是他的旗袍。她剪不下去。

知道旗袍和另一个女人有关，是后来的事。那一日，他们刚从南京回到老家。她在收拾东西，事实上也没多少东西可以收拾。他带回一个背包，包里是三四本书、两三支笔，还有几个笔记本。他的书其实很多，但他却单单背回了这几本。收拾时，她想把书摆在桌子上，她当然不知道书里会掉出什么，更没想过探究什么。于她而言，他是一棵又高又大的树，她看不清，甚至够不着。

书里掉出的，是两张照片。一张照片，是他和她结婚那天照的，他穿着藏青色长袍，她穿着白缎子的旗袍。另一张，也是他，却是和另一个她。那个她穿着和她一模一样的旗袍，她的身段，甚至连卷发，几乎都和她一模一样。她似乎有一种幻觉，这只有一张照片，只是因为她眼花了才变成了两张照片。她就这样左手拿一张，右手握一张，发呆了很久，连他进来都没有发现。

"她，是我前妻……没有告诉你，对不起。"他的声音突然从身后响了起来，几乎吓了她一跳。

"呜——"她没有转过身子，呆呆地答应着，像是听见，又像是没听见。

"她很喜欢这件旗袍……你们，长得很像……"他的声音有些颤抖，摸出烟斗，填了点烟丝，用火柴划亮之后，猛吸了起来。

五

每年年末，她都会买一本崭新的手撕日历，撕下最后一页旧历，再把新历挂在墙壁的钉子上。日子，就又开始被她一页一页地撕下。也不知道怎么回事，年纪越大，每天撕一张日历的事，就变得越来越重要起来。甚至，她觉得每天守在这矮坏房里就是为了撕那张日历。她仔细地撕下每一张日历，再一张一张地数着下一个节庆的日子。然后，就觉得日子过得实在有些慢，得数多久啊，她才可以和儿孙们吃个团圆饭。

儿子们的砖房她进去过几次，都是在过节的时候。这个时候，儿媳们总是特别热情。还未到傍晚，就在她屋子门口大声地喊她："妈，过来吃饭。"然后，她就把自己又收拾了一遍，挂着拐杖跐着碎步走了过去。事实上她早就收拾好了，一早就开始收拾了，都重复好多遍了。

儿子们的砖房，总让她有些挪不开手脚。儿媳说地板太滑，让她安生坐着不要乱跑。怕是真的会摔着吧，腿脚越来越不利索了。大孙子结婚时，穿得红红的孙媳妇挽着她爬到三楼的新房坐了一整天。红红的帘子，红红的大床，红红的棉被，红红的喜字，喜庆得很。她想起他和老伴那年置办的新家也是红红的，就忍不住笑出声来。孙子的婚房又高又亮，摆着各种电器。她最奇怪的有两样，一样是马桶，连马桶都可以这样白，当真是稀罕了；另一样是电视机，那样薄薄的一片玻璃挂在墙上，就能出来许多人。要是老伴在就好了，指不定怎么奇怪。她很喜欢孙媳妇，孙媳妇小嘴甜甜的，总是"奶奶，奶奶"地唤着。但孙媳妇特别喜欢扯盒子里白白的纸手帕，一会儿往她手里递，一会儿擦着她跟前的小桌子。然后，她的手脚就更不知道往哪儿搁了，只好瞅着孩子们。他们笑的时候，她也露出光光的牙床跟着笑。

老大和大儿媳住在二楼，一楼除了堂间厨房以及搁农什的杂物间之外，还有一间空着，她心里一直想着住这间的。她还是喜欢和老大在一起，大儿媳虽然大大咧咧的，说话声音响了些，可心里究竟还是有她这个娘的。不像小儿媳，除了让她带孙子，以及在邻居面前唤过她几声娘，平日里几乎连个正眼也没有。但她不怪她，这是因为她亏欠老二家的。老二结婚时，家里连件像样的物什都没有。她和老伴用过的旧物，老大成家后大多都搬去了，再要回来也不合适，再说也太旧了。为这事，小儿媳一直记恨她，说她偏袒老大。

这些碎碎的事，填补着矮坯房里的光阴。每天的太阳光从矮坯房的窗子漏进来时，她就拄着手杖，去撕那本日历。"又是一天了"，她对自己说。

六

那个女人叫严桂兰，是他的同学。他们一起念过很多书，一起做过很多事。他们刚结婚不久，她突然暴露了。是的，暴露，这是他说的。这个词对刘细女来说，是陌生的，但她没有问他是什么意思。她知道，那是一个危险的词。他还说，她被捕后，他就出逃了，因为这意味着他也暴露了。他带着他们结婚的衣服、他们结婚的照片，出逃了。他是这么想的：只要他活着，就能救出她。但是，不到一个月的时间，她就牺牲了。她是为了保全他，咬舌自尽的。

"我只是一个逃兵!"他坐在椅子上,双手抱着头,不断地重复这句话,嘤嘤地哭了起来,像个孩子。这是她从未见过的他,像是一棵大树,突然就倒了下来。她无声地流着眼泪,走到他身边,把两张照片放到他的手心里,然后轻轻抱住了他的头,就像抱着一个孩子。

他是在逃亡三个月后经过她的村子,然后,带走了她。

那日之后,她很久没穿那件旗袍。他没问,更没叫她穿上。只是那张照片却不见了,她也没问。他照例对她好,甚至又买了件旗袍,也是真丝的,粉粉的,很好看的样子。但她却没有穿。后来,这件粉粉的旗袍被二媳妇改成孙女的小马褂,她倒没怎么心疼。只是儿媳想要把白缎子那件也改了时,她就不肯了。儿媳说她迂腐,搁着这么好的料子不用,浪费了可惜,她却死死地拽着,发狠地说:"我就是死了,也要穿这件旗袍走。"

那件白缎子旗袍最后一次穿,是在老伴走的那天。那天早上,下着微凉的雨,老伴的咳嗽像是少了,突然说要起床看看。他躺到堂前的躺椅上,看着天井上轻飘飘的雨丝,说,天气真好。她喂他吃了一碗稀饭后,想扶他进屋休息。但他似乎心情特别好,又唤她穿上那件旗袍,还饶有兴趣地让她围着他走了几圈。之后,又招呼她坐在躺椅边的小椅子上,就那样紧紧拽着她的手。她也有些开心起来,一只手任由他拽着,另一只手轻轻地捋顺他鬓角的头发。真的,她一点都没有不一样的感觉,为此她到现在还一直怪自己怎么就没发现。如果当时发现,早点叫大夫,他大概也不会那么快走的。

快到晌午了,他突然拽紧她的手。

"我,我,对不起你和桂兰……"

还没说完，他突然从躺椅上坐了起来，喷了一口血，就倒回到躺椅上了。她清楚地记得，直到躺下去，他还是紧拽着她的手，然后，才慢慢松开。她没有哭，继续握着他的手，直到儿子们过来。后来，她反复地告诉她的孙子孙女，说那白旗袍上溅满了他的血，像突然开花了似的，殷红殷红的。

七

近几年，她的背越来越弯，身子也越来越沉，那双包过几天的小脚也似乎越来越撑不住笨拙的身子了。饭是早就不能烧了，两个儿子轮流着盛过来。她越来越不想走路，最多是在靠近门边的椅子上坐坐，看看门外的人。门口几级石阶，像山一样把她拦在屋内。她已经走不出去了，每天被关在矮房里，等着儿子媳妇送饭过来。墙上的日历似乎又变高了，她觉得自己越缩越短，越缩越小，终有一天，会缩进泥土里去。泥土她不怕，老伴也在那里躺着呢，都等了她很多年了。她又想，他指不定早和他的那个她团聚了吧，怕是没能等她。不过不打紧，实在不行，她就和她一起跟着他。想到这儿，她对自己笑了笑。

因为腰痛，躺在床上的时间就多了起来。这把老骨头似乎总得摊平了才能舒坦些。躺得多了，她就觉得日子更慢了。儿子送饭过来时，她总想拉着儿子说上几句。她告诉儿子她腰疼，儿子说他的腰也疼呢。儿子每天下地，好多次都闪了腰的。但这种缩骨的疼痛却是愈加厉害了，她的行动变得很困难，每天起床、下地、到门外的石板上坐坐，都要费很大的劲。特别是起夜，总得撑很久才能下得了床，经常是还没挪到马桶边，裤子就已经湿了一大片。儿媳倒是送了一大摞纸片，说垫在下身，可以不用起夜。但她不愿意用，只要还能动，怎么也得让这床上少点味儿。

她开始害怕，怕躺在这床上，死不去活不了，像邻居他婶一样，瘫在床上两年，身上没有一处是好的，活活烂死。老伴在的时候，总说她会持家，会收拾。她一直见不得脏乱，浑身上下清清爽爽的，无论日子多艰难。她害怕老伴在那边看到她时，会嫌弃她。

最近，儿子每次送饭过来，她都要再三交代一件事，说她死后得念三天的经，要把他爸的名字一起写上，还有那个她的名字也写上。其实，她不是为自己，是为老伴，也为他的前妻。那几年，老伴心里委屈，她知道。在台上被批斗后，她知道他心里比身上更痛，病根子就是那会儿落下的。从那时开始，他铁一样的身子很快就衰下去了。"严桂兰……"她有时也会默念这个名字，她去的时候，也是有很多苦楚的吧？那么年轻，连个孩子都没留下。

都是可怜的人，怕是在那边也会憋着气吧？她经常这么想。

所以，她总琢磨着得做一场法事，却一直做不了。现在好了，她就要去了，正好可以让儿子们把法事一起做了。只是儿子每次听她唠叨这事，都得说她在家里没事找事，整天瞎想。

怎么会是瞎想呢？再厚的日历，也有撕完的时候，撕下这本的最后一张时，她刘细女就九十岁了，这是高寿了。比起老伴，比起那个她，她活得简直太长太多了。每天拄着手杖踮着脚尖费劲地撕下日历时，她就想着，每个人不都是一张日历吗？迟早都要被撕下，被风吹起，飞走。

八

为着去那边的事，她一直苦恼着，却一直想不出什么法子来。无论是腿脚，还是腰背，都越来越不中用了，不是儿子过来扶，几乎起不了床。所以，她就琢磨着不等了，趁现在还能撑起来，自己去找他们吧。她先是想到那把大剪子，那刀子硬硬的、冷冷的，她有点害怕，更害怕血。她想到那件旗袍，上面溅了他的血，红红的。

另一张照片，是在他去世后不久整理遗物时找到的。她细细地看他们，一个穿着藏青色长袍，一个穿着白缎子的旗袍，很般配的样子，心里会冒出一些酸楚。她把照片搁在枕头底下三天，还是决定成全他们。然后，她走到他的坟前，就把照片烧给他们了。也好，她在那边可以照顾他。

很久以来，她都打算去的时候就穿上这件旗袍。一是让自己光鲜一点，二是他如果不认识她了，至少还能记住这件旗袍。后来，她又想着旗袍究竟不是自己的，是她的。到了那边，她也在，该还给她了。

那么，就随意些吧。只要清清爽爽地去就行。

最后，她看上了矮房上面低低的房梁，寻思着这么矮，只要爬到床上，应该就能把绳子什么的挂上去。之后，她就一直琢磨着寻一条什么样的绳子了。

那天傍晚，太阳光特别好，从墙角的窗格子又漏了进来。她看了一眼柱子上的日历，想着今天肯定是个好日子，这一页，就不要撕了吧？她慢慢地从床上撑起来，取过枕头边上的旗袍，又在柜子抽屉里拿出大剪子，扶着那些旧物挪到房门边的椅子上。她是想再看看在门外的曾孙乐乐。孙媳妇逗着乐乐，乐乐一圈一圈地跑着，跑得脸蛋都和太阳一样红扑扑的。乐乐已经二十多个月大了，太婆太婆叫得可甜呢。都第四代了，还图什么呢？见到老伴时，也可以有个交代了。她几乎是快乐地想着。

"剪吧，它多牢固啊，一定不会出意外的。"她开始使劲掰开剪刀。剪刀大概是生锈了，怎么掰也掰不开。唉，她太老了，她几乎想要叫乐乐过来帮忙了，这三岁的娃娃气力怕是比她还要大了吧？

"把旗袍剪了，他会不高兴吗？"她又开始担心起来。

"不会的，他们在那边早就团聚了，不会想着这件旗袍了。"她握着剪刀，树皮一样的手又开始抖起来。

乐乐看到她，叫着太婆太婆跑过来了。她的两只手紧紧握住剪刀，终于掰开了，一点一点地，连同身体一起弯曲。乐乐往她的矮坯房跑过来了，越跑越近。她想要答应一下，几乎想要迎过去……剪刀口哆嗦着往膝盖上的旗袍叉口移过去，她的眼睛，越来越花……突然，她整个人连着椅子，直直地从门口石阶上跌落过来。那把大剪子，就是在那个刹那戳进她的身体的。孙媳妇跑过来时，看到那件白白的旗袍，像是开了花似的，殷红殷红的。

镯
子

余波承认，买这两只镯子时，是有些鬼使神差的。其实，他很少在出差时买礼物，昆明的朋友说起"美玉出云南、真玉在云南"时，他的心里蓦地跳出一个人来，莫名其妙地就跑到七彩云南翡翠珠宝商城来了。

　　其实，他和她只见过三次。

　　第一次是她到公司采访，当时只是觉得这个记者有些不同，她的采访像聊天似的，挺舒服的。第二次也是她约的他，在茶楼，她说还有些问题希望能和他详细谈谈，他很爽快地答应了。第三次却是他约的她，理由是有些内容需要补充。除了第一次采访比较正式之外，第二次、第三次，他们的谈话内容都背离采访主题很多。说起来，记者他也见过不少，其中也不乏漂亮的女记者。她穿得有些干练，按说这种装扮的女人对他是没有诱惑力的，但她却是不同的。她的头发乌黑发亮，用一只发卡随意地拢起，既知性又妩媚，在时下头发染得五颜六色的女人中，有一种特别干净的味道。他还有些迷恋她谈话时，用手把散落的碎发往后捋的样子，特别女人。她的声音也是特别的，当然不是那种嗲得发腻的女声，事实上他讨厌太腻的声音。怎么说呢？她的声音，仿佛装了一块磁铁，能把你瞬间吸过去，让你不由自主地去凝神倾听。"余总，生意虽然重要，但健康更重要。瞧，您看上去挺疲惫的，要多注意休息啊！"她说这话时，眼神流露出的温柔，让他无法抗拒。他觉得从她口中吐出的每一个字，都像阳光一样温暖，他甚至觉得她不是记者，而是一位相识多年的至交。

第三次见面，是他主动约她的，名义上是补充前两次的采访内容，实际上几乎没有谈跟工作相关的事情。他们像多年的老朋友一样，聊了很久，也聊了很多。他清楚地记得，那天她没有像前两次一样穿职业套装，而是穿了一件米色的连衣长裙，很简单的款式，搭了一条淡棕色的丝巾，长长的黑发也放了下来，很自然地垂着，像瀑布一样。他在心底觉得她是为他特意打扮的。也就是那次，他知道了她的小名叫梅子，这是他喜欢的名字。梅子的妆容很是素雅，基本是素面朝天，身上几乎没有饰品。在梅子给他续水时，他看到她裸露的胳膊格外白皙干净，脑海里就冒出"纤纤出素手"这么一句诗，甚至滋生出要去抚触的念头。这袭无袖长裙，如果再添一只镯子就更好了，他坐在对面痴痴地想着。

从云南回来，他特意先去了趟公司，把一只镯子藏到办公室的抽屉里，锁好，再绕回家。当他把另一只镯子取出来，搁在妻子面前时，妻子的反应大大出乎他的意料。有多久没给妻子买礼物了？他还真想不起来了。记得年轻那会儿，他也会买礼物，但妻子每次都怪他浪费，后来就变得什么都不买了。

镯子终究是买小了。妻子让他到水池边帮忙，他看到她手上满是洗手液的泡沫，镯子套在她左手的手指关节处，右手正使劲地往里塞着，已是满手通红。他心里有些疼，说："小了，就别戴了吧！""不行，镯子都得这样塞，大了倒不好看了，你快帮帮我。"余波只好一手握住妻子的手，一手握住镯子往她手腕上塞。他突然发现，妻子手上竟然有好几处老茧，指甲也粗钝了很多。他试图将妻子的手捏紧时，还觉得妻子的手像男人的手一般坚硬。他想起谈恋爱时，妻子的手拽在他的手心里，是柔软光滑的，他还用"柔弱无骨"形容过妻子的手……

"没事，你用点力就能滑进来了。"妻子继续鼓励道。他一使劲，镯子果然顺势滑到了妻子的手腕处。妻子如孩子般满意地笑了，洗净洗手液后，认真地涂了护手霜，对着镜子看个不停，自言自语地说这颜色特别翠，又说款式特别好，还一个劲地问他多少钱买的。他默不作声地微笑着，胃里却好似有一些东西在翻腾，连忙走开了。

连续两周，办公室里的那只镯子都锁在最底下的抽屉里，在他觉得几乎忘了它的存在时，又总是出其不意地跳出来。有时，他也会拿出手机，找出这个被他存为"梅子"的电话号码。但总是在即将按下通话键时，脑海里无端地出现妻子那双涂满洗手液的手，就赶紧按了撤销键，然后对着手机干净的桌面，松一口气，发呆许久。

小张举着报纸进来时，他正在揉搓自己的眼睛。这几天，他的眼前老是晃着梅子的头发、裙子以及她白藕般的手臂。他觉得自己像是会 PS 一样，总是瞧见那段手臂上戴了一只翡翠镯子……小张有些兴奋："余总，您上了今天晚报的头版头条了。"余波不耐烦地摆了摆手，把视线移向报纸的头版，突然看到了久违了的名字。是梅子采访他的文章，题目取得很是特别：荷花一样的微笑。地方特产这行他做了多年，被当地媒体采访也是常有的事。但去年他才涉足荷花、莲子这块，走的是产业链模式，用当下时髦的话来说叫生态农业旅游产业，是农产品和休闲观光农业互相促进的一种经营模式。压题的配图是他站在他的百亩荷花基地旁，戴着一顶竹编的斗笠，脸上挂着心满意足的微笑。照片是梅子选的。像以往的采访一样，他照例是提供了很多和领导合影的相片，但都被梅子否定了，独独选了这张。梅子的采访文章也是和别人不同的，他惊叹于她的文笔，能够把一篇新闻专题写得如此生动。读到最后，他竟然被自己感动了。她是真正懂他的，他想着。几乎没经过大脑，他抓起桌上的手机，迅速找出那个不知道看了多少遍的名字拨了过去。

梅子还在报社。她很开心地问他读后感。他只是说："晚上请你吃饭，老地方。"

快下班时，他打开了那只抽屉。装着镯子的盒子安静地躺在那里，他寻思着该不该带去，会不会冒昧。又转念一想，他感谢一下她，也是应该的，于是就把盒子装进了手包。

有些昏暗的灯光下，到处弥漫着萨克斯舒缓的乐声。孤男寡女的，这样的氛围显得格外暧昧，尤其是揣了一份秘密的心情。他到茶楼时，梅子已经端坐在一张靠窗的餐桌前，前几次他们也是坐这个位置。她捧着一本书，正安静地喝着茶，丝毫没有等人的焦躁。他有些感动：一个美好的女子能够如此安静地等你，这大约就是幸福吧？

他有些歉意地对她微笑："不好意思，我来晚了！"

"没有呢，是我来早了。我经常一个人在这里看看闲书的。"她果真是一个善解人意的女子，他心里有一种暖暖的东西在流动。

梅子今天穿了一套裙装。又是裙子，这让他觉得开心。在他的心底，镯子这类物件，总该是配着裙子的。她上身穿了一件白色的无袖线衫，下装是一条有着浅绿波纹的及膝半裙。恍惚间，他觉得她竟然成了他白莲基地的白莲仙子。

他跟服务员要了一瓶红酒，说："以后，你就做我们白莲园的代言人吧？"

"好啊，我的代言费有些贵哦！"她今天呈现出和以往不同的一面，多了一些调皮的可爱。

"没问题，多少你说了算。"他不自觉地提高了声音，伴着一串爽朗的笑声。

她的目光盯着他，突然说："余总，您笑起来其实挺暖的啊！"

"我看上去很冷吗？"他端起红酒和她碰了碰。

"江湖人都言余总冷漠，尤其对美女更是冷上加冷呢！"梅子似乎不大会喝酒，刚抿了几小口，脸上已红得像桃花一样了。不，应该是像莲花，他喜欢用莲花形容她。

"大概我像农民吧！"余波心里是想说，只是对你例外的，但没能说出来。

一晚上的时间大多是在这种轻松的谈笑间度过。余波喝了不少酒，他是希望自己借着酒劲说点什么的。事实上，他有些着急，好几次想把镯子递过去，又觉得太过冒昧。手包里的镯子被他一遍遍取出，又一遍遍放回。特别是在梅子去洗手间时，他取出镯子一会儿搁在桌上，一会儿又握在手里，慌乱得差点把镯子掉在地上。他总是琢磨着，才数次见面，这礼物或许贵重了些。他害怕被拒绝，更怕被误会。说实话，至少到目前为止，他对梅子没有任何杂念，他只是想对她好，只是想表达对她的仰慕：如同面对一朵荷花一样的仰慕。他甚至觉得自己多想一点，就是对她的亵渎，他害怕这只镯子会玷污她的圣洁。

他终于没有把镯子送给她。倒是她走的时候，把手上的书送给他了。她说她喜欢南怀瑾，建议他也看看这本《南怀瑾谈生活与生存》，还说这是一本会让人安静下来的书。他其实也看过南怀瑾的书，只是她格外强调"安静"这个词，让他不得不多想，莫不是她在暗示他内心安静下来吗？他胡思乱想着，加上些许醉意，竟有些恍惚了。她没让他送回家，他望着她所乘出租车离去的方向，站了许久。

回到家中，妻子已经睡下。自从孩子上初中以来，他们夫妻变成了同床难同梦。经常是他回来了，妻已睡着。他醒来了，妻又起床烧早餐了。早餐大概是他们夫妻唯一一起用餐的时间。因此，他们家的早餐显得格外隆重。妻子几乎每天早早起来变着花样做早餐：今天是煎饼白粥，明天是牛奶面包，还必须配有一盘精致的水果拼盘。妻子自从辞职后，变得越来越琐碎。她原本是公司的一个部门经理，也是一个精致有品位的女人。只是他生意渐渐做大后，加上孩子小，就让她辞职回家了。没想到她回家后却是性情大变，前几年为了孩子学习的事，经常和他吵。孩子住校后，她又把生活重心落在他的身上。他最烦她把他每天的时间表掌握得一分不差，比如他几点起床、几点吃早餐、几点回家、几点睡觉……他经常觉得上班之外的生活完全就在她的操控之下。他总是想：她把时间计算得这么准确，是不是和她大学学的是会计专业有关？每个早晨，她都有着太阳一般蓬勃的精力，能在规定的时间起床，又在他匆匆洗完脸刚刚坐下时，结束所有的忙碌，穿戴整齐地坐在对面和他共进早餐。

大概是昨晚和梅子分开后想了太多，这个早晨余波起得格外晚了些，直到妻子忍不住叫醒他，才匆忙拎了点妻子打包好的早餐往楼下跑。

但事情就出在这里，凡事只因忙里错，这话就是对的。那天上午刚好有市里领导要到白莲园考察，余波一刻没得闲。待到他想起时，已是中午。

他的手包忘在家里了！

这无疑是一颗定时炸弹！余波不由惊出一身冷汗，迅速抓了钥匙就去开车。

到家时，敲门，没人应答。他有些胆战心惊，心里想着，莫不是她发现了什么？生气了不肯开门？幸好他习惯把钥匙别在腰间。他取下钥匙，像小偷一般，轻轻地打开自家的门。没人。他壮着胆子叫了一声，还是没人。他挨个房间看了一遍，真的没人。他连忙又跑向自己房间，终于看到那只手包安安静静地躺在床头柜上。

他连忙打开手包。找。再找。那只镯子却是不见了。他颓然地坐在床沿上，脑子想着怎么向妻子解释。

突然，他听到门外钥匙转动的声音，心里一阵慌乱，正待站起来时，又强迫自己坐下。他跟自己说：没什么啊，我又没做什么，不过是多买了一只镯子罢了。为什么会多买了一只镯子呢？哦，就说是哥们老林让他带的。这么想着，他连忙摸出手机，正要给老林发条短信时，妻子突然就出现在了他的面前。

余波从未这么紧张过。妻子笑吟吟地看着他时，他竟然把手机扔在了地上。

"怎么了？"妻子似乎是一头雾水。

"我，我回来取手包！"他几乎结巴了。

"哦，是啊，早上我拿着手包追出来时，你车子已经开远了。"妻子还是微笑着。

妻子的笑让他觉得头皮有些发麻。他宁愿妻子像所有的妻子一样，先来个河东狮吼，再来个严刑逼供。但他的妻子似乎特别有定力，始终保持着良好的风度与微笑。

余波有些招架不住了。这么多年，他认为他是了解她的。她只是一个没心没肺的小女人，一点点风吹草动都会写在脸上。而现在，他突然觉得她十分陌生。她变得如此沉着了？她不再是以前那个想哭就哭、想笑就笑的丫头片子了？说起来，他还真好久没有关注妻子了。他对妻子的印象，似乎还停留在十几年前。这么多年，他理所当然地享受着她无微不至的照顾，却很少回过头去看她。这么想着的时候，他才发现，妻子早就不是当年那位小姑娘了。她穿着虽然得体，却难掩渐渐隆起的腰围，以前清澈的目光也变得有些混浊和暗淡了。他突然意识到，妻子的内心和大脑大概也发生了巨大的变化。比如，她对他的时间和行程如此关注。比如，她在这么大的事情面前，可以装成若无其事。

发现这个事实之后，他倒是突然心安了。如果妻子和他斗心眼，他倒是不怕，看最后是谁沉不住气。他深深吸了一口气，捡起地上的手机，故作镇静地说："哦，今天有个会议，相关资料都在手包里，我特意赶回来取的。马上要开会了，真是急死了。"

"下次小心点，赶紧去吧。"妻子比他想象中要淡定得多。他觉得她的眼睛里有一丝笑意，尽管他没看她的眼睛就拎起手包匆匆出去了。

回到办公室，他依然有些忐忑，又在包里找了一遍，还是没有。他把自己窝在舒适的办公椅上，有些发呆。想到妻子镇静自若的目光，他又怀疑自己是不是把镯子搁在别处了。他一遍一遍地回想昨天晚上的情形。他从手包里掏出镯子几次？好像有六七次吧？不对，应该有八九次？有几次是她坐对面时，他悄悄地把手伸进手包，想取出来的。但是他没取出来，这点他可以肯定。他只是把手伸进手包握住那只盒子而已，每次都是握住了又松开了。唯一一次取出是在她去洗手间时，他取出来后把它搁在了桌子上，但她一回来，他就跟抢似的，把镯子重新塞回手包里。嗯，她总共去了两趟洗手间。第一次他从桌子上抢回来时，是塞回了手包的。但第二次，印象有些模糊了，好像是塞在裤子的口袋里了。是的，肯定是裤子的口袋里。他的思维越来越清晰，甚至记起一个细节：他穿的牛仔裤有些紧，口袋也贴得特别紧，慌乱中塞了好几遍。

这么想着，他就又抓起车钥匙开车往家里赶。今天早上起来时，因为想着要陪领导，他今天特意换了一条西裤。牛仔裤呢？他想到妻子通常都是晚上洗衣服的，镯子说不定还在裤子口袋里。这次回家，他没有敲门，而是直接开门进去了。妻子好像正在书房打电话，但愿她还没洗衣服吧。他径直走向卧室，妻子竟然没发现他回家，还在书房里热火朝天地聊着。她大概想不到他会在这个时间回来吧？他一边想着，一边去找他的牛仔裤，但牛仔裤却不见了。晚上回家时，他通常都是把外衣裤子脱在卧室的沙发上。一定是被妻子拿去洗了。他又突然懊恼起来，刚想开口去问她，却听到她还在和朋友聊得起劲，就绕过书房直接去阳台了。"……穿裤子不好？得穿裙子？搞什么啊，这么讲究……行行行……"经过书房，才看到妻子正戴着耳机，原来是和别人视频聊天，难怪他回到家走来晃去，她都没有一点反应。他走过书房门口，她终于看到他了，很意外地叫了一声："咦，你今天怎么又回来了？哦……不是不是，我先生回来了，再聊啊！"余波没答理她，继续走向阳台，他看到他的牛仔裤堆在脸盆里，显然还没有洗。他急急地拎起牛仔裤，把手伸进左右两个裤袋一通摸索，没有。他又往屁股后的两个插兜里摸了摸，还是没有。他把裤子从盆子里抓起来，整条捏了一遍，还是什么都没有。

"今天到底丢什么了啊？几次三番地回来？"妻子似乎站在后面老半天了。

"你有没有看到什么？"他决定和妻子摊牌，吵一架就吵一架好了。

"你裤袋里就几个硬币，我已经拿出来了。"妻子好像什么事也没有一般。

"我的手包你动过没有？"余波有些气急败坏了。

"早上我拿着追出来，想交给你的，你不是走得急，我没追上吗？"

"我是问你有没有打开？"他几乎是在咆哮了。

"没，没有啊！"妻子有些结巴，不知道是被他的声音吓着，还是想隐瞒什么。

余波觉得再问下去没什么意义了，就一甩门，又去了公司。

回到公司后，余波越想越不对。可究竟哪里不对，他一时想不清楚。直到抽了三支烟，他才慢慢镇静下来。首先，镯子一定是在裤袋里。那妻子为什么不肯说呢？她一定是在怀疑什么了，所以她想以静制动，故作冷静。他想，雇私家侦探调查老公的，都是这个年龄的女人。而且，他好歹是一个公司老总，妻子是一个全职太太，平日对他的时间又过问得这么仔细，看到他口袋里有一只和自己一模一样的镯子，不疑心才怪。那么，妻子必定是藏下那只镯子对他展开调查了。他突然觉得妻子变得有些可怕起来。这还是当年那个没心没肺的丫头吗？她已然被时间调教成一个有心机的女人了。他又想到自己这么多年还真是白混了，他的城府和心智竟然不如一个在家相夫教子的妇人。他不觉对自己冷笑了一下：既然如此，就让她好好调查吧，反正他也没做什么亏心事。

连续几天，他都装着什么事也没发生一样，照常上班、下班、回家。只是，他走路时、开车时，就格外留心观察后面的人或车，或许会有什么人跟踪他吧？这么想着，他又觉得很好笑，甚至觉得很刺激，像侦探小说一般。只是他却没发现有什么可疑人物，有几次，他几乎以为就是了，就故意带着后面的人在路上绕开了，却又发现不是。这甚至让他有些失望：原本设计好的剧情没有如期出现，真是有些无趣。他又特意去移动公司给手机加了密，虽然他手机里原本什么秘密也没有，特别是和梅子，那次分别后，就再也没有联系。

当然，他还偷偷地观察妻子。但妻子除了对手上那只他帮她套上的镯子特别关照之外，却是一点特别的情况也没有。他又觉得妻子是故意在他面前摆弄这只镯子的，这分明就是向他挑战：我什么都知道了，看你能装多久。他不得不对妻子另眼相看了。她真的变了，他想。但他已经铁定了心：她不说，他也就什么都不说。

又过了两个星期，家里还是一点变化也没有。妻子照例每天兴致勃勃地做着早餐，上午出去逛街，有时买些蔬菜水果，有时买些服装、化妆品，下午去健身或者美容或者做头发。他注意到，这几天妻子已经买了三套衣服，发型也变了两种。妻子显得神采奕奕，甚至有些光彩照人。她似乎很充实，手上的手机也玩得娴熟。除了关照他的生活之外，她好像完全生活在他的世界之外。以前，他从未探究过妻子的生活，甚至在妻子向他汇报她那些琐碎的事情时，都是极不耐烦的。时间久了，妻子倒是不再汇报了，而他和妻子唯一的交集好像也只剩下共进早餐了。

他终于发现，妻子对她手上的镯子也完全漠视了。他沉不住气了。

他忍不住试探地问道："你的镯子，还好吧？"

妻子抬了抬左手："没问题啊！"

完全是若无其事的样子。他突然十分悲哀地发现，妻子完全没有关注他的情绪变化。或许，妻子发现那只镯子后，根本就没有任何不高兴。相反，她或许还更开心。这么一想，他心里忽然升起另一种味道。他联想到妻子近年来的很多变化，比如：经常上美容院，经常做头发，衣服也一套一套特别多，他甚至不知道妻子中饭和晚饭是不是在家吃的。特别是，那天下午为了找镯子，他从单位突然回家时，她和别人视频聊天聊得那么起劲。聊什么内容？好像是说要穿裙子，他立刻想到梅子和他约会时也是穿裙子的。那天，他只顾着寻镯子了，根本没去看和她视频聊天的是女还是男。他又想到那天她发现他回来后，立刻不聊了。事实是，当他的面,她从来都没有和别人视频聊天。他忍不住想到什么网恋,以及最近本城正闹得沸沸扬扬的某公务员和别人裸聊的事件。

他被自己的想法吓了一大跳。这么多年,他从未怀疑过妻子。他觉得她对他的好就是天经地义的,更是坚不可摧的。他几乎忘了,妻子曾经是非常优秀的部门经理,因为他的需要,才离职在家的。他还忘了,妻子曾经是当年一等一的校花,现在虽然年纪大了些,却是保养有道、风韵犹存。他更忘了,他当年是如何费尽九牛二虎之力才追到妻子的,他忘了她曾经是他心里的宝……

这种想法出来后,他格外留了心眼。比如,中午突然回家吃饭,或者晚上突然提前下班。他发现妻子果然经常不在家吃饭。而且,对他的提前回家,她会露出一脸的意外,甚至有许多愧疚。他决定也学妻子,不动声色,静观其变,而且暗暗地寻找各方证据。他发现她掌控他的时间,只是为了她自己行动便利。比如,每天早餐时,妻子的手机都会响起来,她总会很及时地回复这条信息。比如,她总是会在他平常回家的时间之前先到家,一次都不会有错。比如,不知道从什么时候开始,她电脑的摄像头、耳麦都焕然一新了。再比如,每个周末,她都不会出去,手机也不会响起,她会待在家里给他和儿子变出很多美食,恢复贤妻良母的样子……他开始变得心神不宁,有几次还试图去偷看妻子的手机,但他悲哀地发现,妻子的手机竟然也像他一样设了密码。他开始失眠,经常在黑黑的夜里望着身边躺着的妻子,他觉得很陌生,又很悲伤。

就在他被折磨得心力交瘁之时,梅子来电话了。他突然觉得梅子这个电话就是救世主。他奇怪自己这么久都没想到向这个救世主求救。梅子约他到老地方见面。

还不到下班的时间,他就提前去了一趟理发店,他决定好好收拾一下自己。他要去见梅子,他要向梅子表达自己的爱慕之情,他甚至去买了一束花。他做这些事时，觉得那么心安理得，完全没了上一次的局促和不安。在走向茶楼的路上，他的脑子里老是出现妻子的样子，却不是愧疚，而是想着妻子大概也会像他一样去某个地方约会，像梅子一样穿着某件漂亮的裙子。那里的氛围或许比这里还浪漫，又或许，根本是去了酒店。他几乎有些火冒三丈了。他在心里暗暗下决心要加快和梅子的进度。

走进咖啡厅时，萨克斯飘出的音乐是《回家》，这熟悉的旋律今天听起来却有些揪心。他想起十多年前和妻子的第一次约会，也是这首曲子，乐曲中反复出现的旋律，曾经紧紧地拴住他和妻子回家的心。而现在，同样的旋律，如同虫蚁般撕扯着他。好在，他终于看到梅子静静地坐在那里，依然是老位置。他喜欢这种重复，这让他们之间所有的细节都会变得有意义起来。萨克斯终于停了，茶楼里响起了古典民乐，他轻轻舒了一口气。他还有梅子，他想着。

梅子喝了许多红酒，她似乎有什么心事，喝着喝着还哭了，甚至抓着他的肩膀哭。他却没去探究她为什么哭，甚至连安慰都没有，只是静静地陪她坐着。梅子照例穿了一件无袖的裙子，照例裸露着一对粉白的胳膊。他跟自己说，应该捉住她的手臂。但他却总是无法集中精神，恍惚间，那只雪白的手臂竟变成妻子的手臂，戴着他买的翡翠镯子。

临近午夜，起身时，梅子已经醉得走路都跟跄了，他终于抓住了她的手臂。这截赋予他无数遐想的手臂，正被他轻轻地握在手里，和他想象中一样的光滑。他跟她那么近，她黑亮的头发不时地蹭到他的脸颊，他听到她的呼吸有些急促，看到她的两颊已经绯红，一对乌黑的眼睛一半是迷离一半是沉醉。这是一个多么美好的女子。他想着。

那个夜晚，街灯似乎暗了很多，星星突然多了起来。梅子摇晃着有些虚幻的脚步，好像在看他，又好像在看星星。余波也望着天空，他看到那枚细细弯弯的初月，像一只套在腕上的镯子似的，孤单地挂在夜幕之中。

归去来兮

苏灿拖着沉沉的行李箱，刚出西站的出站口，出租车司机便围拢过来，四周立刻升起浓浓的乡音。被这些乡音裹围的时候，苏灿仿佛就嗅到了高井弄湿漉漉的空气，那条古老的弄堂一年四季都溢满热腾腾的吆喝声，巷口炒粉干的汉子，拐角卖砂锅的大爷，边上种豆芽的大婶……每次回乡都是这样，在异乡的梦里才会出现的场景一经乡音撩起，就一股脑儿全都涌出来了。苏灿的内心有些澎湃，张口就想说家乡的土话，又觉得有些别扭，硬是半天开不了口。其实，苏灿也常回家，每年至少回来一次，毕竟这里有她最亲的亲人。每次在家逗留两三个星期，太长的时间苏灿是有些不适应的。虽然这方土地生养了她，但这二十多年来，苏灿已经习惯了外面的生活。甚至每次回家都会害怕母亲的唠叨，害怕姐姐的烦琐，更害怕遇到多年没联系的故友，怕他们问这问那。苏灿是自由惯了的，更是最不会总结自己的人。当年离乡，更多的也是为了逃避一些条条框框。在国外，许多的责任、道德甚至包括爱情，都和故乡一样遥远。有一度，她觉得日子就是过一天算一天，工作、打球、旅游，她甚至觉得这就是生活的全部了。只是夜深时，窗外的明月经常会把她带回遥远的故乡，心底就会升起淡淡的忧伤。

　　姐姐说母亲病了，而且连走路都不能走了，苏灿的脑袋立刻嗡了一下。印象中她每次回家，母亲总是为她张罗吃的喝的，精神百倍的样子。苏灿的回忆有些短路，怎么也想象不出母亲躺在床上有气无力的样子。她只觉得心底的某个地方，很用力地疼了一下。搁下电话，苏灿胡乱收拾了一下，给史蒂芬和学校打了一个电话，就匆匆登机回家了。

坐上出租车副驾的位置，苏灿很自然地拉了安全带，缚在身上。司机回头打量了苏灿一眼，用地道的丽阳话问苏灿去哪，苏灿这才回过神来。

"哦，艺园小区。"苏灿说话有些不自然，觉得自己的丽阳话越来越蹩脚。

"美女有些时间没回丽阳了吧？"司机一眼看出了她已是个陌生的本地人。苏灿显然不适应这个称呼——美女，现在国内真的很时尚，连出租车师傅都见谁都喊美女了。

"嗯。"苏灿有些惜字如金。每次回家，她都有一种交流障碍的感觉。

出租车就像游戏机里的游戏一样，忽左忽右，熟练而惊险地穿梭在又宽了许多的街道上。苏灿注意到，这次回来私家车明显多了很多，小城也颇有些大城市的味道了。街道两旁的梧桐树叶正恣意乱舞，无数飞扬的落叶让家乡的秋意越发浓厚。丽阳城似乎格外喜欢梧桐，苏灿一直搞不明白这是为什么。苏灿还是喜欢银杏的，但此时苏灿不由得也喜欢起这些梧桐叶子来。这些飞舞的叶子，让她忆起少年时骑着自行车，穿梭在四牌楼青砖铺成的老街上的时光。那时，每一片叶子飘过来都能漾起她心中的梦想。想到这里，苏灿的嘴角露出淡淡的微笑。

丽阳城很小，苏灿来不及回忆更多，艺园小区就到了。苏灿接过司机递过的箱子，几乎是跑着进小区的。此刻，她归家心情的急切突然就升到了顶点，按下门铃的一刹那，她几乎听到自己扑扑的心跳。

开门的是大姐，大姐有些错愕。

"姐，我回来了。"苏灿给了大姐一个热情的拥抱。大姐有些害羞，她是个庄稼人，并不习惯这种西式的火热。她从苏灿的怀里挣脱出来，接过苏灿的行李箱，有些语无伦次地说："啊，灿回来了……妈，灿回来了！"

苏灿的眼眶立刻就湿了，她甚至来不及脱鞋，就直接进了卧室，看到白发苍苍的老母，正躺在床上。苏灿的手握住母亲的手时，母亲却没有她预想中的兴奋，她似乎并没有听懂大姐的话，转过头看了看苏灿，微笑着问："谁啊？这是？"

"妈，是我啊，灿灿啊！"苏灿的眼泪终于忍不住滚了下来，才一年不到的时间，母亲竟变得如此迟钝。去年回家时，母亲还帮着大姐给她张罗这个吃的那个吃的。

"灿？真的是灿吗？你怎么突然回来了？"母亲终于反应过来了，眼圈立刻红红的。

"灿，你终于回家了。再晚点，你就见不到妈了啊！"母亲说着，竟号啕大哭起来。她像个孩童似的边哭边告诉苏灿，说她瘫了，说她身上到处都疼，说这回恐怕真的是要去见阎王了。

苏灿也哭，搞得大姐也眼泪一串一串的。最后，还是大姐先止住了哭泣，凑到苏灿耳边小声说："灿，你别急，咱妈没啥病，都是她自己吓自己呢！"苏灿安抚了母亲之后，跟着大姐到客厅，详细询问母亲的状况。原来，母亲是有些焦虑症和老年痴呆了，身子一直虚，又摔了一跤，就想着自己骨头断了，还臆想着自己不能走路了。大姐又问苏灿怎么突然回家了，也不让她二姐去接一下。苏灿说只想给母亲和大家一个惊喜，就没提前通知。

桌子是大圆桌，中间有一个大转盘，大姐、二姐已经在转盘上摆满了菜和一个大火锅。两个姐夫、外甥、外甥女、外孙围坐桌边。

前些年苏灿一直钟情于长方形的西餐桌，一人一份，既卫生又文明。而今天，苏灿突然喜欢起这种圆和满了。她举着相机对着这些圆满拍个不停。二姐说吃个饭还这么多名堂啊，苏灿就有了童年的感觉，调皮地看了二姐一眼，腾出一只手抓了一颗腰果就往嘴里塞。大姐佯装生气地敲了她一筷子："喏，还不如你外孙大了。"苏灿突然想到小时候住在大院时，母亲也总是这样敲她，不由得往母亲的卧室看了看，想着母亲原本也应该坐在大圆桌边上的，眼睛突然就潮了。

连续两周，苏灿只陪着母亲。母亲住进医院接受精神科和老年科的综合治疗后，苏灿和大姐轮班照顾母亲。她从头开始学习烧中国菜，学习照顾老人。二姐说要请个阿姨帮忙的，苏灿和大姐始终不肯。苏灿自己都奇怪，什么时候开始自己也会干这么琐碎的活了。因为是家里最小的，从小父母和姐姐们都宠着她，她几乎没做过家务，就连史蒂芬生病，也都是请护工的。而现在母亲病后，四十多岁的她才突然长大了。

母亲出院后还是不能下床，苏灿预订的机票已经快要到期。她每次回家都是这样，来时就把回程票先预订了，这几乎成了一种习惯。苏灿这次回来也是连想都没想，就买了三周后的回程机票。母亲还是不能下地，苏灿的心里也越来越内疚。这些年，只顾着自己，对母亲对亲人，她是太疏忽了。苏灿果断地把机票往后延了两个月。这次，她要好好陪陪母亲。

艺园小区的边上是一个公园，苏灿推着母亲慢悠悠地走在公园的小径上。前些年这里还是一片狼藉，现在却是小桥流水曲径通幽。深秋的阳光温温的，很是柔软，不疾不徐地落在草坪上，也落在母亲平静而满足的脸上。偶尔，也会惊起几只小雀，它们扑腾几下翅膀，兜了一圈，又落回了原处，一副不愿意离去的样子。有时也会遇到个把熟人，对方总是一脸惊讶的样子，凑近了看了又看，最后乍呼着叫出："是苏灿吗？"逢着这时，苏灿也不像往年一般能躲则躲，而是主动递过一脸灿烂："是啊，多年不见了吧？"然后是叙旧，满满的回忆。原来回忆也会快乐，苏灿奇怪自己以前为什么那么讨厌回忆。

公园和菜场，是苏灿这次回国常去的地方。去得多了，竟然找回一两个故友。云是她高中的同学，当年她们曾经好得恨不能同穿一条裤子。自从她离开家乡后，二人就慢慢疏远了。云对于这次重逢几乎是雀跃的，这种掺着少年时的热情，让苏灿有些不适应，却又感动不已。故乡，除了亲人，还有其他人的挂念。云连珠炮般替苏灿安排了一系列活动。苏灿本不想去：母亲身体不好，她做什么都提不起精神。好在母亲在她悉心的陪护下，逐渐开朗起来，她和两个姐姐都叫苏灿和云出去玩玩。母亲和姐姐们的意思苏灿知道，她们是希望她碰到能留住她的人。

云给苏灿安排的首个活动是去丽阳大剧院欣赏音乐剧。新城区这边，苏灿没有去过，大剧院是一幢大钢琴形状的建筑，外形非常时尚，很有些品位。音乐剧居然是澳大利亚音乐会管弦乐团的演出，这种艺术氛围，是当年的小城完全不具备的。苏灿有些恍惚，以为自己是在某个大城市。苏灿的心底是有些看不起这个小城的，上完大学回来之后，她就觉得自己和小城一直格格不入。小城，应该属于烧饼油条，属于吆喝喧闹。这些，都和她的梦想相去甚远。这个小城没有她的未来，她一直这么觉得。这也是她当年选择离开的主要原因。出了剧院，已是灯影婆娑，广场上的大型喷泉正随着音乐翩然起舞。苏灿的心底对丽阳城忽然就有了一种刮目相看的感觉。

云是个懂生活的女人，二十多年的时间，仿佛没在她身上留下多少烙印。在这座小小山城里，云过着一种安静、闲适的日子。

除了按部就班的八小时之外，每天教子、喝茶、观演出、看电影，还走走村拍拍照看看闲书写写小文。唯一欠缺的似乎只是——相夫。云离婚了，这是苏灿意想不到的。她的前夫前几年跟着小城的地产业轰轰烈烈了一番后就沉寂了下去，连同她们的婚姻。云说，任何风光的底下都是危险的，她只想要最普通的日子。"现在，我完全是我自己"，云这样向苏灿描述她自己。云是平静的，苏灿这样想着。回转过来看看自己，她是茫然的，甚至想不起现在的生活还剩下什么。独在异乡时，只要天一黑下来，整个身体仿佛就空了，她的思绪就会拧成麻绳，越绞越紧，越绞越乱，她甚至会感到哪个黑夜里身体里的某根弦会突然就崩断了。

云的号召力和二十年前一样巨大，没几天就召集了一大帮老同学，说是为了苏灿的重逢隆重聚餐。这天下午陪母亲散过步，苏灿就开始琢磨起穿什么衣服。小箱子没带几套衣服，欧洲人似乎不太注重打扮的细节，他们更讲究休闲与舒适，这可能和他们文化里崇尚的自由有关。苏灿原本是个讲究的女人，甚至特意去学过服装设计。所以，从内心讲，她更喜欢韩国，韩国的女人对穿着的讲究是她一直所欣赏的。但跟史蒂芬去了德国之后，她也慢慢变得随意起来，经常是一件牛仔裤加一件套头衫。

苏灿今天却有些在意了。怎么说呢？当年的苏灿虽然算不上是校花，却是男生心中公认的很有品位的女生，就如同这丽阳的山水一样，清丽而不染俗尘。因此，追求她的男生不是太多，却也不是太少。前天云通知她说邀请了几个同学聚一下时，林清扬这个名字蓦地就闪了出来。这些年，苏灿以为自己已经忘了这个名字，此刻突然就这么顺理成章地跳出来了，仿佛从未离开。林清扬是她的初恋，也是她在丽阳城留下的最刻骨的痛。当年，如果林清扬愿意跟她一块去深圳，她的生活应该不会是现在这个样子。但他最后选择了这座小城，而并没有选择她。

苏灿最后还是穿了那件普通的套头衫，她看了看镜子里的自己，脸上很干净也很有光泽，几乎看不到皱纹，有些长了的头发顺滑地披在肩上。苏灿对着镜子里的自己笑了笑，岁月只是让她更成熟了一些。她最后只涂了点唇彩，在心底用力鄙视了一下折腾了半天的自己。

云开着车载着苏灿驶进一家叫鸟语花香的酒店，这样的名字苏灿觉得清新。到了包间门口，云突然飞快地跑了进去，然后是大伙一起拍着手哼起了运动员进行曲，苏灿像当年在学校仪仗队时一般，踩着节奏走了进去。她的眼睛是湿润的，甚至来不及去看究竟是哪些同学，只摊开双手，逐个逐个地拥抱。到了一个穿着灰白色夹克的男同学面前，苏灿却突然愣住了。"苏灿，你好！"还是林清扬首先打破了僵局，笑盈盈地伸出了双手。苏灿有点窘，轻轻握了一下林清扬的手，就转到下一个同学跟前了。

多年不见的同学就是这样，刚开始瞅谁都变化很大，没多少时间，就越看越熟悉了，到最后竟然感觉不到一丝的变化，全都回到十七八岁的时光了。林清扬的变化其实也不算大，至少没发福，还多了一种中年男人的气度。但是，他的两鬓还是夹了一些花白的颜色。这个发现让苏灿有些痛。"这些年他过得好吗？"苏灿在心里暗暗地问他。林清扬的眼神始终很沉稳，有时神情自若地和同学说笑着，有时又很自然地看着她，眼里有一种温暖和宽广。苏灿刚开始有些不敢正视他，大伙谈开了之后，就故意挑战似的去触碰他的眼神。她以为林清扬一定会逃避，没想到他却用一种宽厚接住了她的目光，嘴角还漾出暖暖的笑，仿佛他们之间什么也没发生过，或者一直都是在一起的。这种感觉让苏灿有些生气。

吃完饭又去K了歌，一直快到十二点才散场。是林清扬主动说送苏灿的。林清扬提议先走走，苏灿同意了。午夜的街灯把两个人的影子拉得很长。两条沉默的影子，在街灯的拉扯下，如同恋人之间的故事，一会儿重叠一会儿分开。"你还好吗？"两个人几乎是同时开口问出这四个字，彼此吓了一跳，又相视了一下，突然就都笑了。他们笑得很响，有些肆无忌惮。黑夜里除了偶尔飘过的汽车喇叭声，就只剩他们的笑声了，这种安静似乎给了他们笑的勇气。笑着笑着，苏灿的眼泪就笑出来了。林清扬突然转过身来抱住了她，并不是情人之间的那种拥抱，更像是弥补，弥补刚见面时被遗漏了的那个拥抱。

一路上，他们说了很多。苏灿说了母亲的病，说了大姐二姐的挂念，也说了德国，说了史蒂芬。林清扬也在不停地说，说这个小城的变化，说他女儿的乖巧和顽皮，说工作上的一些压力。但林清扬只淡淡地提了一下他的妻子，说是一个单位的小职员，很顾家的一个小女人。但只这么一句，苏灿还是感到自己的心被扯了一下，瞬间就拉出一个裂口来。

沉默了一会儿，苏灿又问了林清扬父母的情况。当年，他父母很是疼爱苏灿，早把她当作准媳妇。"他们都去世了，所幸的是，我们一直陪在他们身边。"林清扬这样总结，这是为了解释当年不出去的原因吗？苏灿其实已经不想去深究了。时间，有时真的就像丽阳城外的瓯江，哗哗地流着，就把许多磕磕碰碰、坑坑洼洼给冲平了。

这之后，同学聚会变得异常频繁起来，有时是三五人，有时是一大帮，每次林清扬都是到场的。聚的次数多了，过去的种种情愫真有些回来了的感觉。这种感觉让苏灿有些不自在。她和史蒂芬虽然一直没有婚姻，彼此之间也完全独立自由，但这么多年来也一直相安无事，彼此基本上也算忠诚。凭良心说，史蒂芬对苏灿是好的，他很尊重苏灿，无论度假还是工作，包括生孩子，都给苏灿充分的自由。他们刚在一起时，史蒂芬就说过不喜欢结婚，说是要给彼此充分的自由。曾经，苏灿也很崇尚这种尊重，但慢慢地就觉得不一样了。就像前几天史蒂芬打电话过来时，她告诉他很牵挂她的母亲，想回国定居。史蒂芬很爽快地就表示她随时可以回国陪父母的，对于这么多年的感情完全没有一点的留恋。当然，从他那个国度的文化来说，他并没有错，他只是尊重伴侣的私生活。

林清扬不同，他很中国，或者说很传统。年轻时的苏灿是有些看不起这种传统的，她觉得他完全就是一个守旧落后、小富即安、不思进取的小市民。所以，林清扬再好，也只是和丽阳城一样没有视野的小男人。她必须离开，离开这座小城，离开林清扬。但现在，苏灿却觉得这种传统透出越来越多的实在，应该说这是一种很舒适很安全的感觉。安全，这个词她几乎从不曾想到。苏灿在国外睡眠质量一直极差，是和安全有关吗？前几天林清扬送了她一只枕头，说是对睡眠很有帮助。说也奇怪，她睡眠竟然奇迹般地好了起来。伴随她多年的头疼这个老毛病也日益好转。每个夜里，听着母亲轻微的鼾声，枕着林清扬送的枕头，苏灿的内心是平静的。

林清扬真正重新走进她的生活，还是因为母亲。那天，大姐去买菜了，苏灿沉浸在电视剧剧情里。突然听到咣当一声，连忙跑进卧室，就看到母亲摔在地上了，一脸痛苦地说动不了了。苏灿急坏了，连忙打电话给大姐、二姐。二姐是一位医生，说正在开会，交代让母亲平躺后，马上联系救护车就挂了。苏灿焦急地等着救护车，莫名其妙地，就打电话给林清扬了。林清扬赶到时，救护人员正抬着担架在楼道里没了主意。担架太长，小区的电梯根本进不去，几个女护士和一个男医生折腾半天才拐了一道弯。就在这时，林清扬来了，二话不说就接过担架。后来，在医院的病房里，母亲出奇地清醒，眼泪汪汪地握着林清扬的手，一个劲地说："清扬啊，你回来了就好，灿灿回来了就好。"

母亲终于一天一天地好起来了。这次回家，母亲比往年更加唠叨。唠叨得最多的，就是苏灿的终身大事。在老人眼里，无论她有没有男伴，没有婚姻，那就算不得数。母亲问了几次林清扬之后，就和姐姐们张罗起相亲来。

二姐说男人四十一枝花，女人四十豆腐渣。在国内，四十多的女人长得再好，那也是次品了。而四十多的男人，老婆还在病床上躺着，媒人就能排上一个连。二姐说这些话是为了把苏灿的心性降下来。她知道自己的妹子，这辈子就亏在心气太高了。

相亲这天，是云陪着苏灿去的。对方叫金城，是一家专科医院的副院长，是二姐的一个同行。二姐说他老婆卧床五年了，都是他亲自照顾的。单单这点，就足够了。过日子，人好就行。金城长得有些憨实，个子也不高，完全不符合苏灿对男友或者爱人的任何想象。端坐之后，金城有点不知所措，只会端着功夫茶的小瓷杯一杯接一杯地牛饮，好像喝酒一般豪爽。云说，金院长果然豪爽，金城就只会嘿嘿地傻笑。苏灿究竟还是不习惯喝茶，另叫了一份咖啡，小汤匙轻轻地搅着，心里却想着林清扬。那次母亲摔倒之后，就没有再见到林清扬。云倒是又组织了几次同学聚会，但据说林清扬都有事不能过来。苏灿又看了一眼手机，那条信息搁在草稿箱里好多天了，一直没发出去，收件人是林清扬，内容只有四个字："回来，好吗？"但她却没勇气发出去。眼看着返程的期限一天一天接近，苏灿很想问一问，可终究还是忍住了。

相亲的事自然是黄了，只苦了云陪那位金院长聊了一晚上。临行那天，苏灿收到了林清扬的信息，只两个字："祝好。"比苏灿草稿箱里未发的信息还要简单。

德国的月亮和中国的月亮其实没有区别。当异国的月光轻轻柔柔地洒在屋内时，苏灿还是会想到李白的那首诗。今晚的月亮这么大这么圆，又是一个十五了吗？好像只有中国人才会把这些圆和满同每天的日子联系在一起吧？今天，又是中国农历的哪一天？吃了晚饭，苏灿就坐在露台上，又开始胡思乱想。史蒂芬还没有回来，房间里显得空落落的。一阵微风吹过，苏灿觉得有些凉了，收了收纷乱的思绪，一边起身进屋，一边琢磨着是不是又一个秋天就要到了。

进屋，坐下，打开电脑。每次做这些动作，苏灿就觉得自己变成了一台机器。QQ 一上线，云的头像跳了出来。云说："请苏灿同学于中秋节参加我和金城的婚礼！感谢灿灿同学让我和金城都找到归家的路。"然后是一个羞涩的表情和一个调皮的表情。苏灿不禁哑然失笑。在她心中，云是那样出色，而金城就如同他的姓氏一样俗气，但他们却这么快就走在了一起。"幸福，就是最普通的生活。"她想起云对幸福的概括。也许，对家的理解，她从一开始就错了。

云的留言，又让苏灿回到中国，回到丽阳。她关了电脑的显示器，关了所有的灯，把整个身体都倦在转椅里……窗外，那轮明月真圆啊，中秋的月亮应该会更亮吧？有多久没回家过中秋了？有多久没吃过月饼了……她觉得头疼得厉害，又站起来走到露台上。回到德国后，失眠和头痛的老毛病又犯了。林清扬送的枕头倒是带出来了，只是枕头好像也会水土不服，到了异乡就失灵了。苏灿凝望着树梢上的夜空，清清朗朗，只有月亮上有一些曲曲折折的阴影，竟像一条一条归家的路。苏灿掏出手机，把草稿箱里的那条短信删了。有些答案，应该问的人其实是自己。"小城是养人的"，苏灿突然想起谁说过的一句话。